国家哲学社会科学规划项目
国家社科基金项目（18BWW003）成果

唐伟胜 著

物性叙事研究

A Study on Narrative of Thingness

上海外语教育出版社
外教社 SHANGHAI FOREIGN LANGUAGE EDUCATION PRESS

图书在版编目(CIP)数据

物性叙事研究 / 唐伟胜著 . -- 上海：上海外语教育出版社, 2023 (2025重印)
国家哲学社会科学规划项目
ISBN 978-7-5446-7910-7

Ⅰ. ①物… Ⅱ. ①唐… Ⅲ. ①叙述学—研究 Ⅳ. ①I045

中国国家版本馆CIP数据核字(2023)第211398号

出版发行：**上海外语教育出版社**
（上海外国语大学内）邮编：200083
电　　话：021-65425300 (总机)
电子邮箱：bookinfo@sflep.com.cn
网　　址：http://www.sflep.com
责任编辑：王叶涵

印　　刷：上海龙腾印务有限公司
开　　本：635×965　1/16　印张 15.25　字数 248 千字
版　　次：2023年12月第1版　2025年4月第4次印刷

书　　号：ISBN 978-7-5446-7910-7
定　　价：49.00 元

本版图书如有印装质量问题，可向本社调换
质量服务热线：4008-213-263

目录

自序 …………………………………………………………… V
他序 …………………………………………………………… XIII

上篇　物性叙事理论建构

第一章　**物转向与中西物论传统** ……………………………… 3
第二章　**物叙事研究的三种模式** ……………………………… 12
　　第一节　物与物叙事 ……………………………………… 12
　　第二节　物叙事研究模式之一：符号的物 ……………… 16
　　第三节　物叙事研究模式之二：行动者的物 …………… 20
　　第四节　物叙事研究模式之三：本体的物 ……………… 25
第三章　**建构物性叙事理论** …………………………………… 30
　　第一节　走进物性 ………………………………………… 31
　　第二节　建构物性叙事理论的必要性 …………………… 34
　　第三节　物性叙事研究现状 ……………………………… 37
　　第四节　物性叙事理论建构的四个角度 ………………… 39
　　第五节　以物观物：物性书写的中国方案 ……………… 49

第四章　物性叙事对传统叙事理论的拓展 …… 55
第一节　使石头具有石头性：物本体与陌生化叙事理论的拓展 …… 56
第二节　建构短篇虚构叙事"谜"的分类学：面向物的视角 …… 66

下篇　物性叙事批评实践

第五章　灵性之物：重读《厄舍府的倒塌》 …… 79
第一节　《倒塌》中的物：神秘的恶之力 …… 81
第二节　《倒塌》的叙事进程：灵性之物与人类理性的较量 …… 83

第六章　实在的物：《隐者的故事》的后自然书写 …… 90
第一节　巴斯的后自然书写与思辨实在论 …… 91
第二节　《隐者的故事》：实在的荒野，实在的人类 …… 94

第七章　物的力量：重读《一位旅行推销员之死》 …… 102
第一节　鲍曼之死：《推销员》"故事"层面的叙事进程 …… 104
第二节　与物重建亲密关系的失败：《推销员》"话语"层面的叙事进程 …… 107

第八章　隐退的物：巴拉德《淹死的巨人》的美学建构 …… 114
第一节　巴拉德与作为"内空间"科幻小说的《淹死的巨人》 …… 115
第二节　暗指与诱惑：面向物的本体论 …… 117
第三节　真实而隐退的巨人外空间 …… 119
第四节　深不可测的人类内空间 …… 122

第九章　魅惑的物：济慈颂歌中的复魅叙事 …… 126
第一节　《夜莺颂》：迷魅在"广阔户外" …… 129
第二节　《希腊古瓮颂》：迷魅在永恒而神秘的真与美中 …… 132

　　　　　第三节　《秋颂》：迷魅在立体而动感的大自然中…………136
　　　　　第四节　余论：济慈的现代价值……………………………138

第十章　平等的物：谨慎的拟人化、兽人与巴斯的动物叙事……140
　　　　　第一节　物转向与谨慎的拟人化……………………………141
　　　　　第二节　超越人类情感的动物灵性…………………………143
　　　　　第三节　带有动物属性的人类………………………………145
　　　　　第四节　当人类和动物相遇…………………………………147

第十一章　超物体：《第一区》的"9·11"尘土书写与大历史叙事
　　　　　………………………………………………………………150
　　　　　第一节　大历史叙事方式：僵尸文类和后"9·11"小说
　　　　　………………………………………………………………151
　　　　　第二节　"9·11"尘土书写与人类纪……………………154
　　　　　第三节　"9·11"尘土书写与"没有人类的世界"………157

第十二章　本体的物：《直觉主义者》中的后种族想象…………161
　　　　　第一节　作为科外幻小说的《直觉主义者》………………163
　　　　　第二节　《直觉主义者》的升降机物性书写………………165
　　　　　第三节　走进物本体：直觉对理性的胜利…………………168
　　　　　第四节　建构后种族城市……………………………………170

附录1　精致的破锤：面向物的文学批评……………………………174
　　　　　第一节　思辨实在论…………………………………………175
　　　　　第二节　面向物的哲学………………………………………177
　　　　　第三节　新批评………………………………………………179
　　　　　第四节　新历史主义…………………………………………182
　　　　　第五节　解构主义……………………………………………187

附录2　人类化的物与怪异的物：论物在叙事中的主动作用………194

引用文献……………………………………………………………………206

物性叙事理论关键术语简释………………………………………………218

自序

2013年，笔者在翻译美国《叙事》(*Narrative*) 杂志上一篇讨论当代美国文学中的后种族书写的文章时，首次碰到 speculative realism 这个术语。在百度上搜索，没有发现任何有价值的提示；到国际搜索引擎，被告知这是近年来兴起的一个哲学流派，强调物具有脱离人类理性的实在性，心想这应该与正在翻译的文学论文没有关系。无奈之下，笔者写信向《叙事》的主编詹姆斯·费伦教授（James Phelan）请教，笔者的问题是：speculative realism 中，speculative 的意义与英语中哪个词最接近？没想到他告诉笔者，他自己也是最近才接触到这个术语，但他觉得与 speculative 最接近的词是 imaginary。当时，根据费伦教授的建议，笔者将 speculative realism 译成"假想现实主义"（现译"思辨实在论"）。那篇论文的作者拉蒙·萨迪瓦尔（Ramón Saldívar）认为，speculative realism 是当代美国文学后种族书写的第三个特征：

> 这个特征导致"现实主义"主题和形式的回归，以及文学创作、文学研究乃至哲学中"真"的回归，但回归的方式不同。这种回归方式杂糅了假想文类中的各种虚构模式，即自然主义、社会现实主义、超现

实主义（surrealism）、魔幻现实主义、"肮脏"现实主义、玄学现实主义等，我用"假想现实主义"来描写这种回归形式。这就是我对一群当代哲学家（包括阿兰·巴迪欧［Alain Badiou］、雷伊·布雷西亚［Ray Brassier］、甘丹·梅亚苏［Quentin Meillassoux］、格雷厄姆·哈曼［Graham Harman］）提出的"怪异现实主义"（weird realism）那么着迷的原因。哲学意义上的"假想现实主义"与文学中探讨现实主义作为美学模式的回归，这两者自然不能等量齐观，但我发现，贯穿他们研究的都是对一统天下的后现代主义理论的拒绝，因此，我这里提及的作家可以说组成了某种批判现实主义的联盟，我称之为"假想现实主义"。这种形式在朱诺特·迪亚兹（Junot Diaz）的作品中非常突出，同样也广泛存在于 Y. M. 穆雷（Y. M. Murray）的《征服》（The Conquest）、科尔森·怀特黑德（Colson Whitehead）的《约翰·亨利的日常生活》（John Henry Day）、查尔斯·余（Charles Yu）的《在科幻宇宙中如何安全生存》（How to Live Safely in a Science Fictional Universe）、格雷·什特恩加特（Gary Shteyngart）的《超级悲惨的爱情正传》（Super Sad True Love Story）等作品中。[1]

2013 年，笔者没有意识到的是，萨迪瓦尔在这里将"假想现实主义"（speculative realism）与"假想文类"（speculative genre）联系起来，在很大程度上将两者混为一谈，但实际上假想文类的范畴要远比假想现实主义小得多。但萨迪瓦尔提及"怪异现实主义"（现译"怪异实在论"）是对"后现代主义理论的拒绝"，这一说法让笔者倍感兴趣：笔者从 20 世纪 90 年代开始从事学术研究，后现代主义仿佛是金科玉律，现在终于有新的理论要拒绝后现代主义了！凭着多年的学术直觉，笔者感到空气中弥漫着某种令人心动的东西。

于是，笔者开展了关于 speculative realism 的大量阅读：马丁·海德格尔（Martin Heidegger）、哈曼、梅亚苏、伊恩·博古斯特（Jan Bogost）、汉密尔顿·格兰特（Hamilton Grant）、蒂莫西·莫顿（Timothy Morton）、比尔·布朗（Bill Brown）……一个个崭新的名词扑面而来，

---

[1] 雷蒙·萨迪瓦尔：《美国长篇小说的第二次提升》，唐伟胜译，载《叙事（第一辑）》（中国版），2014 年，第 103-118 页。

一个个新颖的观点暴击我心。那一段时间,笔者真正体会到了"痛并快乐",经常感觉自己在上天入地,遨游在神秘的物世界中。然而,接受理论暴击的笔者,并没有忘记"生命之树常青"的道理;笔者深知,不管理论多么高远,都需落实到文本来检验和发展。于是,笔者读埃德加·爱伦·坡(Edgar Allen Poe)、尤多拉·韦尔蒂(Eudora Welty)、J. G. 巴拉德(J. G. Ballard)、瑞克·巴斯(Rick Bass)、玛丽·雪莱(Mary Shelly)……笔者走进这些作家的作品中,试图理解他们如何匠心独运地叙写他们周围的世界,尤其是物世界。之后,笔者又开始尝试理解中西物思想传统,追本溯源,发现了大片还未开垦的学术处女地。2018年,笔者获得了国家社科基金立项,题目为"物叙事理论建构与批评实践研究",本书呈现的就是这个课题的研究成果。需要首先说明的是,立项课题的研究对象是"物叙事",但最终成果是"物性叙事"。虽然"物性叙事"只是"物叙事"的一个部分,但这是国内外较少系统涉及的部分,而且也是当今"物转向"中最有价值的部分,因此本书聚焦"物性叙事"。

过去15年中,在"后人文主义"和"去人类中心主义"的整体思潮下,国内外学界出现了明显的"物转向",这一转向被广泛认为是对以"语言学转向"和"文化转向"为代表的后结构主义、建构主义和反本质主义的超越,试图让我们重新回到客体自身,去探索人类理性之外的物的本质。由于物的本质并不直接对我们的思维在场,因此探索物之本质这一过程需要想象的力量,而这恰恰是当今各种物论(尤其是思辨实在论)的基础所在。可以说,讲述物性故事本身就意味着这是一个审美活动,要求我们摆脱以往各种人类中心主义式的叙事方式,重新想象物、人类以及人类与物的关系。

虽然古今中外思想家和哲学家都对物的本性进行过思考,比如西方的柏拉图(Plato)、提图斯·卢克莱修·卡鲁斯(Titus Lucretius Carus)、巴鲁赫·德·斯宾诺莎(Baruch de Spinoza)、卡尔·马克思(Karl Marx)、哈曼等,以及中国的庄子、邵雍、王国维等,但从叙事学的角度来讨论物性及其书写方式的成果并不多见。因为目前的叙事理论及批评实践均置重于人类,大大忽略了物如何得以讲述以及物在叙事意义形成过程中的作用。在这个背景下,本书旨在借鉴物转向中的各派物论,通过对中外经典和当代物叙事的(重新)阐释,建构具有普遍意义的物性叙事理论,为叙事阐释提供新的视角。为此,本书将物叙事分为三种模式，即"符号的物""行动者的物"和"本体的物"。由于"符号的物"模式（即物质文化研究）已经受到学界广泛关注，本书将重心置于后两者，将这两者共同纳入"物性叙事"范畴。

本书分"物性叙事理论建构"和"物性叙事批评实践"两个部分。

在理论建构部分，本书首先阐明当今物转向的基本特点：认为物具有独立于人类的生命及活性，在本体论上与人类完全平等，人类应该超越理性，对物进行（美学）想象。在回顾梳理中西物思想渊源之后，本书指出当代物转向发生的内外原因，包括科学的发展、生态意识的提高和哲学思想的迭代。

在"物叙事研究的三种模式"一章中，本书区分了"符号的物""行动者的物"和"本体的物"三种叙事模式，其中"符号的物"将物视为一种文化符指，试图揭示物背后的文化、社会和历史所指；"行动者的物"则不仅仅将物看作人类活动的背景和工具，而是具有生命和灵性，是扮演重要角色的"行动者"；"本体的物"叙述的则是物自身，或曰"物性"。

本书将"行动者的物"叙事和"本体的物"叙事合并称为"物性叙事"，并提出了"物性叙事"的四个策略，即"无限隐退的物"、"万物平等"、"没有人类的世界"、"活力的物"（vibrant things）。其中，"无限隐退的物"策略意味着叙事可以制造物的表面特征与其隐退的真实之间的距离，并以此来实现自己的叙事意图；"平等的物"策略则既可让物开口说话，也可让人和物双方缄默，并使用"罗列""互为聚焦""谨慎的拟人化"等方式来制造人与物平等的叙事效果；"无人的物"策略让人类完全退出叙事，用某种数学公式、句法结构来组织叙述，最大限度地让物脱离人类认知和意义范畴；"活力的物"策略则赋予传统认为的惰性之物力量，让它们影响甚至改变人物的行动，从而推动情节向前发展。物性叙事的这四种策略是物性叙事理论建构的核心。为了更好地把握物性叙事概念，本书还讨论了中国的"以物观物"（looking for thingness in things），认为这是物性书写的中国方案。中国的"以物观物"传统虽然并没有提出观物的具体方式，但其思想与西方本体书写有颇多相似之处，均强调对自我的超越。两者的主要差别在于：西方的本体书写倾向于突显"无人""世界末日""混乱与死亡""恐怖与怪异""虚无"这类主题，而中国思想传统中的"以物观物"（包括经过王国维改造后的概念）则往往表达"超然""离愁别绪""天人合一"等与主体修养和人世幸福相关的主题。

本书还将物性叙事理论用于拓展传统叙事理论。首先，本书认为，物性叙事理论可以从两个方面拓展陌生化叙事理论：（1）消除叙述视角和叙述声音中的人类理性痕迹，使物超越人类对它进行的镜像式和象征式表征，进入自在自为的真实界；（2）突出物的灵性和主体性（agency），使之反作用于人类和叙事进程。这两个方向的拓展都能让读者感受/发现更陌生的"物性"。其次，本书还借用物性叙事理论将短篇小说中的"谜"分为四类：第一类是拥有真实之谜的物不直接出现，也就是不直接对读者在场，但该物的感性特征通过故事中的人物叙述者间接得到描述；第二类是拥有真实之谜的物依然不出现，而且该物的感性特征也不出现，仅仅给出高度抽象的实在特征（或许仅仅给出一个名字）去暗指物的真相；第三类是感性物出场，而且其感性特征如火花般给出，令人眼花缭乱，但这些特征叠加起来产生的效果，却让读者更加远离对该物的常规认知，形成与该物的认知疏离，使之成为阅读中的谜团；第四类是感性之物在场，但作品通过揭示物还具有的一些不为人所见的真实特征，从而使物从读者的感性认知中逃逸，并被神秘化。"谜"就是短篇小说文类的定义性特征，虽然已经被很多理论家注意到，但一直没有系统的分类，本书借鉴物性叙事理论框架，比较成功地解决了这一理论难题，显示出物性叙事理论在文学理论建构方面的巨大潜力。

在批评实践部分，本书将物性叙事理论用于阐释或重读多个西方经典叙事文本和现当代文本，展示了物性叙事理论的强大阐释力。在重读坡的《厄舍府的倒塌》("The Fall of the House of Usher")时，笔者发现，该小说的恐怖效果来自"灵性之物"与"理性之人"的核心张力，沿着这条思路，小说中的很多未解之谜即可得到合理解释，比如：罗德里克的病到底是什么引起的？厄舍府为什么会倒塌？罗德里克为什么要邀请"我"？罗德里克为什么要在玛德琳死后将尸体停放在地窖14天？在当代知名生态作家巴斯的《隐者的故事》("The Hermit's Story")中，笔者发现，巴斯处处都在强调自然、动物和人类的独立实在性，从而传达出其深层生态意识。在韦尔蒂的《一位旅行推销员之死》("Death of a Traveling Salesman")中，韦尔蒂利用美国南方普遍存在的葡萄藤来建立人与物的亲密关系，而这种亲密关系建立的成功与否决定了整个叙事进程走向。在《淹死的巨人》("The Drowned Giant")中，巴拉德突显了巨人和人类心理的无限隐退性，实现了"认知间离"（cognitive estrangement）的美学效果。在浪漫主义诗人约翰·济慈（John Keats）

的颂歌中，诗人叙述了自己受惑于物的过程，体现了诗人对神秘不可知的终极之真的偏好和迷恋。在美国非洲裔作家怀特黑德的《第一区》(Zone One)中，城市尘土与尸体的灰烬在空气中混合，随着雨水和气流覆盖了整个城市。雨水使城市尘土与尸体灰烬杂糅，形成了布鲁诺·拉图尔（Bruno Latour）所说的物质杂糅体和莫顿所说的"超物体"（hyperobject），将人类引向灭绝的道路。

为了更加清楚地阐明思辨实在论或面向物的本体论与文学批评理论和文学批评之间的关联，本书还附上了笔者翻译的两篇文章。第一篇是哈曼的《精致的破锤：面向物的文学批评》("The Well-Wrought Broken Hammer: Object-Oriented Literary Criticism")，在该文中，哈曼用面向物的本体论视角，考察了新批评、新历史主义和解构主义的得失。第二篇是西方著名叙事研究学者玛丽－罗拉·瑞安（Marie-Laure Ryan）的《人类化的物与怪异的物：论物在叙事中的主动作用》("The Humanized Object vs. The Alien Object: The Active Roles of Objects in Narrative")，该文以土耳其作家奥尔罕·帕慕克（Orhan Pamuk）的《纯真博物馆》(Masumiyet Müzesi)以及法国作家让－保罗·萨特（Jean-Paul Sartre）的著名小说《恶心》(La nausée)为例，探讨了无生命物件在叙事中的积极作用。

中国的外国文学批评界近20年的主流范式是社会批评和政治历史批评，解构主义、后结构主义、新历史主义等反本质主义被普遍接受。本书将重点置于"物性叙事"，主张重新思考物的本体及其叙事问题。这不仅符合后人类中心主义时代精神，更为后人类中心主义的叙事研究提供了具体方法和路径。本书建构的物性叙事研究方法可用于种族文学研究（如本书分析过的怀特黑德）、生态文学研究（如本书分析过的巴斯）、哥特文学研究（如本书分析过的坡）、科幻文学（如本书分析过的巴拉德）、性别文学研究等。超越建构论，我们就可以更深入地去思考种族的本质、自然的本质、非人类的本质、性别的本质及其叙事再现方式，对本质进行重新思考在当今时代无疑更具革命性。

本书是2018年笔者申请并获得的国家社科基金一般项目"物叙事理论建构与批评实践研究"的结项成果。部分内容作为课题的阶段性研究成果，已经在国内期刊正式发表，笔者在此特向这些期刊表示感谢！这些期刊包括：国外的 Style、Neohelicon、ISLE（Interdisciplinary Studies in Literature and Environment），国内的《外国文学研究》《当代外国文学》《中国文学批评》《外语教学》《江西社会科学》《英语研究》《外国美学》《思想战线》《学术论坛》《外国语文》《山东外语教学》等。据中国知网显示，这些论文的下载量已经超过20 000人次，引用率达到500人次，产生了较大学术影响。其中，《爱伦·坡的"物"叙事：重读〈厄舍府的倒塌〉》一文在《文体》杂志发表后，瑞安来信和笔者探讨，认为笔者从物的角度对该小说的阐释比"用弗洛伊德的心理学阐释"更为合理。瑞安对这篇文章的欣赏转化成了一次国际合作，笔者与她合作撰写的英文著作《面向物的叙事学》（Object-Oriented Narratology）将于2024年由内布拉斯加大学出版社（University of Nebraska Press）出版。笔者还要感谢江西师范大学的傅修延教授及其领导的江西师范大学叙事学研究团队，傅老师本人从事的物叙事研究给了笔者很多重要启发，而叙事学研究团队专门安排的约一学期的物叙事文献阅读令笔者受益匪浅。此外，本书第十一章和第十二章内容由南方医科大学外国语学院周凌敏教授撰写，她是我主持的课题的核心成员之一。

  当然，本书还有不少缺陷。首先，形式上，由于本书包括具体文本解读，而在解读不同文本时可能需要引用同一个文献，不少地方出现了重复引用。但为了保持读者阅读的连贯性，本书尽量保留了这些重复引用。其次，本书还留下了不少空白，等待未来填补。比如，中西物叙事思想需要更加深入和系统的比较鉴别。本书对西方本体书写和中国以物观物进行了对比，但这还远远不够。比如，中西文学作品中都有大量的物件罗列现象，这需要更深入的比较研究；中国的感物传统与西方浪漫主义传统等也都有可比较之处。再次，本研究在批评实践中关注的几乎都是西方叙事作品，之后的研究需要将物性叙事理论用于中国作品的批评，以检验和校正其理论范畴和模式。最后，本项研究需要更仔细和系统地揭示物性叙事理论与其他批评理论（比如读者反映论、新批评、阐释学等）的关系。笔者将继续在物叙事领域探究下去，也期待更多学者加入这一极具潜力的研究课题。

唐伟胜
2023年9月

他序

伟胜要我为他的新书《物性叙事研究》写序,我答应下来后又有些惶恐。这个话题搔到我的痒处,我正好借此理清思路、做点阐发,但此书主要谈物性叙事,这是物叙事中最有价值、最富吸引力,同时又最幽深莫测的对象,我对此思考不够深入,所谈恐怕是隔靴搔痒、不得要领,在此先要请各方高明包涵。

物叙事之所以成为当代文坛中一股新潮并引起学界关注,原因在于人们对自己长期服膺的"文学即人学"之说不满足。我在《文学是"人学"也是"物学"——物叙事与意义世界的形成》[1]一文中提到,文学作品中意义世界的形成,与对物的讲述大有关系,故事在东瀛便有"物语"这样的代称。一味强调人学,会使文学创作和理论研究陷于重"人"轻"物"的境地。汉语中"人物"一词是个天才的发明,它表明人不能没有物的帮衬,而在"待人接物""物是人非""人亡物在""睹物思人"之类的表达中,人与物之间的关系呈现得更加密切和平等。中国文学有一个以物见人的叙事传统,这一传统主要表现为讲述人的故

---

[1] 傅修延:《文学是"人学"也是"物学"——物叙事与意义世界的形成》,《天津社会科学》2021年第5期,《新华文摘》2022年第1期全文转载。

事时往往把物也卷进来——通过描写那些与人相随相伴之物，达到衬人、助人和强人的目的。不仅如此，物还经常悄悄地抢人风头——当《西游记》中孙悟空从耳中抽出那根可大可小、可长可短的如意金箍棒时，读者的注意力便完全被这件神奇之物吸引过去了。物对人的这种"抢镜"行为，亦见于《红楼梦》中通灵宝玉不翼而飞，《三国演义》中"的卢"马载着刘备越过檀溪，《封神演义》中各种法宝大显身手完全抢占人们的眼球。

读者或许已经发现，以上所云实际并未完全脱离"文学是人学"的窠臼，至多只能说是对既有认识的一种补充与完善，所谓"文学是'人学'也是'物学'"，从方法论角度说仍然属于当下流行的"既要/又要"，还谈不上真正实现重心从"人学"向"物学"的转移。我在撰写博士论文《先秦叙事研究》时萌发了对物的关注，其中"甲骨问事"与"青铜铭事"两节讨论了早期叙事的物质载体，指出运事之物也会介入叙事，即对含事信息的构成与交流产生诸多影响。后来我写的一些涉及物叙事的文章，主要都在说明对物的讲述构成叙事中另一套话语系统，那些一再提及或被置于重要位置的物，一定都是有深意存焉，放过它们便有买椟还珠的嫌疑。但是坦白地说，这些研究虽然不无新意，总的说来仍在叙事学框架之内运行，而叙事学的主要范畴还是建立在以人为中心的基础之上。具体来说，大家使用较多的视角、声音、叙述者和受述者之类，都是从人的感官反应角度建构起来的概念，属于人类理性思维的产物，要想在这样的"人学"格局中实现"物学"方面的突破，无异于缘木求鱼。

至此我们可看出，伟胜研究物性叙事的用意。物性叙事是其物叙事研究计划的一部分，率先向学界推出这部分内容，是因为人有人性，物亦有物性，研究人或物都须从人性或物性入手（是故英国的大卫·休谟[David Hume]著有《人性论》[A Treatise of Human Nature]，古罗马的卢克莱修著有《物性论》[De rerum natura]），物性叙事研究因此成为物叙事研究的开路先锋。物性者，物之本性是也，伟胜称这一对象因处于意识之外而无法为人类知识所把握，其同义词为真实性、物质性、本体性和实在性等。伊曼努尔·康德（Immanuel Kant）在这方面已著先鞭，他结合经验论和理性论来区分现象与物自体，认为人类经验可以准确捕获现象，却无法进入物自体，即使理性也只能靠近物自体而不能完全抵达。明乎此，我们知道伟胜是要"跳出三界外，不在五行中"，即不愿再在人类中心主义的场域内作叙事问题的思考,这一转场不仅是将研究对象由"人"转向"物",更挑战了西方叙事学以人为本的顶层设计。换言之,物叙事在叙事学的学科发展史上掀开了"去人类中心"这一新的篇章,它带来的不是一场小打小闹,我们原先十分熟悉并在其中穿行自如的理论殿堂,其四梁八柱正在遭受一场风暴的吹袭。

要实现如此宏伟的意图,自然需要引入新的思想利器。本书阐述的内容相当丰富,为了让读者有初步印象,以下略举其中几个有代表性的概念工具。一是"互为聚焦"(inter-focalization)。这是一种特殊的叙述策略,即让人类和非人类互相观察对方,达到挣脱人类中心主义桎梏的叙事效果。我们过去总是以人类为观察者,以非人类为观察对象,"互为聚焦"能让我们意识到这样的观察角度也可颠倒过来。许多作者用故事讲述人,实际上已开始了这方面的尝试。二是"谨慎的拟人化"(cautious anthropomorphism)。"拟人化"为以物拟人,在拟人化前加上"谨慎的"这一限定语,意思是一方面赋予物以物,另一方面又避免人类情感和理性的过度投射。以物为中心讲述过去的故事也有不少,但那些故事中的物几乎都有人的全部情感与理性,读者在它们身上看到的并不是真正的物,提出"谨慎的拟人化",就是强调在这方面要有所约束。三是"广阔户外"(the Great Outdoors),其所指为无人类意识干预的物世界,若要进入这个世界,人类需要忘掉自己,置自身于理性之外。与这一概念相同的是"没有我们的世界"(the world without us),即人类出现之前或人类消亡后的世界,这也是对本体世界进行想象的一种方式。个人理解,这种没有人类的"广阔户外"就是宇宙本身,人类在茫茫宇宙中是个异数,至今在地球之外还未发现有智慧生命存在的迹象,因此以前那种把人类世界看作所有世界代表的观点是十分荒谬的。

以上举述,意在让读者尝鼎一脔,略微感受一下这个匪夷所思的"没有我们的世界",由此理解为什么表现此种世界需要采取不同以往的叙述策略。伟胜说他对物叙事的兴趣始于对 speculative realism(现译"思辨实在论")等概念的思索,与费伦等西方学者的互动让他嗅出"空气中弥漫着某种令人心动的东西",于是开始了"痛并快乐"的吸收与消化过程。被理论暴击后,伟胜并没有忘记用文本来做检验,他深入坡、韦尔蒂、巴拉德、巴斯和雪莱等人的作品之中,观察他们如何书写周围的物世界。在重读坡的小说《厄舍府的倒塌》时,他发现其恐怖的叙事效果来自"灵性之物"与"理性之人"的核心张力,沿此思路,小说中一些未解之谜可得到合理解释。这番自述让我看到，伟胜并没有像某些人那样，接触到西方新理论后便以该理论在中国的代言人自居，而是将这种理论运用到文学作品的阐释之中。当前存在着一种"脱离文本和文学，侈谈理论"的趋向，这在一些人那里已成为一种范式，而我觉得不管讨论的是什么话题，最终应该是为了更好地阐释文学，本书所践行的正是这样的理念。

还要指出的是，本书的思想资源并非全都来自域外，伟胜十分注意从中国古代的博物、感物和观物传统中汲取养料，我对这种取向颇为欣赏。他在比较中西物论之后得出的结论相当精彩，兹录其中一小段以飨读者："西方物论预设了主体和客体的对立，消极客体是积极主体征服的对象，因此一代代思想家不断思考物的本质是什么，怎样才能靠近物的本质；中国物论则预设了主体和客体的统一，强调两者的共通性，并通过物来反观人类自身，因此中国思想家思考的主要不是物的本质以及抵达本质的方式，而是如何与不可言说之物达成和解，从而收获更加和谐、幸福的人生。"对此我稍作补充，我们的古人不仅会"通过物来反观人类自身"，他们对那种"没有我们的世界"其实早有察觉。钱锺书说古代诗文中藏着一个"自行其素，既无与人事，亦不求人知"的物世界，[1]那里面的山光水色和鸟语花香，皆非为取悦人类而存在。本着这一认识重新审视古人的物叙事，可以发现一些触动人心的名句——较直露的有杜甫的"江头宫殿锁千门，细柳新蒲为谁绿"[2]和崔护的"人面不知何处在，桃花依旧笑春风"[3]，较含蓄的有张九龄的"草木有本心，何求美人折"[4]和汤显祖的"似这般都付与断井颓垣"[5]，都有拿恒久的风物景观来与无常的世事人情相对照的意味。物界与人世的这种反差，导致古代山水画中几乎看不到人，即便有人也会处理得很不起眼。不仅如此，许多作品让人想起曹雪芹笔下了无生气的大荒山青埂峰——画面上怪石嶙峋、草木稀疏，生命在那里不是已经结束便是尚未开始，它们似乎都在暗喻

---

[1] 钱锺书：《管锥编》（四），北京：三联书店，2007年，第2106页。
[2] 杜甫：《哀江南》，载《全唐诗》（第七册）卷二百一十六，北京：中华书局，1960年，第2268页。
[3] 崔护：《题都城南庄》，载《全唐诗》（第十一册）卷三百六十八，北京：中华书局，1960年，第4148页。
[4] 张九龄：《感遇十二首》，载《全唐诗》（第二册）卷四十七，北京：中华书局，1960年，第571页。
[5] 徐朔方笺校：《牡丹亭》，载《汤显祖全集》（三），北京：北京古籍出版社，1999年，第2096页。

与人无涉的本体世界。

目前的话语系统中,文学研究被当作一种与其他学科没有本质区别的科学研究(简称"科研"),这使得我们总想着要像科学家一样去发现事物的根本规律与本质特征,然而当遇到物性这种无法纳入人类知识系统的对象时,这样的"科研"思维便行不通了。更何况诞生于地球的科学本身并不完全"科学"和客观,一些科学定律带有深刻的人类思维印痕,其质疑者认为无法支配和规范宇宙间所有事物的可能存在。因此,此书的另一重意义,在于让我们知道人类理性的局限,不能把一切都拿到"理性的法庭"上来审判。即便是爱因斯坦这样的大物理学家,当他遇到量子纠缠这种无法用既有理论来解释的现象时,也只得用"鬼魅"之类的字眼来形容。所以人类应当看到自己的局限与有限,有时候不求甚解反而是明智的应对,强作解人只会暴露自己是"会思想的芦苇"。比这更重要的是,当前人工智能和人机融合技术已经在挑战人与物之间的界限,此书的最大意义在于帮助人们适应这场正在发生的变革。如果说量子纠缠离日常生活还有距离,那么算力突飞猛进的 ChatGPT 则已经来到我们身边,一些人甚至惊呼碳基生命正在用血肉之躯为硅基生命统治世界铺平道路。在此形势下,阅读此书的有关章节,通过伟胜的讲述瞭望一下那个"广阔户外",让"超物体""活力的物""灵性的物"和"隐退的物"等概念进入认知,体验一下陷入"无限虚无"之中的困惑以及对物世界黑暗部分的恐惧,这些均有助于增强应对时代挑战的能力,至少不会让我们对将要发生的一切猝不及防。

或许有人会觉得此处的讨论有点悲观,但看到悲观前景后仍能保持乐观才是真正的乐观,地球人都知道太阳总有一天会熄灭,但这并没有影响许多人乐滋滋地活在当下。更何况人类本来就是万物之一,起源于动物的人类将来变成更高形态的另一种物,一种在赛博空间中永续存在的灵性智慧,这样的演化前景到底是悲观还是乐观?我当年迷上叙事学,主要原因是叙事中存在形形色色的"可能的世界",所以我第一本叙事学著作《讲故事的奥秘——文学叙述论》[1]开篇便讲这个话题,其中提到由于人类想象与认知能力的提升,一些"不可能的世界"逐步成了可以理解的"可能的世界"。物性叙事研究是叙事学发展中的一座里程碑,它当然还是对"可能的世界"的探讨,不同的是研究重点已由人转向了

---

[1] 傅修延:《讲故事的奥秘——文学叙述论》,南昌:百花洲文艺出版社,1993年,第23-24页。

物——从"有我们的世界"转到"没有我们的世界",其间的距离不可以道里计,这一转向极大程度地促进了想象的放飞。历史研究中有所谓"大历史运动",即把时间起点提前到宇宙大爆炸,向后推至人类灭亡之后,物性叙事研究在这种尺度的时空范围内纵横驰骋,想想看会遭遇多少"不可能的世界"!米歇尔·福柯(Michel Foucault)说,有些作家"不仅生产自己的作品,而且生产构成其他文本的可能性和规则",[1]在我看来,此书也在进行这样的生产。

我在《中国叙事学》中有过这样的感言:"如今风华正茂的中国学者大多受过系统的西语训练,许多人还有长期在欧美学习与工作的经历,这就使得我们这边的学术研究具有一种左右逢源的比较优势。"[2]说这番话时,我心中想到的就是伟胜这种既"知己"又"知彼"的中国学者。伟胜如今正在执行一个雄心勃勃的物叙事研究计划,本书是他这方面投石问路的第一部,据我所知还有一批成果会陆续推出,它们将给读者带来更大的惊喜。庄子《逍遥游》说"适百里者,宿舂粮;适千里者,三月聚粮",伟胜就是那种为"适千里"而"三月聚粮"者——他在西方的物转向与中国的叙事传统上都下了很大的功夫,与国际叙事学界也一直保持着良好的互动,如此充足的知识储备和思想资源,让我对他完成这次学术长征充满了信心。

是为序。

傅修延

2023 年 8 月 15 日

于豫章城外梅岭山居

---

[1] 米歇尔·福柯:《作者是什么?》,逢真译,载朱立元、李均主编《二十世纪西方文论选》(下卷),北京:高等教育出版社,2002 年,第 193 页。
[2] 傅修延:《导论》,《中国叙事学》,北京:北京大学出版社,2015 年,第 16 页。

上篇 物性叙事理论建构

第一章

物转向与中西物论传统

过去15年中,在"后人文主义"和"去人类中心主义"的整体思潮下,国内外学界出现了明显的"物转向"(turn to things),这一转向也被称为"物质转向"(material turn)、"非人类转向"(nonhuman turn)或"新物质主义"(new materialism)。在戴安娜·库尔(Diana Coole)等看来,造成这波物转向的原因主要有三个:一是"自然科学的进展",二是"某些政治和伦理的考量",三是"建构论的枯竭"。库尔认为,关于物质的本体论往往与我们如何看待物质有关。相对于曾经启发过弗里德里希·威廉·尼采(Friedrich Wilhelm Nietzsche)、西格蒙德·弗洛伊德(Sigmund Freud)的经典牛顿物理学,新的物理学(如量子物理学)和生物学认为,物质更难把握,也更复杂,因此需要革新物质的相关理论。此外,当今环境和气候问题、全球人口和资本流动问题、转基因工程问题、数字和虚拟生活问题等无不让我们重新思考现代性及其确定的人类价值,以及人类在物质世界中的位置。最后,在当代生命政治和全球政治经济语境下,之前居于主流地位的建构论已经枯竭,无法解释新语境下的物质、物质性和政治。[1]

物转向被广泛视为对以语言学转向和文化转向为代表的后结构主义的超越。尽管语言学转向和文化转向难以简单概括,但这两个转向共享一个理论预设,即客体不可认知(或者根本不存在),客体是语言和文化的建构。这种建构立场虽然在某种意义上打破了本质主义偏见,却也在很大程度上忽略了对实在的客体的关注,于客体而言是另一种形式的暴力和操控,其结果是让我们无视客体的存在,而单方面地突显人类作为认识主体的重要性。物转向则试图让我们重新回到客体自身,去探索人类之外的"物"。这一转向已出现多种形式:以拉图尔为代表突显"物"的主体性和能动性、以哈曼为代表突显"物"的本体实在性、以伊丽莎白·格罗兹(Elizabeth Grosz)为代表突显身体的"物质性",以布朗为代表突显人类"物无意识"(material unconscious)的"物论",等等。

特别值得一提的是,西方近年兴起的"思辨实在论"(Speculative Realism)哲学流派对物转向有巨大的推动作用。思辨实在论是欧美近年兴起的一个哲学流派,主要代表人物有梅亚苏、哈曼、布雷西亚、利维·R. 布赖恩特(Levi R. Bryant)等。2011年出版的《思辨转向:大陆唯物论与实在论》(The Speculative Turn: Continental Materialism and Realism)一书汇聚了该理论核心人物的主要思想。思辨实在论理论框架多样,各理论间甚至相互矛盾,但它们瞄准的靶子都是后康德"关联论"(Correlationism)。在梅亚苏看来,关联论要么否认物自体的存在,要么认为物自体处于人类理性之外,根本无法认识。总之,在通向物自体的道路上,关联论总要突显人类中介的作用,从而搁置本体论,转向认识论。20世纪出现的很多转向,包括语言学转向、符号学转向、叙事转向、认知转向等,从某种意义上都是"关联论"思维方式的结果。思辨实在论则意在克服或绕开关联论陷阱:它相信物自体的存在,因此是"实在的";它相信通过想象(而非理性)可以抵达物自体,因此是"思辨的"。这样,思辨实在论的主要任务就是最大限度突破人类理性框架的局限,走进实在的"物"本体世界。然而,思辨实在论追求

---

[1] Diana Coole and Samantha Frost, "Introducing the New Materialisms," in *New Materialisms: Ontology, Agency, and Politics*, eds. Diana Coole and Samantha Frost (Durham & London: Duke University Press, 2010), pp.5-6.

的"实在的物"(real object),有别于之前认为人类可以完整再现物世界的"幼稚实在论"(Naive Realism),是更为复杂的物本体存在方式。不同哲学家有不同侧重点,甚至不同立场,比如,梅亚苏[1]、布雷西亚[2]旨在想象没有人的"广阔户外"(the Great Outdoors)[3]的模样,认为物的存在前提是偶然性和非理性,哈曼[4]的侧重点是指出物自体的隐退性(withdrawnness),认为物与人、物与物之间的关系无法穷尽物本身,而博古斯特[5]、布赖恩特[6]等则将重点放在对物的运作、物与物互动关系的描述上。但思辨实在论者都认为物具有独立于人类的生命及活性,在本体论上与人类完全平等,人类应该超越理性,对物进行(美学)想象。由此可见,物转向很符合后人文主义的精神旨趣,试图从本体上解构人类中心主义,承认物的力量,追寻物的本真。

作为当今人文研究领域一个相当显著的现象,物转向也引起了国内学者的关注。杨庆峰等2011年发表的《多领域中的物转向及其本质》或许是涉及该话题的最早论文之一。该文首先认为,"物转向是当前哲学研究的一个重要动向",然后对不同领域内的物转向进行了区分,比如,"在伦理学中,物转向意味着其摆脱人类中心主义,关注物的伦理性;在生存哲学中,物转向意味着开始摆脱理性传统,关注身体研究;现象学的物转向意味着摆脱先验意识,关注语境"。[7]2015年,汪民安发表的论文《物的转向》首次梳理了物转向的哲学渊源。该文首先阐述了康德哲学的"哥白尼式的革命",认为康德哲学不仅确立了"人的感性、知性和理性都无法抵达物自体"这一论断,还颠覆了传统唯物论中的主客体关系,将认识主体置于客体之上,即"不是让主体去适应对象,而是让

---

[1] 参见 Quentin Meillassoux, *After Finitude: An Essay on the Necessity of Contingency*, trans. Ray Brassier (New York: Continuum, 2008)。
[2] 参见 Ray Brassier, *Nihil Unbound: Enlightenment and Extinction* (London: Palgrave Macmillan, 2007)。
[3] "广阔户外"是梅亚苏提出的一个术语,用来指人类意识之外的世界,参见 Quentin Meillassoux, *After Finitude: An Essay on the Necessity of Contingency*, trans. Ray Brassier (New York: Continuum, 2008)。
[4] 参见 Graham Harman, *Tool-Being: Heidegger and the Metaphysics of Objects* (Chicago: Open Court, 2002)。
[5] 参见 Ian Bogost, *Alien Phenomenology, or What It's Like to Be a Thing* (Minncapolis: University of Minnesota Press, 2012)。
[6] 参见 Levi R. Bryant, *Onto-Cartography: An Ontology of Machines and Media* (Edinburgh: Edinburgh University Press, 2014)。
[7] 杨庆峰、闫宏秀:《多领域中的物转向及其本质》,《哲学分析》2011年第1期,第158-165页。

对象来适应主体，让物围绕着主体来转动"，这就意味着哲学将讨论的重心转移到主体身上，因为客体的知识是由主体所赋予的，而将这一认识发展到极端，势必导致各种各样的人类中心主义，但类似海德格尔和拉图尔这样的哲学家，以及思辨实在论的代表梅亚苏和哈曼等则旨在"让主体陷入沉默"，而客体（也就是物）"在主体的沉默中，在它自身的孤独和偶在中，在它和其他客体的脆弱关系中，赫然地闪现"。[1]韩启群在2017年发表的《西方文论关键词：物转向》一文中，追溯了物话语的缘起，并重点综述了近十年物转向话语的发展，认为在这场声势浩大的物转向中，"任何对人类文化的理解都必须放在巨大复杂的非人类网络中，万物相连且有生命，主体与客体、人类与非人类、有生命的与无生命的，一切界限都变得模糊"，"物转向"被拓展为更为宏阔的"非人类转向"，"大有建构一种宇宙万物充满活力的新世界观的气势"。[2]2020年，张进在以"物性诗学"为题的专著中，更为全面地梳理了物性诗学的哲学维度、话语谱系维度和历史沿革。在该书的第六章，张进区分了"物性之魅""物性附魅""物性祛魅"和"物性返魅"等四个阶段并讨论了各阶段的诗学范式，然后指出："当现代性的祛魅趋势在20世纪遍行世界时，在万物之神秘性都被消解殆尽之后，一股与祛魅反向运动的潮流（物性返魅），开始在人文社科领域的研究实践和思想探索中流行开来。"[3]张进这里的"物性返魅"，与当代西方的"物转向"在本质上是同源的。[4]

对物的关注其实并不新鲜，从古至今，中西思想家和哲学家从未停止过对物的思考，促成了多种多样关于物的理论。面对茫茫无际、多种多样的现象世界，西方思想家很早就开始追问世界本源。总体上看，他们对这一追问的回答可以分为两类：一类是原子论，另一类是理念论。前者的集大成者是卢克莱修，后者的代表则是柏拉图。卢克莱修，包括更早的德谟克利特（Democritus）、伊壁鸠鲁（Epicurus）认为，世间万物的本源或"始基"是不可再分的原子，原子有重量，不需外力即可向下运动，但有些原子在运动中会发生偏离，从而与其他原子碰撞和组合，

---

[1] 汪民安：《物的转向》，《马克思主义与现实》2015年第3期，第96-106页。
[2] 韩启群：《西方文论关键词：物转向》，《外国文学》2017年第6期，第88-99页。
[3] 张进：《物性诗学导论》，北京：人民出版社，2020年，第292页。
[4] 物性返魅（或复魅，re-enchantment）并不是21世纪才出现。早在19世纪，英国诗人济慈的诗歌里就有浓厚的"物性返魅"思想。感兴趣的读者可以参看本书第九章"魅惑的物：济慈颂歌中的复魅叙事"。

进而形成世间万物。[1]卢克莱修的物性论确立了世间万物的形成源自原子的运动以及原子之间的相互碰撞和组合，从而否定了宗教的上帝创世论，表现出浓厚的唯物主义色彩。有论者甚至认为卢克莱修的物性论预言了当代物理学中的某些重要命题，比如，微观粒子运动具有不确定性的思想。[2]与此相对照，柏拉图的理念论则主要是唯心主义的。在他看来，世界万物都是幻觉，如同其"洞穴理论"中投射在墙面上的人的影子，世界的本源（也即最真）是"理念形式"（ideal form），如同洞穴之外的太阳，现象世界中的万物都是对理念形式的摹仿。[3]

　　无论是原子论还是理念论，西方古典思想家丝毫没有考虑人类作为认识主体在探索世界真相过程中的局限性，而这恰恰是西方近代哲学关注的重心所在，由此西方哲学从本体论转向认识论。对于如何认识物的真理，也出现了两种基本倾向：一种是以勒内·笛卡尔（René Descartes）为代表的理性论，另一种是以约翰·洛克（John Locke）、休谟为代表的经验论。理性论认为，人类经验不可靠，唯有从绝对正确的理性推衍出来的真理才是可靠的；经验论则认为，人类理性有局限，只有经验才是靠近真理的唯一途径。康德结合经验论和理性论，区分了"现象"与"物自体"，认为人类经验可以准确捕获现象，但无法进入物自体，即使是理性也只能靠近物自体而不能完全抵达。无论理性论还是经验论，都建立在物我两分的前提下，而且在很大程度上忽略了物的本性，单方面突出人类作为认识主体的重要性。康德后的哲学，无论是强调理性还是强调直觉，大都没有逃出这个前提。比如，20 世纪的语言学转向试图用"语言"来抵达物本体，福柯的后结构主义则试图用"权利关系"和"知识谱系"来解释世界本质，这些理论虽然降低了人类的主体地位，但依然是在梅亚苏定义的"关联主义"框架下运作，突显的不是物自身，而是抵达物的路径，因而是哈曼定义的"通道哲学"（philosophy of access），而非本体哲学。

　　当然，近代西方哲学并非没有超越"关联主义"的哲学。斯宾诺莎就是其中杰出的代表。他认为宇宙间只有一个实体，这个实体的两个本质属性是思想与广延，万事万物都是这个实体的特殊表现形式。只有

---

[1] 参见卢克莱修：《物性论》，北京：商务印书馆，1981 年。
[2] 参见厚宇德、张志会：《〈物性论〉中的原子运动思想分析》，《自然辩证法研究》2015 年第 1 期，第 75—80 页。
[3] 参见张志伟：《西方哲学十五讲》，北京：北京大学出版社，2004 年。

实体才是认识的唯一对象，而我们既可以通过实体本身去认识实体，也可以通过实体的样式去认识实体。为此，斯宾诺莎区分了三种知识，即"意见或想象""理性知识""直观知识"，他认为第一种知识多是错误的，只有第二种和第三种知识是必然的真知识。在这里，我们可以看到斯宾诺莎对经典理念论的改造和继承，也可以看到他对笛卡尔的超越：他对"直观知识"的偏好以及对"意见和想象"的排斥说明，他对抵达物自体路上的人类中介充满怀疑。戈特弗里德·威廉·莱布尼茨（Gottfried Wilhelm Leibniz）则提出，世界万物的本质是实体，这种实体一方面不可再分，另一方面在其自身之内又具有能动性，他将这种实体命名为"单子"（monad），认为单子不仅客观存在，也是精神实体，这种无限多而且永恒存在的单子就是万物的基础。[1]不难看出，虽然斯宾诺莎和莱布尼茨在很多方面都有分歧，但他们都将目光投向万物之本源，因此，他的观点是古典本体哲学的深化和延续。

当莱布尼茨提出单子是精神实体的时候，他已经暗指"自然与自我同一"了，这在某种程度上弱化了主体和客体之间的对立关系。德国哲学家弗里德里希·谢林（Friedrich Schelling）将这一观点表达得更为明晰。他不再如康德那样认为客体由主体设定，而是把客体看成与主体一样具有实在性的东西，提出应该把自然看成一个整体，探究自然的内在动力结构和普遍原理。谢林对"生命"的定义尤其值得关注。在他看来，所谓生命就是"由内在本源维持的自身存在，具有内在连续体的独立的存在"。[2]这样，生命就不是人类的专属，而是宇宙万物之共享。这一思想对当代物论哲学家如吉尔·德勒兹（Gilles Deleuze）、史蒂文·沙维罗（Steven Shaviro）等产生了巨大影响。

从以上对西方物论传统的简述不难看出，不管着眼于物自身，还是着眼于认识物的路径，西方物论的主要宗旨都是追求物的真相，基本前提是物我两分以及或明或暗的各种人类中心主义。当然，西方也有关于物的社会属性的深刻探讨，其中的代表有马克思的"物化"和让·鲍德里亚（Jean Baudrillard）的"物欲望"等。与此相对照，中国传统物论思想虽然也有人类中心的痕迹，但总体而言人类与物之间的关系明显更加缓和，这一点与当代西方物转向基本精神更为契合，然而中国物论的核

---

[1] 参见张志伟：《西方哲学十五讲》，北京：北京大学出版社，2004年。
[2] 同上。

心并不是追问物的真相,而是透过物来反观自身,最终落脚到伦理诉求和更幸福的现实生活,这是中国物论与西方物论显著不同的一面。

博物(listing strange things)也许是早期中国儒家对物采取的基本态度。受儒家传统教义"博物君子"的影响,一个有道德的人应该能够识别和命名世界上所有事物(尤其是那些奇怪的事物),因此接受过正规教育的人会通过文字来炫耀自己对周围事物的熟悉和了解,事物越奇怪越好,尤其是魏晋南北朝时期,由于连年战乱,知识分子选择将对社会的失望情绪转化为对奇物怪事的空谈,这就是《山海经》《博物志》之类的博物书籍一度风靡的深层原因。很明显,博物学者醉翁之意并非物的真相,而是通过讲述奇异物事显示自己的博学。比如,《博物志》作者张华在炫耀自己对"异草木"的知识时写道:"海上有草焉,名蒒。其实食之如大麦,从七月稔熟,民敛获,至冬乃讫,名自然谷,或曰禹余粮。"[1]在这里,张华仅满足于提及一种读者不熟悉的草并列举其名字及用途,并不对其作原子的或理念的进一步思考。

如果说博物是一种思想传统,作家通过讲述奇闻逸事来展示自己的知识水平,那么感物(feeling with things)在中国则可能是一种更为基本、更具影响力的传统。在感物传统中,人们认为事物是人类情感或个性的分享者。这种将人类情感融入外物的做法不仅是一种文学传统,更是一种思想传统。根据这一传统,所有文学作品都源于诗人内心需要表达的某种情感,这种情感得以与对象或事物相互交流,因此人和物的情感是交互的而不是分离的,也就是刘勰所说的"(心)随物宛转"和"(物)与心徘徊"的双向过程。[2]"感物说"依据的则是古代中国人的信仰,即人与万物都有灵魂,因此可以分享彼此的感受和情感,即天人感应。可以说,感物是中国许多文学作品(尤其是诗歌)的根本特征和魅力所在,其中最著名的是马致远的《天净沙·秋思》:"枯藤老树昏鸦,小桥流水平沙,古道西风瘦马。夕阳西下,断肠人在天涯。"在这里,人类情感和世间万物的情感完全合二为一,融入同一个情感世界。在叙事作品中,人和物往往也是一体而不可分的,比如说到关羽,我们会马上联想到他的青龙偃月刀,说到诸葛亮,我们会想到他的黑羽扇;说到孙悟空,我们则会想到他的如意金箍棒,类似例子不胜枚举。在这些例子

---

[1] 张华:《博物志》,北京:中华书局,1978年,第97页。
[2] 刘勰:《文心雕龙》,北京:中华书局,2012年,第519-520页。

中,物是人的工具或衣着,但已经与人合二为一,不可分割了。借物来抒发情志或展现性格,已经沉淀为中国人的基本思维方式之一。在中国人眼里,物我合一就是人生最高境界。然而,同样不难看出,感物的核心亦不在物本身,物虽然具有情感的能力,但主要是用来衬托人类情志或性格。

中国物思想中还有一个悠久的观物传统。与感物不同,这个传统试图切断人与物之间主观的情感联系,在"道"和"理"这个客观层次上重建人类与万物之间的联系。比如,在感物传统中,"落花"和"流水"可以与人类"时光无情流逝"这类感受相对应,但在观物传统中,落花和流水呈现的只是自然之"理",除此并无其他意义。[1] 观物传统可追溯至道家,后经北宋理学家们的系统论述,成为中国思想传统的一部分。观物传统认为,世界有大道和至理,它们统摄世间万物,人类很难认识它们。人类只有放弃自己狭隘的理性和感情,忘却世俗考量和欲望,才有可能接近大道和至理。陶渊明的"采菊东篱下,悠然见南山"这类诗句以及很多山水画都是观物思想在中国文学艺术上的典型体现。观物传统(尤其是北宋理学家眼中的观物传统)系统阐述了"理"及其与万物的关系,同时最大限度压缩了人类主体性,从而显示出该传统与西方物论相似的一面(笔者认为,这也解释了该传统为什么吸引了深受西方直观理论影响的王国维,并使之写出了影响深远的《人间词话》),但是我们也必须看到,中国观物传统的最终落脚点依然是现实生活中的人类自身。讨论完"道"或"理"并认为它们不可企及后,观物传统并没有像莱布尼茨等西方哲学家那样进一步探索"道""理"的组成成分及内外运动,而是转向人类实践,为人类社会制定伦理规则:按照物道、物理而生活是最幸福、也是最值得过的人生。比如程颢的《秋日》前两句"闲来无事不从容,睡觉东窗日已红"勾勒了一个与世无争的世外高人形象,接下来这个世外高人"以物观物",发现"万物静观皆自得,四时佳兴与人同",同时思绪上天入地,超凡脱尘,"道通天地有形外,思入风云变态中",但最后两句话锋一转,诗人突然又回到人间,"富贵不淫贫贱乐,男儿到此是豪雄"。至此,我们会发现,程颢这首诗歌的落脚点并不是物之理,而是人之理。因此,虽然观物传统致力于对物道和物理的讨论,但归根到底是为了提高人类自身的幸福感和主体修养。

---

[1] 参见张锦:《邵雍的观物论与诗学思想》,《社会科学家》2020年第2期,第37-40页。

以上挂一漏万地勾勒了中西物论传统，从中可以管窥中西物论的某些重要差异。西方物论预设了主体和客体的对立，消极客体是积极主体征服的对象，因此，一代代思想家不断思考物的本质是什么，怎样才能靠近物的本质；中国物论则预设了主体和客体的统一，强调两者的共通性，并通过物来反观人类自身，因此中国思想家主要思考的不是物的本质以及抵达本质的方式，而是如何与不可言说之物达成和解，从而收获更加和谐、幸福的人生。当然，西方并非完全没有物我统一的思想传统，但这一传统直到19世纪浪漫主义运动才出现，相比中国的感物传统晚了很多，而且随着工业化和全球化在西方社会的纵深发展，这一传统很快就被形形色色的人类中心主义取代，相关哲学讨论也在很大程度上遮蔽了物自身，单方面突显语言、权力话语、文化、价值等的重要性。近些年兴起的物转向则是对这一现象的反拨，重新思考物的本质以及人类与物之间的关系。虽然物转向是西方学界发起的，但其核心思想暗合了中国某些物论传统，因此，物转向对中国也有很强的现实意义，它迫使我们更加关注并积极探索周围的环境，重新思考在全球化和电子化语境下应该如何看待人类的主体性以及人类与万物的关系。

第二章

物叙事研究的三种模式[1]

第一节 物与物叙事

如果叙事是讲故事,那么物叙事就是讲述关于物的故事。物是什么?是商场里琳琅满目的商品,还是角落里堆积如山的垃圾?是漫山遍野的花草,还是水中自由游动的鱼儿?是高高在上的日月星辰,还是奔腾不息的江河湖泊?毫无疑问,所有这些都是物,但物的外延又远远不止这些。在汉语语境中,物的意思是:"万物也。牛为大物。起于牵牛,故从牛。勿声。"[2]也就是说,物的外延囊括了世间所有存在,"天人合一"的思想甚至把人类也看成万物成员之一,正如东汉王充所言,"人,物也;物,亦物也。"[3]在西方,虽然有些原子论也将人和万物等同,但

---

[1] 本章部分内容曾发表于《山东外语教学》2019年第2期。
[2] 许慎:《说文解字》,北京:中华书局,1978年,第217页。
[3] 王充:《论衡·福虚篇》,上海:上海人民出版社,1976年。

大多数哲学家将人类视为主体,而将万物视为等待主体去征服的客体,直至浪漫主义时期,这种主客体的紧张关系才得到一定程度的缓解。在当代西方的物转向中,哲学家们倾向于使用 thing(物),而不是 object(客体;物体;对象),因为后者暗含他们希望消除的 subject(主体)。换句话说,西方当代物论试图消灭主客体对立,转而用 thing 一词将主客体统一起来。这就是布朗选择使用 thing theory(物论)的根本原因。哈曼虽然继续使用 object-oriented ontology(面向物的本体论)这个术语,但他明确指出,他不区分 thing 和 object 这两个词,并非因为他继续坚持主客体的对立,而是"因为现象学当初复兴对个体事物的哲学研究时使用的就是这个术语(即 object)"。[1]

国内外不少学者将当前的物转向称为"非人类转向"(nonhuman turn),这种提法从某种意义上讲并不准确,因为非人类转向明显预设了主客对立,而且明确将人类从物转向版图中驱逐出去。事实上,我们要驱逐的是人类中心主义中的"人类",而非作为物的人类,正如著名学者博古斯特所言,物转向试图建立一种新型人类观,即"人类不再是存在的主宰。相反,人类只是诸存在之一,混杂于诸存在中,并与其他存在发生关联"。[2]本书中的"物"是广义性质的,不仅包括通常被认为无生命的物件(如石头、烟蒂、尘土、机器等),也包括通常被认为有生命的动物、植物、超自然物和人类身体等,甚至还包括事件(如卢克莱修将特洛伊战争视为偶然之物[3])和各种人造物(如哈曼最喜欢讨论的"东印度公司")。在后人类中心主义的语境下,考察如何讲述和理解物叙事,是本章的核心任务。

陈众议教授在讨论世界文学"自上而下"的发展倾向时认为,"如今,世界文学普遍显示出形而下特征,以至于物主义和身体写作愈演愈烈",[4]这一观点从文学内部发展动力角度解释了物叙事得到当今学界普遍关注的原因。当然,即使是在诸神或英雄的叙事中,物元素往往也引人注目。比如,荷马史诗《伊利亚特》(*Iliad*)第二卷,阿伽门农率队出征特洛伊前,作者花了 265 行(从 494—759 行)来罗列即将出征的

---

[1] Graham Harman, "The Well-Wrought Broken Hammer: Object-Oriented Literary Criticism", *New Literary History*, vol.43, no.2 (2012), pp.183-203. 笔者认为,哈曼使用 object 一词的另外一个原因是,该词可以让他的理论,即 Object-Oriented Ontology 读起来更加上口。
[2] Ian Bogost, *Alien Phenomenology, or What It's Like to Be a Thing* (Minneapolis: University of Minnesota Press, 2012).
[3] 参见卢克莱修:《物性论》,北京:商务印书馆,1981 年,第 26 页。
[4] 陈众议:《直面问题,重塑原理》,《中国文学批评》2022 年第 1 期,第 18—25 页。

战船；[1] 在埃德蒙·斯宾塞（Edmund Spenser）的《仙后》（*The Faerie Queene*）第一章中，诗人用了整整两个诗节来罗列红十字骑士和美女尤娜躲雨的那片森林中的树木。[2] 文学研究者们自然不会放过叙事文学中这些显著现象。最早的尝试之一是加斯东·巴什拉（Gaston Bachelard）的《空间诗学》（*The Poetics of Space*）。虽然书名里有"空间"一词，但该书讨论的是房子、抽屉、箱子、衣柜、鸟巢、贝壳、墙角、小画像这些物体是如何组合成空间并启发着我们的诗学想象。[3] 苏珊·史都华（Susan Stewart）1972年的著作《论想念：关于小画像、庞大之物、纪念品、收藏的叙事》（*On Longing: Narratives of the Miniature, the Gigantic, the Souvenir, the Collection*）探讨了物件的情感力量，尤其是物件如何引发怀旧情绪。[4] 更近的评论家如弗朗西斯科·奥兰多（Francesco Orlando）[5]、莎拉·瓦瑟曼（Sarah Wasserman）[6] 更喜欢讨论物的消逝、腐烂和无常。法国的玛尔塔·卡瑞昂（Marta Caraion）区分了19世纪法国文学中物的两大主题：一是引发个体记忆的独特之物，另一个是代表进步和未来的大规模生产之物。[7]

在《文学是"人学"也是"物学"》一文中，傅修延教授明确提出关注文学作品中物的重要性：

> 文学作品中意义世界的形成与对物的讲述大有关系，物叙事是语言文字之外的另一套话语系统，如果不懂得这套系统，作者植入文本的意义无从索解。对物的轻视导致我们读不懂许多与物相关的叙事，人物的服饰、饮食、住宅，均为携带意义的符号，与物相关的行为如物的保有、持用、分享、馈赠、消费、呵护和毁弃等，更值得做深入文本内部的细究和详察。[8]

---

[1] 参见荷马：《伊利亚特》，罗念生译，上海：上海人民出版社，2007年，第48–59页。
[2] 参见斯宾塞：《仙后》，邢怡译，北京：北京时代华文书局，2015年，第8–9页。
[3] 参见 Gaston Bachelard, *The Poetics of Space*, trans. Maria Jolas (London: Penguin Classics, 2014)。
[4] 参见 Susan Stewart, *On Longing: Narratives of the Miniature, the Gigantic, the Souvenir, the Collection* (Durham: Duke University Press, 1972)。
[5] 参见 Francesco Orlando, *Obsolete Objects in the Literary Imagination*, trans. Gabriel Pilas and Daniel Seidel (New Haven: Yale University Press, 2006)。
[6] 参见 Sarah Wasserman, *The Death of Things: Ephemera and the American Novel* (Minneapolis: University of Minnesota Press, 2020)。
[7] 参见 Marta Caraion, *Comment la littérature pense les objets* (Ceyzérieu: Champ Vallon, 2020)。
[8] 傅修延：《文学是"人学"也是"物学"——物叙事与意义世界的形成》，《天津社会科学》2021年第5期，第161–173页。

在这篇文章中,傅修延教授认为,物本身构成了一套符号系统,我们需要了解其产生的文化背景,同时深入文本内部去探究其含义,才能准确理解作者将其植入文本的用意。换句话说,物(包括服饰、饮食、住宅等)对叙事世界意义的生成起着至关重要的作用,"物的保有、持用、分享、馈赠、消费、呵护和毁弃"都可能作用于叙事进程。同样,国际叙事学领域领军学者瑞安近年来也很关注物与叙事之间的关系:

> 叙事通常都被视为是再现人类关系网络如何在时间中演变,然而哲学的最新趋势已经开始质疑我们赋予人类的自然世界霸权地位,并拒绝接受"人类优先于其他活性物种和非活性物"的观点。一个被大家称为"思辨实在论"的松散哲学流派聚焦于物,认为物是自主存在的显现,而不只是通过人类感知这一过滤器被看待。对叙事学来说,这些新近的发展意味着我们需要更加关注非人类成分对叙事意义的重要性。传统叙事观念认为叙事的核心成分包括场景、人物和情节,情节又包括事件和行动,但在刻画场景、促进人物行动乃至决定情节时,非人类实体起到了关键作用。[1]

瑞安在这篇论文中认为物对叙事"起到了关键作用"。按照功能,她将叙事中的物分为两种:一种是在情节层面发挥作用的物(她称之为"策略功能"[strategic function]),即物在叙事中推动情节发展;另一种是在人物体验层面发挥作用的物(她称之为"体验功能"[experiential function]),即人物如何体验叙事中的物。物的这两种功能既可以同时发挥作用,也可以单独发挥作用。瑞安接着区分了物的两种体验功能:一种是人物在物中体验到人类情感(她称之为"人类化"),另一种是人物在物中体验到物的本真性(她称之为"怪异化")。在另一篇文章中,瑞安进一步细分了物的四种体验功能:入侵式的物(即物对人产生了压迫效果)、令人惊异的物(即物让人看到其令人惊讶的另一面)、恋物癖的物(即物让人睹物思人)和怪异的物(即物让人体验到物性)。[2]

---

[1] 玛丽-劳拉·瑞安:《人类化的物与怪异的物:论物在叙事中的主动作用》,唐伟胜译,《江西社会科学》2020年第1期,第134—140页。
[2] Marie-Laure Ryan, "Experiencing Objects," in 傅修延主编《叙事研究》(第3辑),上海:上海外语教育出版社,2021, pp.3–46.

如果说傅修延教授主要是从阐释的角度，让我们去关注和发现物在叙事中的文化意义，那么，瑞安则主要是从叙述的角度，让我们看到物在叙事讲述中扮演的角色。虽然角度不同，但两位论者都有论及物叙事的两个关键问题，即如何讲述物的故事，以及物如何参与叙事世界意义的建构。这两个问题其实是关联不可分的，因为讲述的方式必定蕴含着意义。

遗憾的是，以往我们通常仅仅将物看作人物活动的背景，因此不太注重深入挖掘物的意义及其叙事价值。结合传统物论及当今物转向的基本精神，笔者提出物叙事及其研究的三种模式：一是作为符号的物（thing as signs），探讨叙事中的物如何作用于叙事的文化意义；二是作为行动者的物（thing as actors），探讨叙事中的物如何作为主动参与者（而不是仅仅作为人物活动的背景）作用于人物的活动，并推动叙事进程；三是作为本体的物（thing as ontology），探讨叙事中的物如何超越语言和文化表征，显示其本体物性。必须指出的是，文学叙事中的物，无论是符号的物、行动者的物，还是本体的物，都是作家用来实现自己特定修辞意图的叙事成分，因此无论用哪种模式考察叙事中的物，我们都应该结合作家的创作意旨，从而更好地理解其叙事诗学。

第二节　物叙事研究模式之一：符号的物

物叙事的这一考察路径将叙事中的物视为一种文化符号，试图揭示物指向的社会、文化内涵和主客体关系。这一路径必然使相关研究进入历史、文化维度，因为不同文化在不同历史时期对物的观念存在差异，从而影响物作为符号在叙事中携带的意义。比如，西方中世纪宗教文学中，物通常被赋予神性；启蒙时代文学中，物渐渐脱离神性成为普通之物；浪漫主义文学中，物被赋予人类感性。18世纪西方进入工业时代，物被看作商品；在后工业时代，物的消费符号性被突显出来；而在当代全球化背景下，物的符号意义变得更为多样和复杂。在中国叙事实践中，物在不同时期也被赋予多种多样的意义。最早的诗集《诗经》中有大量的动物和植物，它们被用来寄托情怀，或比附才德，或传情寄爱，或象征福禄；兴盛于魏晋的志怪小说如《山海经》《博物志》中罗列的大量怪异之物则主要用来展示作者"多识于鸟兽草木之名"；唐代诗歌倾向于强调诗人与物之间的情感交流与互动；而宋代诗人则喜欢在观物中体会"道通天地有形外"；经元而至明清，物更成为士大夫精神气质和审美趣味的象征。

"名物"考证是中国学界考察叙事中物之符号意义的重要手段。中国古代文学作品中的物丰富而庞杂，经过时间的洗礼，其名称和意义可能已经发生变迁。在这种情况下，在考察具体作品中物的符号意义时，就必须采取历史主义立场，才能真正读懂作品中物的意义系统。正如扬之水在考察诗经名物时所言，我们应力求在诗与物的"遥相呼应处，接通它们本来应有的联系，并因此而透现历史的风貌"，"通过对诗（广义的诗）中之物的解读，而触摸到诗人对生活细节的观察与体验，以揭出物在其中所传达的情思与感悟，由此使得一些多半是在文学研究与文学史写作视野之外，亦即艺术标准之外的作品（包括名家之非名篇），别现一种文心文事乃至彰显出诗意的丰沛"。[1] 扬之水本人就是最好的范例，她对《诗经》、《金瓶梅》、风俗故事、敦煌艺术中的物进行了细密的名物考证，结合最新考古发现，从物的角度加深或更新了对中国古代文学世界的理解。

如果说国内学界从"名物"的视角辨析中国古典文学作品中的物之名称及其文学和社会价值，西方学界则主要聚焦于考察18世纪以来叙事作品如何书写物的占有及其社会含义。这比较容易理解。这一时期西方科技迅猛发展，工业革命逐渐兴盛，各种工业物品充斥在人们生活中，人与物的关系变得日益复杂，因此极大激发了学者们的研究兴趣。詹妮弗·萨图尔（Jennifer Sattaur）在《像客体那样思考：维多利亚研究中的"物论"综观》（"Thinking Objectively: An Overview of 'Thing Theory' in Victorian Studies"）一文中，回顾了20世纪80年代以来西方学界对维多利亚叙事作品中"物"的相关研究，这些研究大体经历了三个阶段：首先是基于商品文化理论的研究，然后走向物质文化理论，尤其是消费文化理论，最后围绕"物论"，不再强调物的商品属性，而是致力于"解释主体和客体之间的关系……以描述作为能指符号的物的复杂性"。[2] 其

---

[1] 扬之水：《后记》，《诗经名物新证》，北京：大众文艺出版社，2009年。
[2] Jennifer Sattaur, "Thinking Objectively: An Overview of 'Thing Theory' in Victorian Studies," *Victorian Literature and Culture*, vol.40, no.1 (2012), pp.347-357.

实，萨图尔这里勾勒的三个阶段代表的正是西方学界将物作为符号来研究的三个基本思路，其中第一个思路基于马克思主义的商品理论，第二个思路基于鲍德里亚的消费主义理论，第三个思路则基于更为广泛的物质文化批评。

众所周知，在马克思的资本主义批判中，商品具有核心地位：作为人类劳动产品，商品既不被生产它们的劳动者完整了解，也往往不能被劳动者拥有，因此造成了资本主义社会普遍的疏离感和陌生感；与此同时，商品还象征着剥削，因为劳动者创造的价值为统治阶级所享有。这一批评思路已经为国内文学研究者所熟悉，兹不多论。不难看出，马克思虽然区分了商品的交换价值和使用价值，但他明显对前者更感兴趣，而法兰克福学派以及法国学者罗兰·巴特（Roland Barthes）和鲍德里亚在其消费主义批判中则更关注后者。比如，鲍德里亚在其代表作《物体系》(*The System of Objects*) 中受索绪尔结构主义语言学启发，把对物的占有欲视为消费社会的标志性特征，而激发占有欲的不是物的实用功能，而是物在符号系统中与其他物的关系。现代资本主义社会通过商品的更新迭代，加速改变物的符号意义，从而推动消费主义的盛行。在鲍德里亚看来，"消费不过是指对符号进行系统化操控的行为。"[1] 如果消费仅仅意味着对符号的操控，而符号与现实之间又是任意的（arbitrary）关系，那么借用一句时髦的话，我们或许可以说，我们消费的不过是空气。显然，鲍德里亚的消费主义批判虽然能部分揭示消费的空洞本质，却无法解释物作为符号对人类的多种功用，而这正是物质文化批评致力阐明的问题。在伊恩·伍德沃德（Ian Woodward）看来，"'物质文化'这个术语强调的是我们周围那些看似无生命之物如何作用于人，或为人所用，以承担某种社会功能，并赋予人类活动符号意义。"[2] 为此，物质文化批评区分物的功能层面和表达层面，探索物如何表达人类身份，满足情感需要，见证人类历史，或者成为"思维的工具"代替人脑的部分工作。[3] 如果马克思是从商品的生产及交换的角度来批判资本主义，鲍德里亚是从对物的符号性来批判消费主义，那么物质文化批评则强调物与人类及社会的

---

[1] Jean Baudrillard, *The System of Objects*, trans. James Benedict (London: Verso, 2020 [1968]), p.218.
[2] Ian Woodward, *Understanding Material Culture* (London: Sage, 2007), p.3.
[3] 参见 Sherry Turkle, ed. *Evocative Objects: Things We Think With* (Cambridge, Mass.: MIT Press, 2011)。

多样关联性。就叙事研究而言，这三者都有巨大的批评潜力。

比如，刘禾在细读《鲁滨孙漂流记》(The Adventures of Robinson Crusoe)时发现，丹尼尔·笛福(Daniel Defoe)描写鲁滨孙在荒岛上制作瓦罐时，"既引出又否认了瓷器的在场"。通过这一细节，刘禾追溯了17世纪末和18世纪初欧洲与亚洲的贸易史、欧洲的瓷器技术发展史以及笛福本人对中国瓷器的态度，认为笛福的这一做法是"殖民否认"的修辞表征。[1]受此启发，国内其他学者也纷纷探讨这一时期小说中的物与西方文化之间的互动关系。例如，《"茶杯中的风波"：瓷器与18世纪大英帝国的话语政治》一文追溯了18世纪中国瓷器在英国掀起的热潮，以及这一热潮激发的大英帝国政治话语，这些话语"或重构帝国的审美和道德，或鼓吹帝国的隐性扩张，或想象性地化解帝国制瓷的焦虑，或烘托帝国科技和艺术的优越"，从而引发了一场"茶杯中的风波"。[2]

关于物的消费及物与人物的关系，也有不少讨论。比如，《时尚之物：论伊迪斯·华顿的美国"国家风俗"》一文聚焦伊迪斯·华顿(Edith Wharton)《国家风俗》(The Custom of the Country)中的时尚之物，重点描述小说主人公厄丁对这些时尚之物从"跟风者"到"拥有者"再到"操纵者"的变迁，从而揭示"欧洲时尚产业对美国社会的影响"，"美国女性在消费时尚之物同时也被时尚消费的困境"，以及时尚带给女性"自我定义"的可能性。[3]再如，在《〈嘉莉妹妹〉中的女性主义物论》("Feminist Thing Theory in Sister Carrie")一文中，特雷西·勒马斯特(Tracy Lemaster)结合女性主义和相关物论，论述了嘉莉对物的渴望，以及这种渴望给她带来的心理、两性和艺术上的发展机会，从而超越了男性中心论。[4]笔者认为，在这些研究的基础上，我们或许可以建构一个"物消费叙事模型"。在这个模型中，我们首先应区分两类主人公：一类不喜欢占有物，另一类喜欢占有物，然后再把主人公与物之间的关系分为"积极的"和"消极的"两类。这样，我们就可以区分四种

---

[1] 刘禾：《燃烧镜底下的真实：笛福、"真瓷"与18世纪以来的跨文化书写》，载孟悦，罗钢编《物质文化读本》，北京：北京大学出版社，2008年，第362－387页。
[2] 侯铁军：《"茶杯中的风波"：瓷器与18世纪大英帝国的话语政治》，《外国文学评论》2016年第2期，第32－50页。
[3] 程心：《时尚之物：论伊迪斯·华顿的美国"国家风俗"》，《外国文学评论》2015年第4期，第187－201页。
[4] 参见 Tracy Lemaster, "Feminist Thing Theory in Sister Carrie," Studies in American Naturalism, vol.4, no.1 (Summer 2009), pp.41－55。

最基本的物消费叙事人物：（1）不喜欢占有物但与物保持积极关系的人物；（2）不喜欢占有物同时与物保持消极关系的人物；（3）喜欢占有物同时与物保持积极关系的人物；（4）喜欢占有物但与物保持消极关系的人物。[1]按照这一模型，帕慕克《纯真博物馆》中的男主人公凯穆尔属于第（3）类别，他喜欢收集与女主人公芙颂相关的物品，这些物品带给他积极的记忆，以至于最后他专门为这些物品建立了博物馆。相反，萨特的著名小说《恶心》中，罗康坦不喜欢物，而且通过物顿悟到存在的多余，因此他属于第（2）类别。《国家风俗》中的厄丁和《嘉莉妹妹》中的嘉莉，她们的情况则更为复杂。她们都喜欢占有物，同时表面上与物的关系是消极的，因此似乎属于第（4）类别，但从女性主义的角度看，物给她们提供了自我定义的机会，因此又可归为第（3）类别。这个模型可以提供一个支点，使我们得以更细致精微地分析叙事中物的符号意义。

第三节 物叙事研究模式之二：行动者的物

受人本主义思想的影响，近现代以来西方倾向于将主体性视为人类专属，物是受人类主体操控、被动、消极的客体。当代物转向颠覆了这一认知传统。拉图尔提出一种新的社会学理论，即行动者网络理论（Actor-Network-Theory），认为"非人类肯定是行动者"，应该给予非人类"比传统自然因果关系更为开放的主体性"，[2]这样人类和非人类一起，构成一个行动者网络，共同为社会变化承担责任，从而否认了人类是社会变化的唯一或最重要的主体。同样，简·贝内特（Jane Bennett）也认为物具有活力（vibrant），作为施事者，物不仅可以促进或阻碍人类计划，而且还有自己的运动轨迹和天性，贝内特因此用"物的力量"（thing-power）一词来概括物的这种施事能力。[3]叙事研究中，"活力的

---

[1] 参见 Marie-Laure Ryan and Tang Weisheng, *Object-Oriented Narratology* (Lincoln: University of Nebraska Press, 2024 forthcoming)。

[2] Bruno Latour, *Reassembling the Social: An Introduction to Actor-Network-Theory* (New York: Oxford University Press, 2005), p.10.

[3] 参见 Jane Bennett, *Vibrant Matter: A Political Ecology of Things* (Durham and London: Duke University Press, 2010)。

物"这一观念提醒我们突破"符号的物"模式,去关注叙事如何再现物的力量,突现物的施事能力,尤其是物在决定人物行动和情感,乃至参与建构叙事作品美学特质等方面的作用。

在中国古典文学传统中,物常常作为行动者参与叙事。比如唐传奇开篇之作《古镜记》中,古镜被赋予斩妖除魔的神奇功能,就连丢失时古镜仍然具有强大的力量:"大业十三年七月十五日,匣中悲鸣,其声纤远。俄而渐大,若龙咆虎吼,良久乃定。开匣视之,即失镜矣。"[1]虽然古镜经历常被阐释为王朝更迭的隐喻,[2]但古镜小说核心行动者的地位依然引人注目。相比之下,中国现代小说传统以"人"和"社会"为中心,具有强烈的反物质倾向。即使如此,沈从文、汪曾祺、林斤澜、阿城、格非、王安忆这些作家的作品,也大量讲述了物与人的互动,从而构成一种潜流,暗接中国物叙事传统。[3]"活力的物"在西方也有自己的传统,其中最显著的是万物有灵论(Panpsychism)。从古希腊历经中世纪到现代,万物有灵论以不同面目出现在文学作品中。比如,在小说《厄舍府的倒塌》中,坡赋予了物神秘、充满恶的灵性,小说主人公罗德里克的理性思想被四周的灵性之物不断侵蚀,使他长期处于自我怀疑中,从而变得神经质,而他的妹妹玛德琳小姐的尸体散发的力量最终导致罗德里克的崩溃,厄舍府的倒塌隐喻着物的力量最终战胜理性。这样,坡笔下的物不再只是人物活动背景,也不仅仅起到烘托气氛的作用,而是拉图尔定义的"行动者",具有灵性和力量。坡利用这种神秘之"物"的灵性及其产生的力量来推动小说的叙事进程,最大限度地制造恐怖效果,从而实现自己的诗学目的,成就哥特小说的经典。[4]

如果万物都是行动者,那它们就会相互作用和感应,形成拉图尔描述的"行动者网络"。在这个构想中,世间万物(包括人类)共处一张"网"(mesh),网里所有成员相互纠缠,[5]构成凯伦·巴拉德(Karen

---

[1] 王度:《古镜记》,载李剑国编《唐宋传奇品读辞典》(上卷),北京:新世界出版社,2007年,第8页。
[2] 岳立松:《〈古镜记〉的天命历史观》,《文化月刊》2009年第3期,第152-154页。
[3] 周保欣:《"名物学"与中国当代小说诗学建构——从王安忆〈天香〉〈考工记〉谈起》,《文学评论》2021年第1期,第67-75页。
[4] 参见唐伟胜:《爱伦·坡的"物"叙事:重读〈厄舍府的倒塌〉》,《外国语文》2017年第3期,第6-11页。
[5] 参见 Timothy Morton, *The Ecological Thought* (Cambridge: Harvard University Press, 2010)。

Barad)所谓的"内动"(intra-action)关系。[1]中国文学向来不缺这样的人-物之网。正如傅修延在考察"人物"一词渊源时所说,"'人物'这一词语中物的在场,是为了标出人与物之间的'无差别性'"。[2]在该文中,傅教授列举了中国文学经典中大量的人-物相随的情况,比如《红楼梦》中的宝玉与通灵宝玉、《西游记》中的孙悟空与如意金箍棒、《三国演义》中的诸葛亮与黑羽扇,并认为"中国文学有一个以物见人的叙事传统,这一传统主要表现为讲述人的故事时往往把物也卷入其中,通过描写那些与人相随相伴之物,达到衬人、助人和强人的目的",同时,"人与物的紧密接触还导致两者之间的互渗"。[3]这种"互渗"与巴拉德的"内动"可谓异曲同工。人-物互渗在中国诗歌里也屡见不鲜,甚至是中国诗歌与西方诗歌的区别性特征之一。我们不妨再品一下唐代诗人刘长卿的《逢雪宿芙蓉山主人》:"日暮苍山远,天寒白屋贫。柴门闻犬吠,风雪夜归人。"诗歌先列举一堆静态物:日、山、天、屋、门、风雪等,最后引入动态因素"犬吠"和"夜归",让诗歌多少具备了一点叙事性,但这里让人关心的并不是夜归人从何而来以及他回家之后会发生什么,而是那些静态物与夜归人之间的互渗互感。换句话说,这些静态物不是事件发生的背景,也不是简单的象征物,而是与夜归人发生了内动:日暮、苍山、天寒、白屋、柴门与夜归人一起,共同勾勒出一个安贫乐道的隐居世界。

拉图尔的行动者网络理论以及"活力的物"这一观念,还可让我们更好地理解"多元决定论"(Overdetermination)这一概念及其叙事价值。"多元决定论"原本是弗洛伊德心理分析学术语,指某个结果是由多种原因造成的。考虑到万物都是行动者,我们就必须承认,任何现象都不只是人类行动的结果,而是包括人类在内的多个行动者合作的结果。这一思想得以让我们超越人类,去分析物产生的作用。比如,凯文·特朗皮特(Kevin Trumpeter)在仔细分析西奥多·德莱赛(Theodore Dreiser)的两部小说《嘉莉妹妹》(*Sister Carrie*)和《美国悲剧》(*An American Tragedy*)后发现,在小说的关键情节处——豪斯伍德从保险柜里偷取现金以及克莱德杀害未婚妻,左右人物的不仅有他们的主体意志,还有各种非人类行动者,后者起到的作用丝毫不亚于前

---

[1] 参见 Karen Barad, *Meeting the Universe Halfway* (Durham and London: Duke University Press, 2007).
[2] 傅修延:《物感与"万物自生听"》,《中国社会科学》2020年第6期,第26-48页。
[3] 同上,第26-48页。

者。这一发现不仅增加了作品的复杂性,更让读者注意到,在自然主义小说中,非生命物扮演的往往是有害的角色,从而提醒我们,"物在我们耳边唱起的歌,完全可能是赛壬"。[1]下面以美国著名南方作家韦尔蒂的早期作品《一位旅行推销员之死》(以下简称《推销员》)为例,说明"生命之物"如何作用于人物行动和叙事进程(对该小说的详细分析,请见本书第七章)。

《推销员》的情节比较简单。一位名叫鲍曼的旅行推销员大病初愈,准备开车外出推销鞋子,却在一个午后错误地将车开上乡间小路,车也掉进沟里。他到山坡上一家农户请求帮助,误将农家女主人看作老妇人并产生了与她交流的欲望,便又请求在农家借宿一夜并得到应允。然而,天未亮时,鲍曼就起身不辞而别,跟跄着跑下山坡,死在公路上。在这一情节概述中,我们不难发现几个令人费解的细节:首先,如果我们理解鲍曼是去农家求助,他为什么突然间产生了与"老妇人"沟通的欲望?他的车被拉上来后,他为什么突然又请求留下来住一晚?更重要的是,他在农家得到盛情款待,明明可以充分休息一晚,第二天再出发,但他为什么要不辞而别?最后又为什么会死在路上?

那么,该如何解释韦尔蒂安排的情节呢?笔者认为,物视角给我们提供了一条进入这个文本的路径。小说一开始,鲍曼与物和人的关系都疏离而紧张:透过鲍曼,我们可以了解到他倾向于把人进行物化,比如他对死去的祖母的记忆是那张"宽大的羽绒床",对医院护士的记忆是赠送给她的"一个非常贵重的手镯",田地里的农夫对他来说"像拐杖或杂草",而与此同时,他又保持着与周围的"物"冷漠对立的姿态,比如当他的车失控就要掉进沟里,他"平静地下了车",然后带着厌恶的心理去查看车如何摔进沟底。然而就在此时,韦尔蒂安排了一个令人意味深长的细节:鲍曼发现他的车掉进一大簇葡萄藤中,葡萄藤"接住它,抱着它,摇着它,它就像黑色摇篮中一个奇怪的婴孩",然后葡萄藤"轻轻地把它放在了地上"。[2]笔者认为,韦尔蒂在这里将葡萄藤描写成一位母亲,暗示南方无处不在的自然之物具有温柔包容

---

[1] Kevin Trumpeter, "The Language of the Stones: The Agency of the Inanimate in Literary Naturalism and the New Materialism," *American Literature*, vol.87, no.2 (Mar. 2015), pp.225-252.

[2] 参见 Eudora Welty, "Death of a Traveling Salesman," in *The McGraw-Hill Book of Fiction*, eds. Robert DiYanni and Kraft Rompf (New York: McGraw-Hill, Inc., 1995), pp.1038-1047. 小说引文为笔者翻译,以下对本小说的引用不再一一标明。

的力量,而目睹葡萄藤温柔接纳汽车的鲍曼似乎感受到此地的"物"的友好力量,这无疑在某种意义上减少了他与物和人之间的疏离感。理解这个细节的功能后,我们就不难理解鲍曼接下来的举动:他"几乎带着孩子般的顺从"(with almost childlike willingness)走向山坡上的木屋,而当他看见小木屋顶上厚厚的"葡萄藤"和站在过道上的女人时,"他停下脚步。突然间,他的心开始奇怪地跳动起来……他断定她有 50 了","恍惚中,他静静地站着,手中的袋子掉落,却好像是慢吞吞地在空气中优雅地飘下,然后稳稳地落在门阶旁的卧草上"。鲍曼的这一系列反应无疑源自他在葡萄藤与母爱之间取得的联系,而他"心奇怪地跳动",感到"恍惚",以及断定过道上的女人是个 50 多岁的年长女人,是因为他把这个女人想象成了自己的母亲。也正因为如此,鲍曼才产生了强烈的欲望要向她表达自己内心的爱,以至于后来他甚至觉得自己已经融入这个家庭(索尼夫妇一家),有"彼此都看得见对方"的透明感。这样我们就容易理解,在小说的最后,当鲍曼发现女人其实并不老,而且正怀着身孕,他会感觉自己上当受骗了:房子里,原来有"一桩婚姻,一桩已经有了结果的婚姻"。这一切让鲍曼猝不及防,觉得"有人给他开了个玩笑"。他本以为他们三人"彼此都看得见",但其实彼此看得见的只有索尼和他的妻子,索尼夫妇之间有"秘密的交流",而他自己一直都是"被欺骗的"局外人。就这样,当索尼夫妇一起走进卧室,留下孤独的鲍曼一个人躺在客厅看着火苗消失,他重新回到推销员模式,情不自禁地念叨:"一月份所有鞋子都将特价销售。"绝望之下,他觉得"必须马上回到过去的生活"。于是,我们也就能理解鲍曼为什么要挣扎着站起来,不辞而别,然后孤独地在公路上死去。

  如果以上分析是贴切的,我们就能看到有生命的物在韦尔蒂叙事进程中的枢纽作用。在《推销员》的叙事世界中,美国南方的自然之物(葡萄藤)不只是人物活动的背景,也不仅仅起到象征的作用,它本身就有生命,有影响人物活动并推动叙事向前运动的力量。通过描写推销员鲍曼与南方之物和人之间一波三折的距离变化,韦尔蒂明确表达了她的地方意识,即与南方这片包容而温柔的土地及其代表的价值传统(比如忠诚、自足、自尊等)合为一体,远比象征工业化的出门远行更容易给人带来幸福和满足。

第四节　物叙事研究模式之三：本体的物

除了把物当作文化表征和有力量的行动者，很多理论都在试图思考作为本体的物。也就是说，物还可能以超然姿态出现在叙事中。"超然"意味着物虽然由人类语言所叙述，但又能挣脱语言的束缚，呈现出康德所谓的"物自体"（thing-in-itself），或"物性"。自古以来，言说超然之物都是中外哲学家的最高目标。柏拉图的"理念"、普罗提诺（Plotinus）的"太一"、奥古斯丁（Augustine）的"永恒知识"、康德的"物自体"、阿图尔·叔本华（Arthur Schopenhauer）的"意志"、海德格尔的"物性"、布朗的"物质性"、梅亚苏的"广阔户外"、哈曼的"实在的物"、庄子的"道"、朱熹的"理"，凡此种种，均指向这个超然之物。[1] 正如康德所言，物自体处于人类理性之外，几乎不可言说，但这正是以想象见长的文学大显身手的地方。言说神秘的物自体成为很多诗人和评论家念兹在兹的理想，譬如济慈的"消极能力"[2]、司马迁的"究天人之际，通古今之变"（《史记·报任安书》）、王国维的"无我之境"[3]、朱光潜的"在微尘中见出大千，在刹那中见出终古"[4] 等。柏拉图虽然欲将文学艺术逐出理想国，却独创了对话体这一文学形式来追问理念，海德格尔用极具诗性的语言试图言说汇聚了天地神人的物，[5] 庄子用瑰丽无比的想象乘"道"逍遥遨游于天地之间。[6]

叙述超然之物的核心在于人类主体的淡化。庄子的"坐忘""丧我""心斋"就是要超越主体和客体之分，泯灭物我之别，齐万物而与道同体；叔本华的直观说强调的也是对世界本质的非理性认识和整体把握。受叔本华影响，王国维化用北宋理学家邵雍的话语，在《人间词话》中

---

[1] 对于超然之物，中西哲学家的想象往往有很大区别。西方倾向于用"无人""世界末日""混乱与死亡""恐怖与怪异""虚无"来想象物本体，而中国思想传统则往往强调物本体的"超然""离愁别绪""天人合一"等内涵。

[2] John Keats, *Letters of John Keats*, ed. Gittings Robert (London: Oxford University Press, 1970), p.43.

[3] 王国维：《人间词话》，彭玉平评注，北京：中华书局，2014年，第4页。

[4] 朱光潜：《给青年的十二封信》，长沙：湖南文艺出版社，2018年，第107页。

[5] 参见马丁·海德格尔：《物的追问：康德关于先验原理的学说》，赵卫国译，上海：上海译文出版社，2010年。

[6] 参见庄周：《庄子》，昆明：云南人民出版社，2011年，第1页。

更是直接提出了"无我之境"的概念:"有我之境,以我观物,故物皆著我之色彩;无我之境,以物观物,故不知何者为我,何者为物。"[1]的确,只有最大限度地淡化自我及理性,才能抵达那个若隐若现的超然之物,正如梅亚苏所言,我们"需带着置身域外的感觉,也就是完全在他处",才能探索那个外在于人类思维的"广阔户外"。[2]

梅亚苏主张完全泯灭自我去探索物自体,这个想法在叙述中很难真正实现,但通过自我压缩、自我否定、自我逃逸等方式,我们往往也能完成对物自体的惊鸿一瞥。"面向物的本体论"倡导者哈曼认为,"无论在艺术还是科学中,永远无法使实在之物在场,只能用暗指(allusion)的方式间接抵达。"[3]所谓"暗指",在叙事中往往体现为叙述者不直接讲述物,而是通过间接的方式提及物,这样叙述者的自我被大大压缩,物性因此得到彰显。哈曼本人对美国恐怖作家 H. P. 勒夫克拉夫特(H. P. Lovecraft)的研究表明,该作家在描写神秘的超自然怪物时(最为著名的就是他笔下的克苏鲁),往往并不对其进行直接描写,而是通过目击者人物的间接转述,这种"暗指"方式可以彰显怪物神秘不可知的本性,从而达到恐怖的阅读效果。在另外一些叙事中,叙述者极尽所能地描写物的特征,但随后又否定这些描述,从而让读者瞥见深不可测的物性。比如,在雷蒙德·卡佛(Raymond Carver)的名篇《谈论爱情的时候我们在谈论什么》("What We Talk About When We Talk About Love")中,两对夫妻坐在家里,谈论到底什么是爱情,每个人都发表观点,讲述自己的爱情故事,小说以第一人称的讲述结束:"我能听见自己的心跳。我能听见所有人的心跳。我能听见大家坐在那里发出的噪音,我们都一动不动,即使当黑暗弥漫屋内。"[4]当两对夫妻分享完自己的爱情观,我们仿佛对爱情有了很多认知,但小说最后的叙述表明,关于爱情的本质,远非四个人物所能理解,他们在自我否定的静默中瞥见了"爱情"的复杂性,而卡佛则通过叙事实现了"表面下别的事情正在发生"[5]的

---

[1] 王国维:《人间词话》,彭玉平评注,北京:中华书局,2014年,第4页。
[2] Quentin Meillassoux, *After Finitude: An Essay on the Necessity of Contingency*, trans. Ray Brassier (New York: Continuum, 2008), p.17.
[3] Graham Harman, *The Quadruple Object* (Winchester: Zero Books, 2011), p.46.
[4] Raymond Carver, *Where I'm Calling from: New and Selected Stories* (New York: Vintage Books, 1989), pp.320-334.
[5] David Applefield, "Fiction & America: Raymond Carver," *Frank: An International Journal of Contemporary Writing & Art* [Paris], vol.8, no.9 (Winter 1987-1988), pp.6-15.

"少即多"的极简主义美学意图。再如,亚历山大·普赖斯(Alexander Price)讨论了塞缪尔·贝克特(Samuel Beckett)在其戏剧《乔依》(*Eh Joe*)中对卧室中"脏物"(如灰尘)的处理方式,认为贝克特突显了这些脏物在规定性之外的物性,并借此重新调整了物与主体之间的关系;[1]克里斯多夫·布鲁(Christopher Breu)在《物的坚持:生命政治时代的文学》(*Insistence of the Material: Literature in the Age of Biopolitics*)一书中强调物对语言和文化赋意的反抗,并将其视为他定义的"晚期资本主义物性文学"的核心特征,并讨论了美国作家威廉·巴勒斯(William Burroughs)如何在其《裸体午餐》(*Naked Lunch*)中使用"真实界的语言"(language of the Real)来宣告物性的创伤式回归。[2]下面以美国当代著名自然作家巴斯的短篇小说《洞穴》("The Cave")为例,更详细地说明"本体的物"如何可被作家用来传达新型的人与自然的关系。

在巴斯这篇发表于2000年的作品中,拉塞尔和其女朋友由于一个偶然的机缘,赤身裸体地进入一个50米深的废弃地下矿井。在这个洞穴里,两个人经历了去人性化(dehumanized)过程,最后依然赤身裸体地回到现实世界。然而,在他们眼中,此时的世界已然完全不同:

> ……阳光似乎有些不同——仿佛他们已离去达几月之久,如今他们归来,已是不同季节;也或许他们已经离去几个世纪,甚至千年,事物呈现的角度也有了些许的不同——阳光,以一种古老的,又或许是更新的模式,洒向大地。……阳光漏过枫香树、山毛榉、橡树、山核桃树,洒下金绿色的光束,留下斑驳的光影,他们穿行其中。他们能尝到皮肤上绿光的味道。这是更加浓稠、潮湿的日光——仿佛他们是在水中前行。
>
> ……他们沿着山型前进。一头母鹿和小鹿受了惊,一跃而起,惊恐地看着他们好半天,没有认出他们是人类,最后它们摇着尾巴,慢慢地走进了树林。
>
> ……然后,他们手脚并用地在野草莓地上爬行,有时候用手抓

---

[1] 参见 Alexander Price, "Beckett's Bedrooms: On Dirty Things and Thing Theory," *Journal of Beckett Studies*, vol.23, no.2 (2014), pp.155-177。
[2] 参见 Christopher Breu, *Insistence of the Material: Literature in the Age of Biopolitics* (Minneapolis: University of Minnesota Press, 2014)。

一把野草莓放进嘴里，有时候则弯下腰来直接啃食地上的野草莓。[1]

草木丛生的大山、湿漉漉的灌木丛、带有绿叶的树枝、枫香树、山毛榉、橡树、山核桃树、母鹿和小鹿、不知道几百年还是几千年前的太阳，这里列举的令人眼花缭乱的自然之物，与他们在地上爬行、摘吃野草莓的动作一起，让人全然忘记他们作为人类的特殊存在：他们完全融入自然，与自然中的动物、植物没有任何等级差异。在那奇妙的瞬间，正如母鹿和小鹿都无法认出他们是人类，作为读者，我们也无法在他们身上找到任何"人类"的属性，他们仿佛化身为"动物人"（animal-man），融进了自然万物。不难看出，巴斯在这篇小说中突破了人类的文化规定性，突出了人类的物性，把人类真正变成了自然的一部分。按照伊丽莎白·哈什（Elizabeth Hash）的说法，巴斯这样书写人类的意图是"想成为更宏大的事物的一部分"，并为之作出自己的贡献，从而为短暂的生命找到更长久的意义。[2]值得注意的是，与《裸体午餐》这样的文本不同，巴斯的叙事并没有采用打破常规语法的"真实界的语言"，而是使用了人类视角和符合规范的语言，但同样运作出了一个人类处于文化规定性之外的神奇时刻。

"物转向"已经是当今人文研究领域一个相当显著的现象，国内外学术期刊发表的物叙事研究论文与日俱增。仅《当代外国文学》2020年第3期就刊载了三篇与物叙事相关的论文，分别为《有活力的物：〈开始的诸多方式〉中麦格雷戈对物的思考》《论〈第一区〉中的"9·11"尘土书写与大历史叙事》《科马克·麦卡锡"边境三部曲"中交通工具的文化意蕴》（很有意思的是，这三篇论文分别代表了笔者在此处提出的三种物叙事维度）；《外国文学》2021年第1期也刊载了三篇物叙事论文，分别为《怪诞现实主义视角下的〈联合〉》《论伊利格瑞的女性主义植物诗学》《斯威夫特与中国：一种政治地理学视角考察》；2015年，汪民安教授主编的《生产》（第10辑）则用整辑的篇幅专门探讨"思辨实在论"。笔者本人也曾先后在 Style、Neohelicon、ISLE (Interdisciplinary Studies in Literature and Environment) 等国外期刊以及《外国语文》《学术论坛》

---

[1] Rick Bass, "The Cave," *Paris Review*, vol.156, no.4 (2000), pp.145–160.
[2] Elizabeth Hash, "Adventure in Our Bones: A Study of Rick Bass's Relationship with Landscape," *Interdisciplinary Studies in Literature and Environment*, vol.2, no.1 (2015), pp.385–391.

《当代外国文学》《外国文学研究》《中国文学批评》等国内期刊上发表物叙事相关论文,并从2016年起多次在国内学术会议上作物叙事主题发言,引起了很多学者的兴趣。但总体来说,国内的外国文学研究界还没有充分重视物叙事,已有的研究也还存在不少盲点。比如搜索国内主流文学期刊上发表的以物为研究对象的论文,会发现绝大多数论文都停留在"符号的物"这一研究模式,很少使用"行动者的物"这一研究模式进行探讨,"本体的物"这一模式则几近阙如。这无疑是目前国内物叙事研究的一大缺憾。

事实上,在物叙事研究中,除了完善研究模式,还有很多工作值得学者们去探索。首先,需要继续探讨物叙事与性别、种族、环境、历史、全球化书写之间的互动关系。一直以来,性别叙事、种族叙事、环境叙事、历史叙事、全球化叙事的一个基本任务就是还原被压制方的创伤记忆,赋予他们力量、话语权和平等地位,书写他们独特的生命存在方式,物叙事研究模式有利于深入挖掘这些叙事的内在含义。其次,需要探讨物叙事与中国本土学术资源之间的互动关系。正如傅修延教授在其《中国叙事学》中指出的那样,中国叙事传统向来注重描写物,体现的是"万物相互依存"的文化思想。[1]因此,中国文学传统中蕴含了丰富的物思想,包括齐物、博物、感物、观物、体物等内涵丰富的范畴。此外,《诗经》、唐传奇、《红楼梦》、《金瓶梅》、《镜花缘》等经典作品以及现当代作家鲁迅、张爱玲、沈从文等人的作品中也有十分丰富的物叙事,现当代评论家如王国维、朱光潜、童庆炳等也对物与文学之间的关系进行过深入思考和论述。我们理应将中西文学物论资源综合起来,建构一个更完备的中西物论共同体。

---

[1] 参见傅修延:《中国叙事学》,北京:北京大学出版社,2015年。

第三章

建构物性叙事理论

如第二章所述,在物叙事的三种研究模式中,目前国内关注较多的是"符号的物"这一模式,即挖掘叙事中的物与社会文化历史之间的关联,从而加深读者对叙事世界的理解,我们可以将这类研究统称为"物质文化叙事研究",其中给人印象最深刻的成果之一是刘禾的《燃烧镜底下的真实:笛福、"真瓷"与18世纪以来的跨文化书写》。该文以《鲁滨孙漂流记》中的"瓦罐"(earthenware pot)为切入点,细密考察笛福的生平、作品创作时的英国历史和科学进展、小说中译文的细节处理,透过《鲁滨孙漂流记》中看似不起眼的"瓦罐"书写,读出了笛福文本隐含的"陌生面目"。[1] 傅修延教授的《文学是"人学"也是"物学"》一文以更宏阔的视野,论证了物如何通过文化在叙事中扮演至关重要的角色。在傅教授看来,叙事中物

---

[1] 刘禾:《燃烧镜底下的真实:笛福、"真瓷"与18世纪以来的跨文化书写》,载孟悦、罗钢编《物质文化读本》,北京:北京大学出版社,2008年,第362—387页。

的拥有与匮乏、授受与言说、诱惑与幻灭"从来都不像看上去那么单纯，而是一种与权力、地位、尊严、情感和信用等相关的符号行为"，只有懂得这一套符号系统，我们才能真正读懂文本的意义。[1]

毋庸置疑，"符号的物"这一模式非常有用，能给叙事文本解读带来许多新鲜的洞见。但由于类似成果已经非常多，且精彩之作迭出，读者可以通过相关成果完整把握这一模式，因此，本章拟置重于物叙事的另外两种模式，即"行动者的物"和"本体的物"。这两种模式侧重点略有不同，前者重新思考物在世界中的主动性及其活力，后者则思考物之本体，但"物转向"中的哲学家大都认为物具有独立于人类的生命和能动性，因此"行动者的物"也归属为"物性"的一部分。"行动者的物"和"本体的物"都是在后人类中心主义的启发下，试图超越人类语言和文化对物的规定，思考物的地位和本质。这两种模式都可看成是对物性的恢复，因此可以统称为"物性"研究模式。

第一节 走进物性

克瑞斯·华盛顿（Chris Washington）提出了一个问题："如果森林中一棵树倒下，但周围没人听见，那么，这棵倒下的树会发出声音吗？"[2]这诘问的正是物本体（或物性）之谜。自康德区分现象和本体以来，哲学家们多持如下观点，即人类无法进入物本体，因为人类的所有经验都局限于范畴和时空的纯粹直觉。人类的理性和经验是有限的，绝对知识不可企及，物本体可以想，但不可知。于是，康德以降的哲学均置重于人类作为认知主体与世界的关系，即"人类眼中的世界是怎么样的？"这一认识论问题，而搁置"世界是怎么样的？"这一本体论问题。

在通往物性的道路上设置人类认知主体这一中介，相当于认为关于

---

[1] 傅修延：《文学是"人学"也是"物学"——物叙事与意义世界的形成》，《天津社会科学》2021年第5期，第161-173页。
[2] Chris Washington, "Romanticism and Speculative Realism," *Literature Compass*, vol.12, no.9 (Sept. 2015), pp.448-460.

世界的知识都必须经过人类思维的过滤，梅亚苏将这种观念称为"关联论"。[1] 为了走出"关联论"，摆脱人类中介，去探索本体的世界，梅亚苏提出世界是建立在"非理性原则"（principal of unreason）基础上的，是偶然的（contingent），因为"对任何物的存在，都无法提供一个终极解释"。[2] 即使那些看似客观的科学原理，也不是对世界的终极解释，而是偶然的，甚至是自相矛盾的，因而也是"关联"的产物，而发现"关联循环"（correlationist circle）中的那些空白或抵牾之处，我们就有机会跨越康德式困局，走向本体世界。梅亚苏把本体世界称为"广阔户外"：

> （广阔户外）是外在于任何思想者的绝对存在：这个外在与我们没有关联；它如其所是地存在，但无关其自身存在性，无论我们思考与否，它都自为存在；我们的思想可以去探索这个外在，但需带着置身域外的感觉，也就是完全在他处。[3]

梅亚苏在这里给"思想"布置的任务就是要超越"思想"此时此地的局限，斩断思维与现实的关联，进入人类出现之前和人类消亡以后的那个世界，如此方能发现世界的本体，他甚至提出，只有高度抽象化的数学公式才能表达这个本体。[4]

如果梅亚苏走出关联循环的策略是消灭此时此地的人类，然后找到本体的绝对表达方式，那么以哈曼为代表的"面向物的哲学"（Object-Oriented Philosophy）则置重于本体之物的无限隐退性。哈曼借鉴康德以及现象学的基本划分，将物区分为"实在的物"（real object）、"感性的物"（sensual object）、"实在的特征"（real features）和"感性的特征"（sensual features）四个面向，[5] 其中"实在的物"和"实在的特征"两个面向是无穷隐退的，而"感性的物"与"感性的

---

[1] 参见 Quentin Meillassoux, *After Finitude: An Essay on the Necessity of Contingency*, trans. Ray Brassier (New York: Continuum, 2008), p.5。
[2] 参见 Chris Washington, "Romanticism and Speculative Realism," *Literature Compass*, vol.12, no.9 (Sept. 2015), pp.448-460。
[3] Quentin Meillassoux, *After Finitude: An Essay on the Necessity of Contingency*, trans. Ray Brassier (New York: Continuum, 2008), p.17.
[4] 同上，p.47。
[5] 参见 Graham Harman, *The Quadruple Object* (Winchester: Zero Books, 2011), pp.45-49。

特征"则是物呈现给人类或其他物的面向,相当于现象学中的意向之物(intentional object)。区分"物"与"特征"会让我们意识到,无论罗列多少特征都无法穷尽"实在的物";区分"实在的物"和"感性的物"则会让我们意识到,无论物以何种方式将自己呈现给人类或其他物,也都无法穷尽"实在的物"。由于"感性的物(及特征)"与"实在的物(及特征)"之间存在不可跨越的鸿沟,所以,"无论在艺术还是科学中,永远无法使实在的物在场,只能用暗指的方式间接抵达",[1]比如,海德格尔讨论过的"坏掉的铁锤"就提供了一个机会,让我们看到在作为工具的铁锤背后还"隐藏着深不可测的实在"。[2]借此,哈曼表达了对"关联论"的批判,但其批判也与梅亚苏的有不同之处:梅亚苏拒绝讨论物对人类的面向,试图跳过人类,用一种绝对的知识(数学公式)去探索物本体;哈曼则考虑物对人类(乃至对其他物)的面向,认为这个面向与物本体存在绝对鸿沟,因此没有任何一种方式能使物本体直接在场。

率先提出"物论"概念的布朗区分了"物"(thing)与"客体"(object),其中,"客体"是主体生产的物,即现象学的意向之物或哈曼的感性的物,而"物"则是具有物性的"光秃秃的物":

> (物)既在手边,又在理论领域之外的某地。超越固定的界限,作为可辨别但又模糊不清的残余,或作为一个不可明确的、却可实体化的东西。物位于智性的网格之外,正如纯粹的物位于展览馆的网格之外,位于客体的秩序之外一样。[3]

在考察超现实主义、现代主义等思想运动如何看待物之后,布朗指出,思考物总是给人一种迟到的感觉,因为只有"将思想和物性区别开来",才能激发我们对物的思考。[4]与以上三位哲学家类似,布鲁也认为,"当代社会存在中的各种物性形式……不能被语言充分而彻底地加以

---

[1] Graham Harman, *The Quadruple Object* (Winchester: Zero Books, 2011), p.46.
[2] Graham Harman, "The Well-Wrought Broken Hammer: Object-Oriented Literary Criticism," *New Literary History*, vol.43, no.2 (2012), pp.183–203.
[3] 比尔·布朗:《物论》,陈永国译,载孟悦、罗钢主编《物质文化读本》,北京:北京大学出版社,2008年,第83页。
[4] 同上,第86页。

描述。"[1]而库尔及萨曼莎·弗罗斯特（Samantha Frost）在其编著的《新物质主义》中则用"躁动"（restlessness）和"顽固"（intransigence）来定义物性。[2]

综上所述，在当前的"物转向"中，有对物质文化的关注，但更重要的是对物本体的思考。在思辨实在论、面向物的本体论、物论、新物质主义等理论框架中，物都被认为具有本体实在性，物本体存在于人类语言及文化的表征之外，不易（甚至不能）为人类理性所把握，但这并不意味着我们应该放弃物本体。正如布鲁所言，在当今"经济和文化生产越来越痴迷于虚拟、非物质和文本化"的时代，考察物性及其书写方式比以往任何时候都显得更为重要。[3]

第二节　建构物性叙事理论的必要性

尽管西方学界已经对各种物论与文学批评的关联性进行了富有启发意义的讨论，但是必须看到，面对不断增多的物叙事，中外叙事学界并没有作出及时反应。叙事学自20世纪60年代正式确立以来，虽然经历了从经典到后经典，乃至后后经典的转变，研究范式也几经更迭，但无论是叙事学肇始之作弗拉迪米尔·普洛普（Vladimir Propp）的《民间故事形态学》(Morphology of the Folktale)还是热拉尔·热奈特（Gérard Genette）的《叙事话语》(Narrative Discourse)以及费伦的《作为修辞的叙事：技巧、读者、伦理、意识形态》(Narrative as Rhetoric: Techique, Audiences, Ethics, Ideology)，都是建立在以人为核心的叙事学基础之上的。普洛普从俄罗斯民间故事中提炼出的31个功能全部是人类的行动。热奈特提出的"时空""聚焦""叙述""层次"等基本概念，均来自以人

---

[1] Christopher Breu, *Insistence of the Material: Literature in the Age of Biopolitics* (Minneapolis: University of Minnesota Press, 2014), p.1.
[2] Diana Coole & Samantha Frost, "Introducing the New Materialisms," in *New Materialisms: Ontology, Agency, and Politics*, eds. Diana Coole & Samantha Frost (Durham & London: Duke University Press, 2010), p.1.
[3] Christopher Breu, *Insistence of the Material: Literature in the Age of Biopolitics* (Minneapolis: University of Minnesota Press, 2014), p.1.

为中心的叙事实践,同时也只能较好地服务于以人为中心的叙事。比如,他在提出各种叙事聚焦的分类学之后指出,选择了某种聚焦,也就选择了叙事角度和信息数量/质量,特定的聚焦只能感知某些信息,如果超越了这些信息,则会被视为"视角越界"。[1]在这个定义中,"视角越界"与否完全建立在人类理性和认知可能的基础上。费伦对"叙事"的修辞性定义是"某人在某个场合为某个目的为某人讲述发生了某事",[2]在这里人的位置更是凸显无遗。不难看出,这些叙事学研究所提出的范式和概念都是基于人类经验,即使是新近出现的以小说戏剧中不可能世界为研究对象的"不自然叙事学"(Unnatural Narratology),也是站在人的立场,考察叙事如何突破人类的物理现实逻辑以及现实主义文类边界。[3]然而,以物为本体的叙事在时空想象、聚焦使用、叙述结构、阐释方式等方面与基于人类经验的叙事之间必然存在巨大的差异,就和经典物理学与量子物理学之间的巨大差异一样。量子物理学已经发展出系统理论和术语来描绘、解释处于人类经验之外的微观世界。当传统的基于人类经验的叙事学已经无法很好地解释物叙事,我们认为,现在是时候建构一种崭新的物叙事学来解释那些日渐增多的以物本体为叙述对象的叙事文本了。

古今中外虚构文本中存在大量对物的书写。比如中国唐传奇开篇之作《古镜记》就是以"古镜"为核心的叙事,英国浪漫主义、美国自然主义也都充满对自然之物的想象。在英国浪漫主义代表诗人威廉·华兹华斯(William Wordsworth)那里,"物"具有抚慰人心的力量。他最著名的诗篇《水仙》("I Wandered Lonely as a Cloud")这样写道:"每当我躺在床上不眠/或心神空茫,或默默沉思/它们常在心灵中闪现/那是孤独之中的福/于是我的心便涨满幸福/和水仙一同翩翩起舞。"[4]在美国自然主义小说家史蒂芬·克莱恩(Stephan Crane)那里,物也具有力量,只不过是邪恶的力量。在其代表作品《海上扁舟》("The Open Boat")中,包括那位记者——他也是该小说绝大多数段落的聚焦人物——在内的四个人在与茫茫大海搏斗后,除了那个身材"最壮的"加

---

[1] 参见 Gerard Genette, *Narrative Discourse*, trans. Jane E. Lewin (Oxford: Blackwell, 1980), p.143.
[2] James Phelan, *Narrative as Rhetoric: Technique, Audiences, Ethics, Ideology* (Columbus: Ohio State University Press, 1996), p.8.
[3] 参见 Jan Alber, *Unnatural Narrative: Impossible Worlds in Fiction and Drama* (Lincoln and London: University of Nebraska Press, 2016)。
[4] William Wordsworth, *The Complete Poetical Works* (London: Macmillan and Co., 1888). p.20.

油工令人意外地死去，其他人均得以获救。夜幕降临时，他们站在岸边，看见"白色的海浪在月色下来回游荡。海风把大海说话的声音带给岸上的人们。他们感到此时他们能够理解这话的意思"。[1]我们不难明白"他们能够理解这话的意思"的隐含之义：大海看起来那么美丽，海浪似乎在温柔地呢喃私语，然而，其实大海根本不美丽，也不温情，以大海为代表的自然是荒谬的、对人类命运冷漠无情的。不难看出，无论是在中国古典小说中，还是在英国浪漫主义、美国自然主义作品中，都有对物的描写，但这些物无一例外都依赖于人类意识而存在，而不是作为本体而存在：古镜的得而复失隐喻的是王朝的更替，水仙花的美好是因为它能抚慰人类孤独的心灵，大海的残酷是因为它对人类命运的冷漠和荒诞。

在这样的叙事里，物的主要功能是为人类活动提供背景，叙事的重点仍然是人，因此已有的叙事学足可应付。但即使面对这样的叙事，如果我们将思考的重点转移到物上，也可能收获新的发现。比如，劳拉·格鲁伯·戈德弗雷（Laura Gruber Godfrey）在研究海明威小说中的"场景"时发现，海明威不仅仅将场景作为人物活动的背景，而是全力表现出场景的"感性、历史和物性"，让场景中的物在与人的关系中彰显自身的生命力。[2]虽然戈德弗雷的终极目的仍然是揭示海明威小说中人的意蕴，但她的研究已经开始关注到物自身的力量以及物对人产生的影响，物不再是人类眼光之下的无生命的道具。然而，在处理迥异于人类经验的物叙事时，已有的叙事学就会显得捉襟见肘了。比如，当面对贝克特的《不可名状》（The Unnamable）这样的叙事时，我们会发现，其叙述者不是一个稳定的存在，而是随着时空、位置、话语的变化而变化，具有多变的形状，[3]因此这个叙述者就难以进入热奈特叙述者分类学中的任何范畴。如果用物性叙事理论来观照，我们就会发现，《不可名状》中的叙述者其实不是人类，而是物叙述者。在不同的时空，物叙述者有不同的形状，对世界也会产生不同的观察感受。这样，我们就可分析这个物叙述者的叙述与其物性、身体性及所处空间之间的关系，从

---

[1] Stephen Crane, *The Open Boat and Other Tales of Adventure* (New York: Doubleday & McClure Co., 1898), p.64.
[2] Laura Gruber Godfrey, *Hemingway's Geographies: Intimacy, Materiality, and Memory* (New York: Palgrave, 2016), p.8.
[3] Elizabeth Effinger, "Beckett's Post-Human: The Ontopology of The Unnamable," *Samuel Beckett Today*, vol.23, no.1 (2011), pp.369–381.

而对该小说作出更为准确的解读。同理，在2016年"雨果奖"获奖作品、中国科幻作家郝景芳创作的《北京折叠》中，同一个物理空间在不同时间呈现出三个不同面貌，由三个不同阶层的人居住，发生了三类不同的故事，也就是说，同一物理空间可以转换为三个完全不同的世界，这很难用传统叙事学中的空间概念来理解，因为传统的空间概念将空间视为预先存在的容器，不管其中的人或物如何运动，这个空间都是不变的。但是，如果我们用物性叙事理论的拓扑空间概念，即"空间由物运动路径的网络构成"，[1]就不难理解：物的运动发生了变化，空间也会随之而变。由此可见，物性叙事的确对现有的人类叙事学的理论前提和分析范畴构成了实质性的挑战，需要叙事学作出相应的调整和发展。

第三节 物性叙事研究现状

以思辨实在论为代表的西方物论注重对不依赖人类的世界进行想象，因此被认为是一种思辨美学。[2]西方学界在用物论来观照文学作品再现物自体以及人与物的关系时显示出与众不同的视角，笔者将其归纳为以下四类：

（1）研究认识能力有限的人类与无限神秘的物之间的张力关系及其文学效果。其代表人物之一哈曼讨论其"面向物的本体论"时，在科幻作家勒夫克拉夫特的作品中发现了一种"怪异现实主义"：勒夫克拉夫特故意营造物的四个面向（真实的物、真实的特征、感性物、感性的特征）之间的张力关系，以此突显物的神秘性，实现文学的恐怖效果。[3]另有论者则沿着哈曼的方向，继续挖掘勒夫克拉夫特作品中"地方""物""声音""环境"的思辨实在性。[4]思辨实在论的另一重

---

[1] Levi R. Bryant, *Onto-Cartography: An Ontology of Machines and Media* (Edinburgh: Edinburgh University Press, 2014), p.144.
[2] 参见 Steven Shaviro, *The Universe of Things: On Speculative Realism* (Minneapolis: University of Minnesota Press, 2014), p.156。
[3] 参见 Graham Harman, *Weird Realism: Lovecraft and Philosophy* (Winchester: Zero Books, 2012)。
[4] 参见 Carl H. Sederholm and Jeffrey Andrew Weinstock, eds., *The Age of Lovecraft* (Minneapolis: University of Minnesota Press, 2016)。

要人物沙维罗在英国作家格威尼斯·琼斯（Gwyneth Jones）的小说中，发现琼斯有意强调物的生命性，而这种生命性给人类带来了惶惑和恐慌。[1]

（2）想象没有人类的物及自然世界。凯瑟琳·贝琳（Catherine Belling）追问文学如何叙述癌症的起源，她认为将身体的某种状况视为癌症的起源是人类用叙事的方式对经验进行的主体重构，而非癌症的真正起源，这就使我们去重新想象处于人类叙事之外的癌症本原所在。[2] 布赖恩·金姆·史蒂芬斯（Brian Kim Stefans）在当代诗歌和小说中发现了一种思辨次文类，这类文学作品使用数字、文字集、句法和结构的递归等技巧创造出非常复杂的文学形式，试图揭示出没有人类的世界的运作机制。[3]

（3）再现物的时空。物内涵丰富，物与物关系错综复杂，传统的叙事方式无法再现物的时空。博古斯特提出用罗列的方式来再现物的丰富性，[4] 布赖恩特提出用量子时空来描述物的"运行图"。[5]

（4）探索思辨实在论与其他批评理论的关系。伊万·格特里博（Evan Gottlieb）利用思辨实在论视角，重新审视19世纪英国浪漫主义重要诗人（华兹华斯、塞缪尔·泰勒·柯勒律治［Samuel Taylor Coleridge］、雪莱、济慈等）如何在其诗歌中处理人与自然的关系。[6] 萨迪瓦尔更是直接借用思辨实在论来讨论他所谓的"后种族"美国文学，认为当代美国作家不再直接描写种族冲突，而是创造出奇异的场景间接揭示种族主义的隐性存在，只有彻底摧毁当代生活，肤色之间的界线才会消失。[7]

---

[1] Steven Shaviro, *The Universe of Things: On Speculative Realism* (Minneapolis: University of Minnesota Press, 2014), pp.45–64.

[2] Catherine Belling, "Narrating Oncogenesis: The Problem of Telling When Cancer Begins," *Narrative*, vol.18, no.2 (2010), pp.229–247.

[3] Brian Kim Stefans, "Terrible Engines: A Speculative Turn in Recent Poetry and Fiction," *Comparative Literature Studies*, vol.51, no.1(2014), pp.159–183.

[4] Ian Bogost, *Alien Phenomenology, or What It's Like to Be a Thing* (Minneapolis: University of Minnesota Press, 2012), p.38.

[5] Levi R. Bryant, *Onto-Cartography: An Ontology of Machines and Media* (Edinburgh: Edinburgh University Press, 2014), p.144.

[6] Evan Gottlieb, *Romantic Realities: Speculative Realism and British Romanticism* (Edinburgh: Edinburgh University Press, 2016).

[7] Ramón Saldívar, "The Second Elevation of the Novel: Race, Form, and the Postrace Aesthetic in Contemporary Narrative," *Narrative*, vol.21, no.2 (2013), pp.1–18.

第四节　物性叙事理论建构的四个角度[1]

那么，物性叙事理论建构可以从哪些角度展开？笔者认为，目前已有的物性叙事研究成果，以及各类物论关于物的研究成果（尤其是思辨实在论），为物性叙事理论的建构提供了很好的支点。如前所述，以思辨实在论为代表的物论承认，物具有不依赖于人类的实在性，世间万物都处于同一本体地位，物自身具有不需要人类赋予的力量，物的时空取决于人类的运动路径。物性叙事理论应该回答物的这些性质在叙事中如何再现，并挖掘物性再现过程中的所有叙事可能性。作为这项工程的开端，笔者尝试提出物性叙事理论建构的四个角度，并作简要阐述。毋庸证明，这四个角度虽然被分别论述，但必然存在某些交叉之处。

一、无限隐退的物

思辨实在论代表人物之一哈曼提出并发展了面向物的本体论，重点探讨物的本体存在方式。哈曼的基本观点是，物具有独立于人类及其他物的实在性，但是与之前的幼稚实在论不同，哈曼认为物的实在性是无限"隐退的"（withdrawn），因此不可能被完整把握。也就是说，无论是人类的理论或实践，还是物与物之间的相互作用，都无法穷尽物的现实，因为物"拒绝任何形式的因果或认知把握"。[2] 当人们以为已经完全认识或把握某物的时候，物会通过"坏掉"（broken）这样的方式来彰显其深不可测的现实。如前所述，为了更清楚地解释物本体，哈曼提出了"四面物"（quadruple object）这一概念，认为物有四个面向，即"实在的物""实在的特征""感性的物"和"感性的特征"，这四个面向之间永远存在鸿沟和冲突，如下图所示：

---

[1] 本节部分内容发表于《学术论坛》2017年第2期。
[2] Graham Harman, "The Well-Wrought Broken Hammer: Object-Oriented Literary Criticism," *New Literary History*, vol.43, no.2 (2012), pp.183-203.

这四个面向之间最突出的鸿沟包括：

（1）实在的物与感性的特征之间的鸿沟（在这里，通过感性的特征来暗指实在的物）；

（2）实在的物与实在的特征之间的鸿沟（在这里，通过实在的特征来暗指实在的物）；

（3）感性的物与感性的特征之间的鸿沟（在这里，通过感性的特征来否定感性的物）；

（4）感性的物与实在的特征之间的鸿沟（在这里，通过实在的特征来否定感性的物）。

在哈曼看来，"实在的物"与"感性的特征"之间的冲突最令人着迷：比如铁锤坏掉之时就正好体现了铁锤"感性的特征"与"实在的"铁锤之间存在着不可跨越的鸿沟，而坏掉的铁锤就提供了一种诱惑结构（allure structure），间接暗指（allude to）物的真相。物的真相是永远隐退的，因此只能间接暗指，而文学艺术的核心就在于通过暗指来诱惑我们去瞥见物的真相。[1] 换句话说，文学艺术的实质就是通过揭示或运作"实在的物"与"感性的特征"之间的距离关系，来诱惑读者去窥见物深不可测的实在性，这就是哈曼"本体书写"（ontography）的核心所在。[2] 作家可以通过创造这种距离关系来实现多种修辞目的，或赞叹物的无限丰富性，或反讽人类的虚妄，或渲染物的神秘甚至恐怖，而距离可以表现为形象（视觉）距离、声音（听觉）距离、情感（感觉）距离等。

哈曼本人对美国恐怖作家勒夫克拉夫特的研究表明，勒夫克拉夫特在描写神秘的超自然怪物时（最为著名的就是他笔下的克苏鲁），往往并不让其直接出场，而是通过目击者-人物的间接转述，让读者获得关于它的感性特征，但又无法把握其本真所在，从而造成恐怖的阅读效果。这是作家营造感性的特征与实在的物之间冲突的绝妙例子之一。笔

---

[1] 参见 Graham Harman, "The Well-Wrought Broken Hammer: Object-Oriented Literary Criticism," *New Literary History*, vol.43, no.2 (2012), pp.183-203。

[2] 参见 Graham Harman, *Object-Oriented Ontology: A New Theory of Everything* (London: Penguin, 2018)。

者认为，美国极简主义作家卡佛也特别善于营造实在的物与其感性的特征之间的冲突，从而实现"表面下有别的事情在发生"的"少即多"的美学意图。[1] 最典型的是他的名篇《谈论爱情的时候我们在谈论什么》。在这篇小说中，两对夫妻坐在家里，谈论到底什么是爱情，每个人都发表了截然不同的观点，讲述了各自喜欢的爱情故事，最后小说以第一人称的讲述结束："我能听见自己的心跳。我能听见所有人的心跳。我能听见大家坐在那里发出的噪音，我们都一动不动，即使当黑暗弥漫屋内。"[2] 当两对夫妻分享完自己的爱情观时，仿佛对爱情有了某种确切的认知，但卡佛却让叙述者在最后说，"我能听见大家坐在那里发出的噪音"，这句话就像那把"坏掉的铁锤"，破坏了之前已经确立的关于爱情的定义。卡佛借此向读者暗示，关于爱情，远不是这四个人物所能定义清楚的，在他们已经讲述的各种故事背后，"爱情"依然深不可测。"我们都一动不动，即使当黑暗弥漫屋内"则表明，小说中的其他三个人物与叙述者一样，也都瞥见了"爱情"的复杂性，并为其深不可测性所震撼。

英国小说家巴拉德的著名短篇小说《淹死的巨人》中也有一个无限隐退的物。小说一开始就引入这个未知的庞然大"物"："暴风雨后的早上，一个巨人的躯体给冲到了这座城市以西北五英里的沙滩上。"[3] 接着，城市里各色人等围绕巨人的尸体开始了研究。然而，无论是普通人，还是大学教授，都无法准确完整地说清楚这个巨人的来历。最后，所有人都对巨人失去了兴趣，他们各取所需地拆分了巨人的躯体，只留下骨架"在夏天供那些在海上飞累了的海鸥歇脚"。[4] 很明显，作为物的巨人是实际存在的，但在沉默中无限隐退，无论是人（他们拆分了巨人的躯体），还是动物（只把它作为歇脚的地方），都无法穷尽其物性。这样，《淹死的巨人》就成了一个关于人类无法把握物（包括人类自身）的全部本质却还能怡然自得地活着的寓言。读者既能感受到巴拉德对人类的讽刺，又能感受到巴拉德内心的隐忧（详细分析见本书第八章）。

---

[1] David Applefield, "Fiction & America: Raymond Carver," *Frank: An International Journal of Contemporary Writing & Art* [Paris], vol.8, no.9 (Winter 1987–1988), pp.6–15.

[2] Raymond Carver, *Where I'm Calling from: New and Selected Stories* (New York: Vintage Books, 1989), pp.320–334.

[3] J. G. Ballard, *The Best Short Stories of J. G. Ballard* (New York: Holt, Rinehart and Winston, 1978), p.233.

[4] 同上。

二、万物平等

文艺复兴以来的现代性进程推翻了中世纪神权的核心地位,逐步确立了人类的中心位置,仿佛人类是凌驾于世界万物之上的主宰。当代物论的主张是抛开人类去探索物的实在性,其逻辑结果之一就是强调人类和万物具有相同的本体地位。博古斯特用"薄本体论"(Thin Ontology)来概括这种思想。当然,抹平人类和万物的本体级差并不意味着人类虚无主义,而是要建立一种新型人类观,即"人类不再是存在的主宰,相反,人类只是诸存在之一,混杂于诸存在中,并与其他存在发生关联"。[1] 当然,这种物我同源的思想早已出现在中国古代思想家的论述中,比如庄子的"与物为春"和"物化"、张载的"民胞物与",表达的都是物我平等的思想。讲述万物平等的故事,方式多种多样,本节主要讨论罗列(listing)、互为聚焦(interfocalization)和谨慎的拟人化(cautious anthropomorphism)这三种策略。

博古斯特接受面向物的哲学的基本观点,认为物的本体无限隐退且互相遮蔽,因此若要书写物之本体,就不能给物提供任何解释,也不能对其进行描写。为实现这一目的,对物进行罗列是最佳方式。博古斯特首先在拉图尔和哈曼的著作中找到了罗列的例证。比如,"暴风雨、老鼠、岩石、湖、狮子、孩子、工人、基因、奴隶、无意识、病毒",[2] "珊瑚礁、高粱田、滑翔伞、蚁群、双子星、海航、亚洲的骗子、荒凉的寺庙"。[3] 他将这类罗列称为"拉图尔经文"(Latour litany),并将其拓展为本体书写的一种特殊方式。博古斯特认为,罗列事物,而不对其关系进行任何形式的解释,不仅可以切断"语言的连接能力",还可以切断"物本体之间的连接能力",从而让读者意识到,"系统虽然在运作,但系统中的个体却完全是孤立的、互为怪异的"。[4] 但神奇的是,被罗列切断了联系的物本体反而因此摆脱了人类中心"再现的牢笼"(prison of representation),显示出它多面的勃勃生机,将读者的关注点从一个维度

---

[1] Ian Bogost, *Alien Phenomenology, or What It's Like to Be a Thing* (Minneapolis: University of Minnesota Press, 2012), pp.16-17.
[2] Bruno Latour, *The Pasteurization of France* (Cambridge: Harvard University Press, 1988), p.192.
[3] Graham Harman, *Guerrilla Metaphysics: Phenomenology and the Carpentry of Things* (Chicago and La Salle: Open Court, 2005), p.3.
[4] Ian Bogost, *Alien Phenomenology, or What It's Like to Be a Thing* (Minneapolis: University of Minnesota Press, 2012), p.40.

转移到多个维度,[1]"让读者更加强烈地关注到物自身"。[2]

　　罗列物件,让读者感受物的存在,这在文学叙事中屡见不鲜,作家常用以实现多种多样的叙事效果。在中国文学传统中,罗列是一个显著的叙事现象,起源于《诗经》,大规模应用于《山海经》《博物志》,并在唐传奇、《金瓶梅》、《红楼梦》中得以传承,成为中国叙事传统的一个重要组成部分。国外亦然。从荷马史诗到奥维德(Publius Ovidius Naso)《变形记》(*Metamorphoses*)到斯宾塞《仙后》,罗列作为一个重要的叙事策略被当代作家继承。比如,瑞安在 K. O. 瑙丝加尔德(K. O. Knausgaard)的自传体小说《我的挣扎》(*My Struggle*)中发现了大量的物的罗列。首先是叙述者遇到的各种公司:门口飘着旗子的酒店、运动器材店、家具店、灯具店、地毯店、眼镜店、书店、电脑店、拍卖行、厨具店。然后是各种品牌的牛仔裤:麦克戈登、爵士曼、汤米·希尔费格、便宜星期一、宾舍曼、李维斯、李或金林德伯格、鬼冢虎或博斯、山地或皮克·普福门斯、璞或福伊克。瑞安发现,瑙丝加尔德仅仅罗列这些物件,并不赋予其任何文化含义,也不对其进行详细描写,削平了各品牌之间的差异。他给出这些物件,并不是因为它们具有特别的叙事意义,而是把它们当作工具,来操演物对重复性的日常生活所造成的挤压。"如果说这些物件有什么真实,其真实就体现为'在那儿',能被感知,有时甚至能参与行动。"[3]

　　互为聚焦是再现万物平等的另一个策略。调整叙事聚焦,消除其中隐含的人类概念范畴和人类判断,让人和物处于一种笔者称为"互为聚焦"的关系中,可以营造出万物平等的叙事效果。换句话说,互为聚焦就是让人类与物互相观察,从而取消人类唯一观察者地位的方法。把观察的权利和能力赋予非人类的物,这在古今中外叙事中并不少见,但为了再现万物平等的方法,叙事需要避免将人类视角投射给物,也就是说要避免将物的视角隐喻式地等同于某种人类视角。类似《伊索寓言》(*Aesop's Fables*)这样的寓言叙事中,花草鸟兽都具有观察(甚至开口说话)的能力,但这类叙事的本意并非再现人类与花草鸟兽的

---

[1] 参见 Graham Harman, *Prince of Networks: Bruno Latour and Metaphysics* (Melbourne: re. press, 2009), p.103。
[2] Ian Bogost, *Alien Phenomenology, or What It's Like to Be a Thing* (Minneapolis: University of Minnesota Press, 2012), p.45.
[3] Marie-Laure Ryan, "Experiencing Objects," in 傅修延主编《叙事研究》(第 3 辑),上海:上海外语教育出版社,2021, pp.1-45.

平等，而是将花草鸟兽变成人类价值的传声筒。与之相反，萨拉·奥恩·朱厄特（Sarah Orne Jewett）的著名小说《一只白色的苍鹭》（"A White Heron"）则提供了一个互为聚焦的绝佳例子。在小说开端，西尔维娅和一头老母牛穿过幽暗的树林，走在回家的路上。朱厄特这样描写这头母牛：

> 整个夏天，这头老母牛几乎没有哪天老老实实在草场栅栏等着；相反，她特喜欢远远地躲在越橘树丛中，虽然脖子上挂着一只响亮的铃铛，但她已经发现，只要站着不动，铃铛就不会发出响声。于是，西尔维娅就不得不费老大劲儿去找她。"牛啊，牛！"她不停叫唤，却没有"哞哞"的回应，直到这孩子的所有耐心都耗尽。[1]

从全文来看，这个引段的视角是西尔维娅，是她在观察老母牛，甚至猜测老母牛的内心，但同时，整个叙述看起来似乎又是老母牛在观察西尔维娅，并猜测西尔维娅的内心。这样，西尔维娅和老母牛之间就"互为聚焦"，笔者认为这是朱厄特叙事的匠心所在：在她的故事世界中，西尔维娅和老母牛在相互观察，似乎在相互"斗智"，而事实上又是相互共情的好伙伴。这一抒情意味强烈的段落里对母牛的叙述，完全不同于寓言故事里对动物的叙述，因为母牛不是携带人类价值的木偶，而是与人类完全平等的主体存在。

此外，谨慎的拟人化也是讲述万物平等的策略之一。"谨慎的拟人化"概念由思辨哲学家沙维罗提出，其核心是既赋予物生命和情感（具有拟人化的含义），同时又不将人类特性投射给物（具有谨慎的含义），这样万物同人类一样具有生命与情感，但万物和人类又保持着各自的本体存在，不同但平等。笔者在研究美国当代著名自然作家巴斯时指出，巴斯的叙事有鲜明的"谨慎的拟人化"特色。在他的小说中，人类和动物都平等地拥有情感，但又都保持着各自的本性，从而实现了深层生态意义上的万物平等：人和动物都具有各自的主体性，没有本体级差，同属大自然的组成部分。（详细分析见本书第十章）

---

[1] Sarah Orne Jewett, "A White Heron," in *Fiction 100: An Anthology of Short Stories*, 7th Edition, ed. James H. Pickering (Englewood Cliffs: Prentice Hall, 1995), pp.739−745.

三、没有人类的世界

当代物论,尤其是思辨实在论的核心前提是抛弃"相关主义",即在认识世界的过程中努力摆脱人的主导作用,而摆脱人的主导作用,路径无非两条:要么完全抹去人类的痕迹,要么提升"物"的本体地位,使其与人类一样具有自为的灵性。沙维罗将第一条道路称为"消灭主义"(eliminativism),第二条道路称为"泛灵主义"(panpsychism)。[1]

"消灭主义"的代表人物是梅亚苏和布雷西亚。梅亚苏将想象的触角伸向人类出现之前的原化石(arche-fossil)时代,并由此提出"广阔户外"这一著名概念。[2] 布雷西亚则着眼未来的"无限虚无"(unbound nihil),想象人类消亡后"没有我们的世界"(the world without us)是什么模样。[3] 在梅亚苏看来,完全脱离人类思维中介的"广阔户外"不为任何人类理性或必然性所规定,完全以偶然性和非理性为原则。在他看来,"能够以数学方式来表达的物的那些方面,可以被认为是物本体的性质。能够激发数学思维(公式或数字),而不是感觉或知觉的那些方面可被视为物本体的性质,有我还是没有我,这些性质都是一样的"。[4] 也就是说,为了摆脱"关联论",梅亚苏试图消灭人类意识,提倡用完全客观的数学公式来表达物本体。

梅亚苏的这一思想在当代文学中得到了很多呼应。比如,史蒂芬斯在当代诗歌和小说中发现了一种"思辨转向"(speculative turn),其特征是"在句法和叙事结构中痴迷于数字、字集和高度递归性,旨在揭示语言的数学属性,而不是传统的反映现实或者表达情感",这种文学抛弃了人类主体性,不再将文学看成人学,而表现出"建筑学或工程学的特征"。[5] 史蒂芬斯以美国作家尼克·芒特福特(Nick Muntfort)创作的

---

[1] Steven Shaviro, *The Universe of Things: On Speculative Realism* (Minneapolis: University of Minnesota Press, 2014), P. 83.
[2] 参见 Quentin Meillassoux, *After Finitude: An Essay on the Necessity of Contingency*, trans. Ray Brassier (New York: Continuum, 2008)。
[3] Ray Brassier, *Nihil Unbound: Enlightenment and Extinction* (London: Palgrave Macmillan, 2007).
[4] Quentin Meillassoux, *After Finitude: An Essay on the Necessity of Contingency*, trans Ray Brassier (New York: Continuum, 2008), p.10.
[5] Brian Kim Stefans, "Terrible Engines: A Speculative Turn in Recent Poetry and Fiction," *Comparative Literature Studies*, vol.51, no.1 (Spring 2014), pp.159-183.

《2002：一个回文故事》（"2002: A Palindrome Story"）为例，来说明这种本体书写的形态。史蒂芬斯认为，这篇小说"必须从前面和从后面同时开始写"，因为"小说前面部分的短语是否被使用或抛弃，取决于它是否适合某种形式的反向书写"。[1]也就是说，这篇小说中，字母的安排取决于它与相邻字母的关系，即这些字母放在一起组合成词的能力。比如，小说中有这么一句话：

under Bob, seXes Bob. Red,

这句话代表了整篇小说的回文特征：句子从前读跟从后读几乎是一样的，以大写的 X 为中心形成对称关系。句首为什么用 under，句末为什么用 red，并不是为了实现任何叙事或情感意图，而是 r、e、d 三个字母既能组合成一个单词，同时又能与前面的 under 实现回文对称的句法。这种写作方式体现了小说的游戏规则，也体现了梅亚苏的"偶然性"，是一种真正摆脱了人类意识中介的叙事实践。这种实践提供了一种方式，让我们在没有人类思想中介干扰的情况下，得以进入梅亚苏的"大混乱"（hyper-chaos）或"不可思考的"（unthinkable）本体世界。

莫顿提出的"超物体"概念指的也是超越人类理性认知的物，比如"宇宙黑洞""厄瓜多尔的油田""生物圈"或"银河系"等。相比于人类存在，这些超物体"在时空上分布更为宽广"，它们具有黏性（viscous）、非本地性（nonlocal），涉及不同的时间性，与我们所习惯的人类时间尺度不同。[2]总之，"超物体"超越了人类的感知和思考范围，也就是超越了经典物理学的时空观。比如，美国非裔作家怀特黑德的《第一区》通过僵尸文类和尘土书写呈现了一种大历史叙事：一方面，对"9·11"尘土的书写表现了人类纪时期人类恐怖主义活动对气候的影响，人类在地质上留下的痕迹标志着人类在地质时间中的位置；另一方面，"9·11"城市碎片与人类身体碎片构成的"9·11"尘土杂糅体表明了"超物体"形成，它不受人类控制，使人类与尘土一起走向"没有人类的世界"。（详细分析见本书第十一章）

---

[1] Brian Kim Stefans, "Terrible Engines: A Speculative Turn in Recent Poetry and Fiction," *Comparative Literature Studies*, vol.51, no.1 (Spring 2014), pp.159-183.

[2] Timothy Morton, *Hyperobjects: Philosophy and Ecology After the End of the World* (Minneapolis: University of Minnesota Press, 2013), pp.1-2.

事实上，中国道家思想里早就描写过这种"超物体"。《庄子》开篇云：

> 北冥有鱼，其名曰鲲。鲲之大，不知其几千里也。化而为鸟，其名而鹏，鹏之背，不知其几千里也；怒而飞，其翼若垂天之云。是鸟也，海运则将徙于南冥；南冥者，天池也。《齐谐》者，志怪者也。《谐》之言曰："鹏之徙于南冥也，水击三千里，抟扶摇而上者九万里，去以六月息者也。"[1]

这里，几千里大小的鱼，几千里大小的鸟，无疑是超出人类理性的。庄子借此告诉读者，摆脱人类理性羁绊，得道而行，人生可以达到何等逍遥境界！从某种意义上讲，庄子的"道"本身就是超物体。

四、活力的物

"消灭主义"之外的另一条路线是强调物的活力或灵性。通常，物被视为受人类主体操控的、被动的、消极的客体，或者是某种人类意识的象征投射。拉图尔则提出一种新的社会学理论，即行动者网络理论，认为"非人类一定是行动者"，应该给予非人类"比传统自然因果关系更为开放的主体性"，[2]这样人类和非人类一起，构成一个行动者网络，共同为社会变化承担责任，从而否认了"人类是社会变化的唯一或最重要的主体"这一观点。埃德温·赛耶斯（Edwin Sayes）归纳了非人类主体性（nonhuman agency）的四种含义：（1）非人类是让人类社会成为可能的条件；（2）非人类可以作为两个或多个行动者之间的协调者，不断调整行动者之间的关系；（3）非人类是道德和政治行动的一部分；（4）非人类可以汇聚众多行动者。[3]

"行动者网络"这一概念不仅在社会变化的因果关系中承认了非人

---

[1] 庄周：《庄子》，昆明：云南人民出版社，2011年，第1页。
[2] Bruno Latour, *Reassembling the Social: An Introduction to Actor-Network-Theory* (New York: Oxford University Press, 2005), p.10.
[3] Edwin Sayes, "Actor-Network Theory and Methodology: Just What Does It Mean to Say That Nonhumans Have Agency?", *Social Studies of Science*, vol.44, no.1 (Jan. 2014), pp.134–149.

实体的作用，而且还促进了人和非人平等的后人文主义思想，与这一概念相关的是万物有灵论。为了赋予非人类主体性，沙维罗这样的哲学家坚持认为，灵性（感受的能力）不是人类特有的，而是所有生命的前提。将灵性赋予石头是某种程度的拟人化，但这种拟人化恰恰也可以帮助我们避免认为只有人类才有灵性的二元论。[1] 同样，贝内特也认为，"值得去冒拟人化带来的风险……因为拟人化令人惊讶地抵制了人类中心主义：人和物连接起来了，'我'不再高于物，也不再外于非人环境。"[2] 由此看来，灵性连接了人类和非人类，是人类和非人类共同构成行动者网络的前提所在。当然，主体性不一定预设"意图性"（intentionality），灵性也应该与"意识"（consciousness）区别开来，但这是另外一个话题，留待他文讨论。

"活力的物"这一观念提醒我们去考察叙事如何再现物的力量，突现物的施事能力等，尤其是物在叙事进程中扮演的积极作用。比如，中国唐传奇名篇王度的《古镜记》的终极目标也许并非展示物的力量，但古镜降妖除魔的能力至少使读者为之赞叹称奇；英国科幻小说家琼斯的短篇小说《物的宇宙》（"The Universe of Things"）描绘了外星人与物之间自然的合二为一，而人类在面对具有活性的物体时则表现得惊慌失措；英国小说家雪莱的《弗兰肯斯坦》（*Frankenstein*）则通过描写物的力量来渲染恐惧感，反思科学探索可能给人类带来的毁灭性打击；在某些侦探小说中，不起眼的物可能正是最后破案的关键所在。再比如，萨特的著名小说《恶心》中，罗康坦起初与物件之间的关系是颇为积极的，物件温顺地屈从于罗康坦的触摸，但是有一天，他在水洼里看到一张纸片，他想拾起纸片，但纸片居然拒绝了，这引发了罗康坦对物的恐惧，因为本来无害而温顺的物此刻却好像有了自己的意志，变成了有生命的野兽。这一发现让罗康坦注意到物独立于人类而存在的怪异性，从而顿悟人类到存在的多余。[3] 笔者本人曾分析过坡的名篇《厄舍府的倒塌》，在这篇小说中，男主人公罗德里克长期离群索居地生活在厄舍府神秘且具有邪恶之力的"物"世界里，理性一点点被蚕食，终于受惊吓而死。这样，

---

[1] 参见 Steven Shaviro, *The Universe of Things: On Speculative Realism* (Minneapolis: University of Minnesota Press, 2014), p.61。
[2] Jane Bennett, *Vibrant Matter: A Political Ecology of Things* (Durham and London: Duke University Press, 2010), p.120.
[3] 参见玛丽-劳拉·瑞安：《人类化的物与怪异的物：论物在叙事中的主动作用》，唐伟胜译，《江西社会科学》2020年第1期，第134-141页。

《厄舍府的倒塌》就可被重新解读为一个"人类理性被充满活力的邪恶之物击败"的故事（详细分析请见本书第五章）。

第五节 以物观物：物性书写的中国方案[1]

非常有趣的是，在中国思想传统中，很早就有学者对物本体进行过思考，而且还提出用"以物观物"来抵达物本体。从某种意义上讲，"以物观物"就是中国文化提出的物性书写方案，与西方相比，有鲜明的本土特色。

"以物观物"的最初形态是道家的"以道观物"。《老子》十六章说："致虚极，守静笃，万物并作，吾以观复。夫物芸芸，各复归其根，归根曰静，是谓复命。"这里的"观复"，意思就是回归老庄哲学的最高本体（"道"），而回归的途径则是通过"坐忘""丧我"的"心斋"，即超越主体和客体之分，泯灭物我之别，齐万物而与道同体。"这种哲学的认识论，实际上讲的是现代心理学所谓的审美直觉、生命体验，具有超感官、超概念的无意识性质。"[2] 换句话说，道家否认从有限的"我"去把握无限的"道"，而是强调从"道""自然"出发去把握世界，以实现对世界的认识。

首次提出"以物观物"的是北宋邵雍。哲学上，邵雍承继了道家的宇宙本体论思想，强调遵从天地之道，即客观世界自然而然的运作规律，不以个人情感和视角扭曲对天地之道和生命本真状态的把握。因此，他提出不用"心""目"观物，而以"理"观物："夫所以谓之观物者，非以目观之也。非观之以目，而观之以心也。非观之以心，而观之以理也。"[3] 这里，"观物以理"是指用支配万物运行的大"道"对事物本性直接洞穿和把握。邵雍反对将人的情感加诸于物，反对将物于我而言的意义附加给物，因为"以物观物，性也。以我观物，情也。性公而明，情

---

[1] 本节内容曾发表于《中国文学批评》2021年第4期。
[2] 蒲友俊："感物"与"观物"：兼论山水诗的产生，《四川师范大学学报》1995年第3期，第50—56页。
[3] 邵雍：《邵雍集》，北京：中华书局，2010年，第49页。

偏而暗"。[1] 比如，"以物观物，则落花是落花，流水是流水，以我观物，则落花有意，流水无情"。[2] 正因为如此，邵雍在自己的作品中，也着力体现语言通俗、平淡自然的创作风格，强调写普遍的"理"而不写个人的"情"。

虽然道家和理学家都涉及物本体，但他们"以物观物"的主要目的并非探讨如何书写物本体，而是要我们抛弃俗念，静心与"道""理"同行，从而提升自己的幸福感和主体修养。邵雍的"以物观物"已经在他自己的文学创作中有所体现，但真正将"以物观物"用于文学批评的是王国维，而且这一表述的含义在王国维那里发生了根本的变化。表面上看，他关于"以物观物"的表述来自邵雍："有我之境，以我观物，故物皆著我之色彩；无我之境，以物观物，故不知何者为我，何者为物。"[3] 但实际上，在追求"真"的西方哲学的影响下，王国维的思考重心从置重于"理"的主体修养转移到了置重于"真"的物本体，这一转移让王国维《人间词话》中的"以物观物"与当今西方的本体书写之间产生了更多对话的可能。事实上，当代西方主要的"思辨实在论"哲学家都强调，在通向物本体的路上，需要抛弃理性而更多依赖想象，因此他们几乎一致认为"美学是第一哲学"。[4] 比如，哈曼和沙维罗等人就曾多次使用虚构性的文学作品来讨论其哲学思想。[5] 由此可见，王国维用诗词来谈"真"与当今西方的"本体书写"概念是可以通约的。

王国维《人间词话》中的"以物观物"与其他概念如"直观""不隔""无我之境"等是同一层次概念，都是为了表现外物之"真"。王国维的研究者们历来重视探究其思想源头及其内涵。以罗钢为代表的学者坚持把王国维的直观说主要归因于西方的影响。比如，在罗钢看来，王国维"不隔的含义就是直观"，而"'隔与不隔'说源于叔本华对概念与直观的区分，源于近代西方美学感性与理性二元对立的思想传统，它与

---

[1] 邵雍：《邵雍全集》，上海：上海古籍出版社，2015年，第1232页。
[2] 张锦：《邵雍的观物论与诗学思想》，《社会科学家》2020年第2期，第37页。
[3] 王国维：《人间词话》，彭玉平评注，北京：中华书局，2014年，第4页。
[4] Graham Harman, "On Vicarious Causation," *Collapse II*, ed. R. Mackay (Oxford: Urbanomic, 2007), pp.187-221; Steven Shaviro, *The Universe of Things: On Speculative Realism* (Minneapolis: University of Minnesota Press, 2014), p.14.
[5] 参见 Graham Harman, *Weird Realism: Lovecraft and Philosophy* (Winchester: Zero Books, 2012)。另参见 Steven Shaviro, *The Universe of Things: On Speculative Realism* (Minneapolis: University of Minnesota Press, 2014)。

中国古代诗学'赋、比、兴'的批评范式是错位和矛盾的"。[1]而另外一些学者，包括叶嘉莹、朱良志、赵毅衡等则认为，王国维的艺术理论是中西合璧的结果。比如，朱良志认为，"王国维的艺术直观说与其说主要来源于西方，毋宁说是在中国传统的哲学艺术理论的背景中产生的。他的观点可以看作是对我国古代艺术直觉理论的总结，并且开启了在我国用现代的方法研究直觉的先河"。[2]同样，赵毅衡也认为王国维是在"呼应18、19世纪德国哲学的直观说"，而"境界说"是"借用中国古典文艺学，尤其借自佛教影响下的中国诗话批评"，"比较完美地体现了对文艺的本质功能的中国式理解"。[3]

在《人间词话》中，那些体现"以物观物"的诗词得到了王国维的高度评价，用前面讨论过的西方"本体书写"来透视这些诗词，也许能更好地看到"以物观物"与"本体书写"之间的互释性。比如，"采菊东篱下，悠然见南山"中，"东篱"和"南山"脱离了观察者的功利性，超越了物我两分，指向哈曼所谓的"深不可测的实在性"；"红杏枝头春意闹"和"云破月来花弄影"中的"闹"和"弄"突出的是拉图尔式的物之主体性，人类和非人类同处于一个充满动感的世界；[4]"西风残照，汉家陵阙"突破了人类物理时空观，描绘出梅亚苏式的无人的"广阔户外"；"枯藤老树昏鸦，小桥流水平沙，古道西风瘦马。夕阳西下，断肠人在天涯。"使用的显然是博古斯特的"罗列"手法，物物叠加，勾勒出了一幅超越历史和时间的苍茫凄凉的画面。此外，王国维主张的"直观"和"不隔"等，也可与哈曼的"暗指"对位理解："直观"与"不隔"强调不经过人类理性中介而抵达"真"，哈曼的"暗指"概念说的正是同样的意思。不难看出，被王国维赞赏的诗词，都是那些"在微尘中见出大千，在刹那中见出终古"[5]的写出了本体之真的作品。如果说"意境"是中国美学和诗学的中心范畴，[6]笔者认为，王国维在《人间词话》中使用

---

[1] 罗钢：《"把中国的还给中国"——"隔与不隔"与"赋、比、兴"的一种对位阅读》，《文艺理论研究》2013年第2期，第57-66页。
[2] 朱良志：《试论王国维的艺术直观说》，《安徽师大学报》1986年第1期，第28-36页。
[3] 赵毅衡：《从文艺功能论重谈"境界"》，《文学评论》2021年第1期，第59-66页。
[4] 罗钢将王国维对这两句的赞赏归因于德国心理美学的影响，参见罗钢：《传统的幻象：跨文化语境中的王国维诗学》，北京：人民文学出版社，2015年，第20页。具有内在动态生命的物更能展示物"真"，而不是被人类操控的木偶，因此，笔者的解释与罗钢并无矛盾。
[5] 朱光潜：《给青年的十二封信》，长沙：湖南文艺出版社，2018年，第107页。
[6] 虽然"意境"被广泛接受为中国美学和诗学的中心范畴，且被赋予了十分复杂的内涵，但罗钢认为，"意境说"只是一个"学说的神话"。参见罗钢：《传统的幻象：跨文化语境中的王国维诗学》，北京：人民文学出版社，2015年，第284页。

的美学范畴可以被描写为"真境"。

当代不少批评家面向传统,继续挖掘"以物观物"的内涵。比如,叶维廉综合中国"以物观物"思想资源和国外相关论述,将其用于理解中国纯山水诗的创作机制,认为纯山水诗是"用'以物观物'的方式,不把自我灌注入自然,不把主观情绪及思想浸溢自然,任自然事物自由兴现自由涌发"。[1] 再如,傅修延扩大了"以物观物"的外延,挖掘直观传统里的"听"觉因素,尤其是没有人类主体介入的"万物自生听"。[2] 此外,李思涯认为,若要真正实现"以物观物",前提是物要能够回观,于是他提出用"生态学"的方式来观物,即把人和物放在"同一位置、同一层次上考察。人有意识,同样,物也可以感知",由此,"物和物可以相互感知,物才可以观物"。[3] 这些批评家承继"以物观物"思想传统,并融入西方新观念,从不同角度发展和丰富了中国的本体书写话语。

比较中西本体论和本体书写相关话语,我们不难发现,两者既有相似之处,也有不同之处。当今西方物论中的重要议题,在道家的"道"和以邵雍等为代表的"理"中都有思考,而且与其有诸多内在契合之处。"道""理"与西方本体论都试图超越物的具体面向,指向绝对的本体存在,而且都认为本体以超历史的形式存在于我们的意识和语言之外,我们需要消灭此时此地的"我",才能进入物的本体。朱熹将"理"描述为"无情意,无计度,无造作……无行迹","只是个净洁空阔的世界",这个描述在用词上甚至都与梅亚苏用来描述物本体的"广阔户外"异曲同工,也暗合了哈曼关于"物本体是无限隐退的"的观点。但中国的"道""理"与西方的物本体观之间也有不小的差异。从定义上看,虽然两者都强调本体的不可直接获得性,但西方物本体概念的重点是"不能为人所知性"(inaccessibility),而中国的"道"和"理"强调的则是它们对万物的统摄性。程颐将"理"的世界描写为"冲漠无朕,万象森然",按照冯友兰的解读,这句话的意思是"全部的理都永恒地在那里,无论实际世界有没有它们的实例,也无论人是否知道它们,它们还是在那里"。[4] 程颐还认为"理"的数量是永恒不变的:"百理具在平铺放着。几时道尧尽君道,添得些君道多;舜尽子道,添得些子道多。元来依

---

[1] 叶维廉:《中国诗学》,北京:三联书店,1992年,第213页。
[2] 傅修延:《物感与"万物自生听"》,《中国社会科学》2020年第6期,第26-48页。
[3] 李思涯:《"以物"如何"观物"》,《江苏大学学报》2007年第1期,第44-49页。
[4] 冯友兰:《中国哲学简史》,涂又光译,北京:北京大学出版社,2013年,第105页。

旧。"[1]这里,"百理具在平铺放着"似乎应和了博古斯特的"罗列"及其"薄本体论"思想(即物在本体上是平等的),但西方的物本体世界总体来说被想象为混乱的(梅亚苏的术语是"大混乱")、幽暗的(哈曼的术语是"无限隐退")、不断变化的,本体与现象之间是相互排斥的矛盾关系,而中国的"理"世界则被想象为有序的、和谐的、恒定的,"理"统摄着"形而下"的世间万物。

就本体书写而言,中西也同中有异。比如,为了写出物之"真",无论是邵雍还是王国维都强调"以物观物",在写作中尽量抹去自我痕迹,突破天与人、古与今的时空限制,显露出与当今西方本体书写相似的一面。但西方的本体书写倾向于突显"无人""世界末日""混乱与死亡""恐怖与怪异""虚无"这类主题,[2]而中国思想传统中的"以物观物"(包括经过王国维改造后的概念)则往往表达"超然""离愁别绪""天人合一"等主题。由此可见,中西都希望通过想象突破现象之物,抵达本体之物,相似的意图、相似的手段,走进的却是相当不同的本体世界,完全可以互相启发,丰富各自的文学本体书写图景。

物一直都是文学叙事中的重要成分之一,但迄今为止的叙事学研究都是建立在人类经验基础上的,因此无法准确描述物的本体经验。近十年西方哲学界兴起的物论,尤其是思辨实在论为我们提供了思考物性的方式,我们可以借鉴相关的思想资源,并将其应用到物性叙事理论的建构之中。物性叙事理论将提供一套方法、概念和范畴来分析文学作品中物的再现方式,包括隐退的物、平等的物、没有人类的物、活力的物等。此外,这种物性叙事理论还可以作为一种工具来分析很多与性别、种族、环境、历史书写相关的叙事。一直以来,性别叙事、种族叙事、环境叙事、历史叙事都在试图表明,女性/同性恋、少数族裔/有色人种、自然/动物、沉默方都被其对立面,即男性/异性恋、白人、人类、获胜方、

---

[1] 程颐:《河南程氏遗书》(卷二上),转引自冯友兰:《中国哲学简史》,涂又光译,北京:北京大学出版社,2013年,第105页。
[2] 哈曼写过一本书,专门研究美国恐怖小说家勒夫克拉夫特,并用"怪异现实主义"来概括该小说家的本体书写特色。参见 Graham Harman, *Weird Realism: Lovecraft and Philosophy* (Winchester: Zero Books, 2012)。再如,美国非裔作家怀特黑德在其《第一区》中,将"9·11"城市碎片与人类身体碎片描写为不受人类控制的"超物体",将人类带向"没有人类的世界"。参考周凌敏:《论〈第一区〉中的"9·11"尘土书写与大历史叙事》,《当代外国文学》2020年第3期,第5—11页。

视为缺乏主体性的客体，因此这些叙事的一个基本命题就是还原被物化的一方，赋予他们力量、话语权和平等地位，书写他们独特的生命存在方式。从本质上讲这些都与此处拟建构的物性叙事理论一脉贯通。因此，使用物性叙事理论提出的分析模式乃至概念范畴有利于深入挖掘这类叙事的内在含义，而在阐释这类叙事的过程中，物性叙事理论也会得到进一步丰富和发展。很显然，物性叙事理论提供的工具既有利于叙事批评实践，其理论视角也可以用来反思和深化相关叙事理论。

第四章

物性叙事对传统叙事理论的拓展

前几章讨论了物性概念及其叙事再现问题，本章拟将物性叙事理论用于考察传统叙事理论，看看这一理论会给传统叙事理论带来什么样的洞见和拓展。正如张进在其《物性诗学导论》中所说，如果考虑物的关系性、活态性、物质性和实践性，文学批评实践将受到很大启发：

> 从文学描写对象来说，文本中的物不是意义传达的载体，它本身就是意义，物之物质性构建了和限制了我们对于文本意义结构的理解方式。正是在描述之物与人的阅读的相互作用中，意义得以产生。从文学写作的思维状况来说，一方面，作品不是作家个人天才的独创，作品的写作与时代的物质性、历史的物质性紧密关联。另一方面，作品的写作受到语言结构的制约和束缚，语言本身的物质性深刻影响着文本的意义生成。从写作者本人来说，身体不再是一个与"物"相对立的存在，后现代科技与医疗技术的发展，每个

人在不同程度上都成为 cyborg（人机合一），成为天然与物质的交织的存在体，身体的物质性也是我们研究"作者"这一维度时必须要正视的现象。诸如此类的现象还有很多，物质作用于文学很多方面，这为我们构建文学的物性批评提供了新的视角与方向。[1]

张进这里讨论的，正是物性这一视角给文学理论带来的机遇，包括考虑作品与时代的物质性、作品与语言的物质性、作品与作家的（身体）物质性之间的关系。比如，倘若我们考虑语言的物质性问题，我们就会看到作为物质的语言具有多义性和不确定性，进而用这个角度去重新审视读者反应论中的"空白"和"期待视野"这些核心概念并对其进行拓展。本章先讨论物性叙事理论如何拓展陌生化叙事理论，然后用"面向物的本体论"来透视短篇小说理论的一个核心话题，即"谜"的性质和分类。

第一节 使石头具有石头性：物本体与陌生化叙事理论的拓展[2]

一、"石头性"与陌生化理论

谈及俄国形式主义的陌生化理论，引用最多的无疑是下面这段话：

> 正是为了恢复对生活的体验，感觉到事物的存在，为了使石头成其为石头，才存在所谓的艺术。艺术的目的是把事物提供为一种可观可见之物，而不是可认可知之物。艺术的手法是将事物"奇异化"的手法，是把形式艰深化，从而增加感受的难度和时间的手法，因为在艺术中感受过程本身就是目的，应该使之延长。艺术是

---

[1] 张进：《物性诗学导论》，北京：人民出版社，2020年，第297-298页。
[2] 本节主要内容曾发表于《思想战线》2019年第6期。

对事物的制作进行体验的一种方式,而已制成之物在艺术之中并不重要。[1]

　　这段话可以说已经成为陌生化理论的标签,但凡讨论陌生化理论,无一例外都会引用维·什克洛夫斯基(Viktor Shklovsky)1929年发表的《作为手法的艺术》("Art as Technique")中的这几句话。然而,在翻译这段俄语时,尤其是在"为了使石头成其为石头"(делать камень каменным)这一关键表述上,不同译者/论者的译文又有或多或少的变异,从而在不同程度上显示出他们理解什克洛夫斯基——乃至整个陌生化理论——的差别。比如,孙绍振在一篇批判陌生化的文章中,基本接受"为了使石头成其为石头"这一译法,只是对个别字词做了改动,即"为了使石头变成石头"。[2]梅子满在讨论陌生化美学效果如何产生的论文中,采用了三联书店的译法,译为"使石头具有石头性"。[3]杨建刚在讨论陌生化理论的变化时,译成"使石头显示出石头的质感"。[4]非常遗憾的是,国内关于陌生化理论的研究,均忽略了对"为了使石头成其为石头"这一关键表述的讨论,也没有对不同译本及其内涵进行比较。笔者认为,在以上三个具有代表性的译本中,"使石头变成石头"最值得商榷。这个说法似乎暗示了艺术应该对石头进行忠实的、现实主义式的描写,而这正是陌生化理论和俄国形式主义所极力反对的。"使石头显示出石头的质感"明显更好,它紧承上文的"体验生活""感觉事物"和下文的"可观可见",体现了陌生化理论对具体(而不是抽象)和体验(而不是认知)的偏爱,但"质感"似乎过于强调人类体验中的触觉,而忽略了视觉、听觉等,难免过于狭窄。相比而言,"使石头具有石头性"则更具概括力,暗示艺术要让读者感受到作为语词的"石头"之外的神秘属性,从而实现陌生化效果。

　　事实上,陌生化理论非常强调艺术与物之间的关系,我们甚至可以说,物构成了陌生化理论的核心所在。首先,陌生化理论(乃至整个俄国形式主义)的基点就是将艺术从现实主义的反映论和象征主义的神

---

[1] 维·什克洛夫斯基:《散文理论》,刘宗次译,南昌:百花洲文艺出版社,2010年,第11页。
[2] 孙绍振:《俄国形式主义"陌生化"批判》,《文艺争鸣》2014年第2期,第84—99页。
[3] 梅子满、黄素华:《论"陌生化"美学效果的产生》,《浙江工商职业技术学院学报》2004年第1期,第47—51页。
[4] 杨建刚:《陌生化理论的旅行与变异》,《江海学刊》2012年第4期,第205—213页。

学论中解脱出来，使之成为具有独立价值的"物质实体"，[1]这一点已经成为学界共识，在此不需多论。其次，在陌生化理论的建构过程中，理论家们多次使用物来做喻。比如，那句著名的"（艺术）的颜色从不反映飘扬在城堡上空的旗帜的颜色"就是用了"旗帜的颜色"来与艺术世界进行比较。在论述陌生化能让我们对生活产生全新感受时，什克洛夫斯基使用的例子之一是"舞蹈"，将其定义为"感觉到了的步行"。[2]此外，他在讨论列夫·托尔斯泰（Leo Tolstoy）的陌生化手法时，认为其效果来自"他不说出事物的名称，而是把它当作第一次看见的事物来描写"。[3]更为重要的是，正如本节开头引用的那段文字显示的那样，陌生化理论把"感受到物的存在""使石头具有石头性"上升为艺术的根本宗旨，而实现这个宗旨的办法是"将事物奇异化"。换句话说，艺术的目的是超越日常语言及其引起的自动化联想，让事物陌生起来，让读者得以直接面对事物，从而获得艺术之感受。因此，陌生化理论其实包含了双重任务：首先是要用陌生化的语词或叙事技巧，使物从人们对它的无意识反应中凸显出来，使之在场于读者的思维，其次是要读者对物产生陌生化的感受，从而加深对物的认识。如果说前面一个任务主要发生在语言表述层面，后一个任务则势必发生在语言的内容层面。但是，为了急于撇开与现实的联系，陌生化理论高调宣称，陌生化的效果直接来自诗歌语词或叙事形式的陌生化，与其表达内容无关，于是产生了内部逻辑矛盾，引起批评家的不满，有人甚至称陌生化理论是"粗疏"的。[4]我们当然可以回到历史现场，考察陌生化理论产生的历史背景，然后赋予这一内在矛盾"同情的理解"，[5]也可以"从美学和政治的双重视角重新审视陌生化理论"，[6]对其进行反思和补充，但本节将不纠缠于陌生化理论的内在矛盾，也无意于将陌生化理论的内核从文本内拓展到文本外。相反，本节承认陌生化理论的基本前提，即艺术的宗旨是让读者感受物的存在，"使石头具有石头性"，在此基础上，本节将考察这个前提对陌

---

[1] 张冰：《陌生化诗学》，北京：北京师范大学出版社，2000年，第82页。
[2] 安纳·杰弗森、戴维·罗比等：《西方现代文学理论概述与比较》，陈昭全，樊锦兴等译，长沙：湖南文艺出版社，1986年，第6-7页。
[3] 维·什克洛夫斯基：《散文理论》，刘宗次译，南昌：百花洲文艺出版社，2010年，第12页。
[4] 参见孙绍振：《俄国形式主义"陌生化"批判》，《文艺争鸣》2014年第2期，第84-99页。
[5] 杨向荣：《陌生化重读：俄国形式主义的反思与检讨》，《当代外国文学》2009年第3期，第5-13页。
[6] 杨建刚：《陌生化理论的旅行与变异》，《江海学刊》2012年第4期，第205-213页。

生化理论意味着什么,以及在当代后人文主义思潮的影响下,尤其是思辨实在论和面向物的哲学等"物论"的观照下,如何拓展陌生化理论,使"石头"走出与人类的关联,让读者感受其更加陌生的存在,或更深的"石头性"。

二、陌生化理论的实质:让物对读者的意识在场

什克洛夫斯基在写出著名的"使石头具有石头性"的那个段落之前,讨论了诗歌语言与日常生活语言的差异,认为后者遵从节俭律,能够简化就尽量简化,到最后日常语言所表达的事物"会枯萎","只以某一特征出现,如同公式一样导出,甚至都不在意识中出现",随后他引用他最喜欢的作家托尔斯泰的日记来证明,"许多人一辈子的生活都是在无意识中度过",这种生活"如同没有过一样","自动化吞没事物、衣服、家具、妻子和对战争的恐怖",接下来就是那个著名段落,"正是为了恢复对生活的体验,感觉到事物的存在,为了使石头成其为石头,才存在所谓的艺术……"。[1]

很明显,什克洛夫斯基提出艺术的陌生化,其实质是将事物从自动化反应中解脱出来,使之对读者的意识在场,让读者"看见"它,"感受"它。当然,什克洛夫斯基的下一个结论,即"看见"和"感受"本身就是艺术的最终目的,至于"看见"和"感受"什么则并不重要,这种论点引起了学界的广泛争议。笔者认为,"看见"和"感受"的内容与引发"看见"和"感受"的形式同等重要,因为它们都是陌生化体验的重要成分。但是,在这里笔者更感兴趣的是什克洛夫斯基提出的各种陌生化形式背后的洞见和局限。

陌生化批评家们尤其注重对诗歌形式的系统研究,但笔者拟重点讨论以什克洛夫斯基为代表的陌生化叙事散文理论。什克洛夫斯基没有针对叙事散文的陌生化形式提出系统理论,只是零散地讨论了散文叙事中的陌生化手段。总体来说,在什克洛夫斯基看来,这些手段通过"阻滞和延缓"[2]打破了读者对叙事的自动化反应,从而使读者对情节或所再现

---

[1] 维·什克洛夫斯基:《散文理论》,刘宗次译,南昌:百花洲文艺出版社,2010年,第9—11页。
[2] 同上,第23页。

的事物产生陌生化感受。什克洛夫斯基的这一思想与哲学家海德格尔的"工具存在论"(tool-being)颇有相似之处。在海德格尔看来,我们在看待周围事物(比如铁锤)的时候,都倾向于将其看成实现我们意图的工具,眼里只有正在从事的建筑工作,而铁锤本身并不对我们在场,只有当铁锤坏掉时,我们才会面对铁锤自身,并惊讶铁锤原来还有很多工具之外的属性。因此,"坏掉的铁锤"就给我们提供了一个机会,去面对作为物(而不是工具)的铁锤,并瞥见它深不可测的、隐藏的现实。[1] 同样,什克洛夫斯基认为,日常语言的自动性遮蔽了物对读者的在场,为了恢复物的在场,就要打破正常的语言形式,让语言像海德格尔的铁锤一样"坏掉",这样读者就可以用一种陌生的方式直面作为物的文学语言及其再现的世界。但是,我们必须看到,什克洛夫斯基提出陌生化理论,根本目的是让读者面对"坏掉的"语言,从而对世界获得陌生化的感受,其重心并不在于让读者通过"坏掉的"语言来看到世界的本相:我们最多可以说,陌生化理论感兴趣的是通过一种异常的语言表述,让读者看到或体验到被日常语言遮蔽的世界,但它并不关心这个世界的真相究竟是什么。这是一个令人遗憾的疏漏,因为最彻底的奇异或陌生感恰恰发生在我们与世界的真相相遇的瞬间。

例如,什克洛夫斯基认为,"托尔斯泰的奇异化手法在于他不说出事物的名称,而是把它当作第一次看见的事物来描写,描写一件事则好像它是第一次发生",从而把"司空见惯的"事物奇异化了。[2] 不让叙述者直接说出事物的名称,而是用无知的视角来对事物进行透视,可以有效切断名称蕴含的规约意义,从而让物显示出其奇异的原真状态。这种写法在中国文学中也屡见不鲜,其中最有名的就是《红楼梦》中的刘姥姥进大观园,小说借用她无知的眼光对挂钟进行描写:"柱子上挂着一个匣子,底下又坠着一个秤砣似的,却不住地乱晃。"这里的描写使挂钟从与其指代的意义之间的规约关系中解脱出来,显示出其部分物性。然而,陌生化理论显然并不关注这个具有原初意义的物性,更没有深入思考它对陌生化感受的巨大潜力,而仅仅是提出这种拒绝使用直接指称的手法可以带来陌生化感受,但这种陌生化感受势必是短暂的、肤浅的,读者并没有因此看见挂钟的更深刻的现实。再比如,什克洛夫斯基论述道,

---

[1] 参见 Graham Harman, *Tool-Being: Heidegger and the Metaphysics of Objects* (Chicago: Open Court, 2002).
[2] 维·什克洛夫斯基:《散文理论》,刘宗次译,南昌:百花洲文艺出版社,2010年,第12页。

"有一次,(托尔斯泰)由一匹马出面来讲故事,于是事物被不是我们的、而是马的感受奇异化了","这就是马对私有制的感受"。[1]诚然,由非人类来充当叙述者,容易给读者带来奇异化的感受,但非人类叙述者不一定都能带给读者奇异化的感受。实际上,我们孩童时读过的很多童话故事都是由动物来叙述的,但这些被拟人化的动物,无论在语言使用还是思维习惯方面,都与人类并无两样,因此,它们叙述出来的世界其实很难带给我们陌生化的感受。什克洛夫斯基在这里援用的例子也一样。在他引用的托尔斯泰的小说中,读者仅仅是以一种陌生化的视角了解到私有制的荒谬之处(读者也许早已通过其他方式了解),由马来讲述的私有制依然是人类眼中的私有制:读者既不能通过这里的叙述了解私有制的实在性,也不能了解马的实在性。由此可见,什克洛夫斯基的陌生化叙事理论重点关注的是陌生化叙述手段,以及这种手段如何让读者摆脱对物的自动化联想从而感知到物的存在,也就是说,什克洛夫斯基关注的是通过特殊的叙述手段,让物走进读者的意识。很明显,这个陌生化效果的研究项目还远未结束,在当今思辨实在论和面向物的哲学等理论的观照下,我们可以关注叙述手段如何让读者通过看到物的更多感性特征,尤其是超越人类对物的感性特征,体验到奇异的物现实,从而获得更大的陌生化感受。

三、陌生化叙事理论的拓展:陌生的"石头性"

哈曼的面向物的本体论试图解决"物的实在性到底是什么(或不是什么)"这一问题,它首先承认物具有实在性,但是这个实在性隐退于人类或其他物的认知,也就是说,无论人类的理论或实践、物与物之间的相互作用,都无法穷尽物的现实,因为物"拒绝任何形式的因果或认知把握"[2]。当人们以为已经完全认识或把握某物的时候,物会通过"坏掉"的方式来彰显其深不可测的现实。在哈曼看来,物的四个面向(即"实在的物""感性的物""实在的特征"

---

[1] 维・什克洛夫斯基:《散文理论》,刘宗次译,南昌:百花洲文艺出版社,2010年,第12页。
[2] Graham Harman, "The Well-Wrought Broken Hammer: Object-Oriented Literary Criticism," *New Literary History*, vol.43, no.2 (2012), pp.183–203.

和"感性的特征")之间永远存在鸿沟和冲突,[1]而其中"实在的物"与"感性的特征"之间的冲突最令人着迷,这种冲突可以说"是所有艺术,包括文学的核心现象"。[2]也就是说,艺术旨在通过揭示或运作"实在的物"和"感性的特征"之间的冲突关系,来诱惑读者瞥见物的深不可测的实在性。不难看出,陌生化理论正是建立在这一冲突基础上的,因为陌生化理论认为,"正是为了恢复对生活的体验,感觉到事物的存在,为了使石头成其为石头,才存在所谓的艺术"。[3]换句话说,艺术就是通过恢复或刷新物的感性特征,让读者得以感觉到"实在的物"。为了让读者感觉到物的存在,首先必须让物进入读者的意识,陌生化理论探讨的重心即在于此:如何通过不同于常规的语言来让物陌生化,使之对读者的思维在场。然而让读者意识到物的存在,仅仅是陌生化的第一步,揭示出物异乎寻常的感性特征(不仅对人类,还包括对其他物),才能让读者真正瞥见物的那些不同于我们日常认知的、怪异的(weird)实在性。[4]也就是说,文学不能满足于让我们看到石头,还要让我们看见"石头性",即石头到底是什么(或不是什么)。这意味着什克洛夫斯基的陌生化叙事理论需要拓展和深化。作为一个尝试,下文拟从两个方面对其进行拓展:(1)消除叙述视角和叙述声音中的人类理性痕迹,使物超越人类对它进行的镜像式和象征式表征,进入自在自为的真实界;(2)突出物的灵性和主体性,使之反作用于人类和叙事进程。这两个方面的拓展都能让读者感受或发现更陌生的"物性"。

1. "无人的/去人化的"叙述

为了再现无限隐退的"物性",让读者瞥见陌生的、实在的物,叙述声音可以最大限度地消除人类痕迹,突破拉康意义上的"镜像"和"象征"再现方式,以进入"真实界",叙述视角也可尽量去人化,让物显示其自身隐秘的特性。如前文所述,用马或其他任何动物(或无生命植物)来讲述故事,然后通过拟人化操作,赋予它人类的语言及其携带的

---

[1] 参见 Graham Harman, *The Quadruple Object* (Winchester: Zero Books, 2011).
[2] Graham Harman, "The Well-Wrought Broken Hammer: Object-Oriented Literary Criticism," *New Literary History*, vol.43, no.2 (2012), pp.183-203.
[3] 维·什克洛夫斯基:《散文理论》,刘宗次译,南昌:百花洲文艺出版社,2010年,第11页。
[4] 哈曼认为,物的现实是无限隐退于人类认知的,人类对物的任何知识都不是物的终极现实,他用"怪异的"(weird)一词来描写物的实在性。参见 Graham Harman, *Weird Realism: Lovecraft and Philosophy* (Winchester: Zero Books, 2012).

理性，这不过是为人类叙述者找到一个替代者，叙述的依然是人类意识，不能让读者感受到真实的世界。同理，用刘姥姥的眼光来写挂钟，虽然可以使挂钟在某种程度上被异化，但这段叙述的效果主要是让读者形成对刘姥姥某种反讽的印象，而不是揭示挂钟的真实所在：挂钟还是我们认知中的挂钟，只不过无知的刘姥姥不认识而已。换句话说，这里的叙述并没有显示出陌生的"挂钟性"。与此相对照，美国作家芒特福特的《2002：一个回文故事》仅2 000字左右，没有任何有形的叙述者，也不产生任何连贯的意义，近乎一种文字游戏：小说从前面开始阅读与从结尾开始回读几乎一模一样，完全对称。[1]这是一种真正摆脱了人类中介的叙事声音，抛弃了语言与其意义之间的镜像式和象征式关联，突显了语言的物质性。当然，除了回文这种叙述方式，还有博古斯特提及的"罗列"和"清单式本体书写"（inventory ontography）以及可用来描绘人类意义被抹去后的物世界，因为这种"只列举不解释的方式类似哲学，会把我们的注意力引向物"。[2]此外，还包括史蒂芬斯讨论的数字、文字集、句法和结构的递归等。[3]所有这些方法都旨在突破人与事之间的关联，试图揭示物与物之间的感性特征，从而让读者获得一种更为深沉的、关于物之本性的陌生化感受。贝克特的《不可命名》的叙述者更有意思：其叙述者不是一个稳定的存在，而是随着时空、位置、话语的变化而变化，具有多变的形状，[4]这种"物"叙述者在不同的时空呈现出不同的形状，对世界也会产生不同的观察，透过这样的"物"叙述者，读者可以观察到其物性、身体性以及其叙述出来的世界的物质性。

即使不用物叙述者或打破正常语法常规的"真实界语言"，文学叙事者也有办法将奇异的实在世界呈现给读者。当代美国生态作家巴斯的作品就是一个绝好的例子。巴斯表面上是透过人类眼光来讲故事，但在他的笔下，充当视角的人类几乎没有人类特征，这种去人性化的眼光仿佛要带领读者走进原初的自然世界。在巴斯发表于2000年的小说《洞穴》中，拉塞尔和他女朋友赤身裸体地进入一个50米深的废弃地下矿井，然

---

[1] 参见 Nick Muntfort, "2002: A Palindrome Story," http://spinelessbooks.com/2002/book/index.html.
[2] Ian Bogost, *Alien Phenomenology, or What It's like to Be a Thing* (Minneapolis: University of Minnesota Press, 2012), p.45.
[3] Brian Kim Stefans, "Terrible Engines: A Speculative Turn in Recent Poetry and Fiction," *Comparative Literature Studies*, vol.51, no.1 (2014), pp.159-183.
[4] Eliazbeth Effinger, "Beckett's Post-Human: The Ontopology of *The Unnamable*," *Samuel Beckett Today*, vol.23, no.2 (2011), pp.369-381.

后依然赤身裸体地回到现实世界。[1]当然,此时他们眼中的世界已经与进入洞穴前的世界大为不同了,他们仿佛回到了人类史前时代,能看见的只有草木丛生的大山、湿漉漉的灌木丛、带有绿叶的树枝、枫香树、山毛榉、橡树、山核桃树、母鹿和小鹿、不知道几百年还是几千年前的太阳。这里列举的令人眼花缭乱的自然之物,与他们在地上爬行、摘吃野草莓的动作结合在一起,让读者全然忘记他们作为人类的特殊存在:他们完全融入自然,与自然中的万生万物没有任何等级差异。饶有兴趣的是,巴斯此时让他们与一头母鹿和小鹿不期而遇,两头鹿"一跃而起,惊恐地看着他们好半天,没有认出他们是人类,最后它们摇着尾巴,慢慢地走进了树林"。[2]在这里,人类和鹿相互对望,互不打扰,然后各自前行,巴斯没有让动物屈服于人类眼光之下,也没有借用动物的眼光来观照人类,这种人类和动物相遇却不相扰的场景,仿佛将读者带入了理性人类还未出现的、陌生的原真状态。[3]

2. "灵性/行动者物"叙述

讲述陌生的物的故事,除了使用"无人的"或"去人性化的"叙述手法,还可以赋予物以灵性,让物在读者(或人物)的意料之外显示出灵性或力量,从而实现陌生化的叙述效果。如果说"无人的/去人性化的"叙述主要是通过让物逃离人类表征的控制,从而让读者感受其陌生的原真状态,那么"灵性/行动者物"的叙述则具有陌生的反转效果:人类不仅不能影响或操控物,反而被有灵性和力量的物影响或操控。比如,戈德弗雷的专著《海明威的地理:亲密感、物质性与记忆》(*Hemingway's Geographies: Intimacy, Materiality, and Memory*)考察了海明威叙事中的"地方"(具有主体性的行动者)如何动态地承载历史文化和记忆,如何影响人物的活动以及海明威自己的文学想象。[4]再比如,在坡的短篇小说《厄舍府的倒塌》中,男主人公罗德里克被描绘成既有理性又相信万物有灵的人,而厄舍府里的一草一木都仿佛具有某种不可

---

[1] Elizabeth Hash, "Adventure in Our Bones: A Study of Rick Bass's Relationship with Landscape," *Interdisciplinary Studies in Literature and Environment*, vol.2, no.1 (2015), pp.385–391.
[2] Rick Bass, "The Cave," *Paris Review*, vol.156, no.4 (2000), pp.145–160.
[3] 唐伟胜:《谨慎的拟人化、兽人与瑞克·巴斯的动物叙事》,《英语研究》2019 年第 2 期,第 30–39 页。
[4] 参见 Laura Gruber Godfrey, *Hemingway's Geographies: Intimacy, Materiality, and Memory* (New York: Palgrave, 2016)。

知的神秘力量。长期离群索居地生活在神秘的物世界里，罗德里克的理性一点点被蚕食。最后他亲眼看到自己妹妹的尸体也显现出活性，终于受惊吓而死。这样，《厄舍府的倒塌》描绘的一个陌生化的场景就体现了其文学性：人类理性被神秘邪性的"物"击败，而不是人类理性击败了"物"。[1] 再如，美国著名南方作家韦尔蒂的早期作品《一位旅行推销员之死》中，那位名叫鲍曼的旅行推销员一开始被描写为一个无法融入世界的流浪汉，后来却与一家农户夫妻产生了情感交流的欲望，而推动人物发生变化的正是"物"：鲍曼的车失控掉进沟里时，他发现车掉进一大团葡萄藤中，葡萄藤"接住它，抱着它，摇着它，就像黑色摇篮中一个奇怪的婴孩"，然后"轻轻地把它放在地上"。[2] 目睹南方无处不在的自然之物的温柔包容，鲍曼似乎感受到了"物"友好的力量，这无疑在某种意义上减少了他与世界的疏离感，因此才愿意敞开心扉与农家夫妇进行情感交流。这样阅读《一位旅行推销员之死》，我们可以发现小说中影响人物行动并推动情节发展的关键力量来自物，[3] 这无疑会增强读者的陌生化美学感受。

  总之，俄国形式主义的陌生化理论建立在对"物"的陌生化语言再现和读者对"物"的陌生化感受的基础上。什克洛夫斯基的陌生化叙事理论提出，可以通过特殊的叙事手段，比如避免使用直接指称和非人类叙述视角等，让虚构世界得以陌生化。然而，陌生化叙事理论仅仅通过陌生化世界来让世界在场于读者的思维，却没有探讨如何让读者看到世界真相的叙事机制。思辨实在论，尤其是面向物的哲学，认为物有存在于人类感知之外的真实，艺术的奥秘在于通过描写人-物二元对立之外的物的感性特征，让读者瞥见人类感知之外的物的实在性。受这一新近才在西方兴起的哲学思潮的启发，我们可以将陌生化叙事理论往前推进一步，探讨叙事如何讲述物的实在性。本节尝试性地提出了"无人的/去人化的叙述"和"灵性/行动者物的叙述"两种陌生化叙述手法：前者旨在呈现存在于人类眼光和语言之外的陌生的实在物，后者旨在揭示具有灵性和力量的物如何反过来作用于人类。两种方法均不再局限于仅仅把

---

[1] Tang Weisheng, "Edgar Allan Poe's Gothic Aesthetics of Things: Rereading 'The Fall of the House of Usher,'" *Style*, vol.52, no.3 (2018), pp.287-301.
[2] Eudora Welty, "Death of a Traveling Salesman," in *The McGraw-Hill Book of Fiction*, eds. Robert DiYanni and Kraft Rompf (New York: McGraw-Hill, Inc., 1995), p.1039.
[3] 唐伟胜：《早期韦尔蒂的地方诗学：重读〈一个旅行推销员之死〉》，《外语教学》2019年第1期，第100-104页。

陌生的物呈现给读者，而是努力去探索人类语言和文化表征之外、真实存在、具有主体性的物世界。这样呈现出来的物世界无疑会带给读者更具冲击力、更深刻的陌生化感受。

第二节　建构短篇虚构叙事"谜"的分类学：面向物的视角[1]

短篇虚构叙事（short narrative fiction）之"短"使该文类更易于描述生活存在的瞬间，展示刹那间的顿悟或困惑。缘此，很多理论家认为，短篇虚构叙事这一文类的核心是包含一个待解的"谜"（mystery）。然而遗憾的是，鲜有理论家对短篇虚构叙事中的"谜"加以系统研究，这成为短篇虚构叙事理论中缺失的一环。那么，短篇虚构叙事中的"谜"有哪些可能的再现方式？本节借鉴西方新近出现的"面向物的哲学"，尝试提出并分析短篇虚构叙事中"谜"的四个基本类型。

一、短篇虚构叙事中的"谜"与面向物的本体论

已经有很多作家和批评家指出，短篇虚构叙事的"短"不单是一个篇幅长度的问题，更是定义了短篇虚构叙事的文类特征。与长篇小说（novel）不同的是，短篇小说正是因为"短"，[2]使作者更擅长于通过描写生活的瞬间，来揭示生活中刹那间的魅力所在，也就是透过再现"生活切片"（slices of life），来暗示生命与存在的神秘之处。关于"神秘之处"，短篇小说理论家和作家们都将其与"真实"（real）联系，这样，短篇虚构叙事的核心特征就是通过描写生活片段向读者展示神秘的"真实"所在。如胡利奥·科塔萨尔（Julio Cortázar）认为，短篇小说最重要的一个"常数"是在描述真实或

---

[1] 本节主要内容曾发表于《江西社会科学》2020年第1期。
[2] "短篇虚构叙事"和"短篇小说"两个说法是一致的，本节不做区分。

者虚构的事件时,有一种超越事件本身的神秘属性。[1]短篇小说研究专家迈克尔·特拉斯勒(Michael Trussler)也表达过类似的观点:"如果长篇小说探索的是社会现实,那么短篇小说关注的则更多是私密的、也许是超自然的(因而也更具'神秘性的')现实。"[2]海明威著名的"冰山理论"正好诠释了短篇小说的这一特征。在他看来,"冰山运动的尊严之处就在于它只有1/8露出水面",[3]换言之,好的作品应该只再现事物的极小部分,而将其真实隐藏起来,让读者自己去探索。再如,20世纪70、80年代风靡美国的极简主义短篇小说家卡佛在一次访谈中这样说道:"每个故事都有神秘之处,表面下别的事情正在发生。"[4]而这表面下发生的"别的事情"也就相当于海明威所说的隐藏在水面下的冰山。借用英国V. S. 普里切特(V. S. Pritchett)对短篇小说的定义,即短篇小说是"从眼角匆匆瞥见的东西",卡佛认为,短篇小说家的任务就是"全力以赴赋予那一瞥意义",使用"智慧和文学技巧"来告诉读者"物的真相,以及他本人怎么看待这些事物"。[5]因此,如果玛格丽特·阿特伍德(Margaret Atwood)是正确的,即作者必须要有一种讲述的急迫感("这是我必须要讲给你听的故事"),那么短篇小说想要急迫讲述的就是作者体悟到的真实,正如英国著名短篇小说家伊利莎白·鲍文(Elizabeth Bowen)所言,作者创作是因为他发现并沉迷于某种"真实",迫不及待地"想要其他人也意识到"。[6]这样,在短篇小说这一叙事文类中,作者往往是通过营造并解决一个"谜"来告诉读者他心目中的"真相"。

关于短篇小说的这一特征,美国知名短篇小说理论家查尔斯·E. 梅(Charles E. May)说得更为明确,他认为短篇小说最重要的主题就是"瞬间神性(deity)……神秘而梦幻般的显现"。[7]所谓"神性",其实就

---

[1] 转引自 Charles E. May, "Introduction," *The New Short Story Theories*, ed. Charles E. May (Athens: Ohio University Press, 1996), p.xvii。
[2] 转引自 Per Winther et al., "Dialogue," *Narrative*, vol.20, no.2 (May 2012), pp.239-247。
[3] 转引自 Robert DiYanni and Kraft Rompf, eds., *The McGraw-Hill Book of Fiction* (New York: McGraw-Hill, Inc., 1995), p.1201。
[4] David Applefield, "Fiction & America: Raymond Carver," *Frank: An International Journal of Contemporary Writing and Art* [Paris], vol.8, no.9 (Winter 1987-1988), pp.6-15。
[5] 转引自 Robert DiYanni and Kraft Rompf, eds., *The McGraw-Hill Book of Fiction* (New York: McGraw-Hill, Inc., 1995), p.1196。
[6] 同上, p.1195。
[7] Charles E. May, "The Nature of Knowledge in Short Fiction," in *The New Short Story Theories*, ed. Charles E. May (Athens: Ohio University Press, 1996), p.139.

是不易捉摸但又最为深刻的"真实"。在他看来，短篇小说是"最充分的文学形式，让读者得以在某个最深刻的瞬间面对感知到的真实"，[1] 他提出短篇小说可以揭示两类"真实"，即神性的真实（在这里，真实显现为充实多样）和荒诞的真实（在这里，真实显现为虚空）。[2] 在这里，梅虽然提出了"神性的真实"和"荒诞的真实"之分，但他没有对其进行深入讨论。本节借鉴近十年西方哲学界兴起的面向物的本体论，对短篇虚构叙事中"真实之谜"进行更详尽的讨论，并试图建构一个更宽泛意义上的短篇虚构叙事"谜"的分类学。

哈曼的面向物的本体论是思辨实在论最重要的分支之一，试图解决"物的实在性到底是什么（或不是什么）"这一问题。与思辨实在论一样，面向物的本体论首先承认世间万物均有实在性，但是这个实在性隐退于人类或其他物的认知，也就是说，无论是人类的理论或实践，还是物与物之间的相互作用，都无法穷尽物的现实，因为物"拒绝任何形式的因果或认知把握"[3]。当人们以为已经完全认识或把握某物的时候,物会通过"坏掉"（broken）这样的方式来彰显其深不可测的现实。不难看出，面向物的本体论与俄国形式主义对文学性的认识有异曲同工之妙。俄国形式主义认为，文学性基于陌生化感受，"正是为了恢复对生活的体验，感觉到事物的存在，为了使石头成其为石头，才存在所谓的艺术"[4]。换句话说，艺术就是通过恢复或刷新物的感性特征，让读者得以感觉到"真正的物"，而不是因日常语言遮蔽而被自动化的物。陈晓明也认为，"文学需要进入人性更隐秘的深处，需要在生活变形和裂开的瞬间抓住存在之真相本质，文学性的意味只有在这样的时刻才涌溢出来。"[5] 在这里，"生活"与"真相本质"构成一对矛盾，"真相本质"只有在"生活变形和裂开的瞬间"才能得以捕获。这种说法与面向物的本体论在本质上也是相通的。

为了更清楚地解释物的表象与本相之间的差异，哈曼提出了"四面物"这一概念，认为物有四个面向，即"实在的物""感性的物""实在

---

[1] Charles E. May, "The Nature of Knowledge in Short Fiction," in *The New Short Story Theories*, ed. Charles E. May (Athens: Ohio University Press, 1996), p.142.
[2] 同上，p.133。
[3] Graham Harman, "The Well-Wrought Broken Hammer: Object-Oriented Literary Criticism," *New Literary History*, vol.43, no.2 (2011), pp.183-203.
[4] 维·什克洛夫斯基：《散文理论》，刘宗次译，南昌：百花洲文艺出版社，2010年，第11页。
[5] 陈晓明：《小叙事与剩余的文学性：对当下文学叙事特征的理解》，《文艺争鸣》2005年第1期，第1-3页。

的特征"和"感性的特征"。[1]其中,"实在的物"指人类和其他物永远都无法穷尽的物之本相,"感性的物"指物展现给认知主体的表象(也就是胡塞尔现象学中的意向之物),"实在的特征"指物区别于其他物的本质特征,"感性的特征"指物展现给认知主体的特征。在日常生活或日常语言表述中,我们往往不会注意到这四个面向之间的冲突,[2]但是文学艺术(尤其是这里讨论的短篇虚构叙事作品)恰恰就是要在这些面向之间制造鸿沟和冲突,让读者看到物的真相。[3]笔者认为,我们可以借鉴关于物的四个面向及其冲突相关理论,来对短篇叙事作品中的"谜"进行分类讨论。

二、短篇虚构叙事"谜"的分类学:四种类型

借鉴面向物的本体论区分的四类冲突,我们可以将短篇虚构叙事作品赖以存在的"真实之谜"分为两大类,即"积极的谜"(positive mystery)和"消极的谜"(negative mystery)。在第一大类中,物并不出现,短篇小说通过描写物的感性特征或实在特征暗暗指向实在的物,无论成功与否,这都是一种肯定的、积极性的揭示,读者读完之后,会或多或少地瞥见"真实"。与此相反,在第二大类中,感性的物出现,大量的感性特征描写使感性的物逐渐远离真实的物及真实的特征,这是一种否定的、消极性的揭示,读者读完之后,会发现"真实"不是原来认知的那样。值得注意的是,梅区分的"神性的真实"和"荒诞的真实"虽然与此处区分的"积极的谜"和"消极的谜"有一定重合之处,但两者并不完全一样。在梅的概念中,"神性的真实"指真实全部显现,而"荒诞的真实"指真实显现为虚空;在此处,"积极的谜"是指作品通过某种方式为读者暗示或指向"谜"背后隐藏的(通常是不为人所知的)真实,但这个真实不一定全部显现(事实上,多数短篇小说的谜底都不会全部显现),而"消极的谜"是指作品通

---

[1] 参见 Graham Harman, *The Quadruple Object* (Winchester: Zero Books, 2011).
[2] Graham Harman, *Weird Realism: Lovecraft and Philosophy* (Winchester: Zero Books, 2012), p.140.
[3] 必须看到,哈曼讨论的"物"的含义是宽泛的,既包括无生命之物,也包括人类在内的有生命之物。

过某种方式否定读者以前认定的某种真实,却并不指向真实(也不暗示真实是什么)。

"积极的谜"又可细分为两类:(1)通过运作物的感性的特征与实在的物之间的冲突,来指向实在的物(积极谜-Ⅰ型);(2)通过运作物的实在的特征与实在的物之间的冲突,来指向实在的物(积极谜-Ⅱ型);"消极的谜"也可细分为两类:(1)通过运作感性的物与感性的特征之间的冲突,使物远离其真实(消极谜-Ⅰ型);(2)通过运作感性的物与实在的特征之间的冲突,使物远离其真实(消极谜-Ⅱ型)。这样,关于短篇叙事作品中的"谜",我们就能区分出四种不同的基本类型(在很多作品中,这些类型可能互相组合,从而形成更加多样的"谜"的形态)。下文将分别论述短篇虚构叙事中"谜"的这四种基本类型。

1. 积极谜-Ⅰ型

在这类作品中,拥有真实之谜的物不直接出现,也就是不直接对读者在场,但该物的感性特征通过故事中的人物叙述者间接得到描述。用哈曼的术语来说就是,读者被这些感性特征"诱惑",(成功或不成功地)瞥见被隐藏起来的、"黑洞"一样的物的真相。

例如哈曼本人对美国恐怖作家勒夫克拉夫特进行的研究:勒夫克拉夫特在描写神秘的超自然怪物(最为著名的就是他笔下的克苏鲁)的时候,往往并不让其直接出场,而是通过目击者-人物的转述,让读者获得关于它的感性特征,但又无法把握其本真所在,从而造成恐怖的阅读效果。笔者认为,卡佛也是创作"积极谜-Ⅰ型"的高手。在他的很多小说中,真正的谜被隐藏起来,读者只得到关于此物的只言片语,却无法见到物本身,从而实现其"表面下有别的事情在发生"的"少即多"的美学意图。比如,在《阿拉斯加有什么?》("What's in Alaska?")中,[1] 读者可以读到的是两对夫妇(杰克和玛丽;卡尔和海伦)在客厅的闲聊。通过杰克这一近乎没有反思能力的人物的眼光,从闲聊中出现的26次"笑",读者可以瞥见卡尔与玛丽之间的非正常关系(说"瞥见",是因为这种非正常关系从来就没有正面描写)。小说的最后,人物聚焦者杰克似乎明白了这种关系,但又无法确认并理解这种关系:这就构成了

---

[1] Raymond Carver, *Where I'm Calling from: New and Selected Stories* (New York: Vintage Books, 1989), pp.83–93.

卡佛小说的"谜"。[1]在卡佛的另一篇小说《这么多水离家这么近》("So Much Water So Close to Home")中,[2]叙述者柯莱尔的丈夫斯图尔特和三位朋友在河边发现了一具年轻女尸。围绕着女尸,这对夫妇开始激烈争吵,柯莱尔最后驱车200多英里去参加那个死去女孩的葬礼。毫无疑问,这篇小说中的核心谜团就是那个死去的女孩,但小说并没有直接描写这个女孩,而是通过夫妇俩的猜测和争吵,让读者隐约地瞥见关于女孩的(不确切的)真相。[3]威廉·福克纳(William Faulkner)的《献给艾米丽的一朵玫瑰》("A Rose for Emily")是另外一个著名例子。在这篇小说中,读者关于艾米丽的所有信息都来自小镇居民的讲述,纷至沓来的关于艾米丽的感性特征描写隐隐约约指向关于她的"真相",但这个神秘的"真相"就像标题中那待解的"玫瑰"的含义一样,被深藏起来,吸引了无数读者和批评家去探索。

2. 积极谜-Ⅱ型

在这类作品中,拥有真实之谜的物也不出现,更有趣的是,该物的感性特征也不出现,仅仅给出高度抽象的实在特征(或许仅仅是一个名字)去暗指物的真相。面对这样的谜,读者虽然受到诱惑,但很难发现真相,从而造成一种与世界割裂的阅读效果。

贝克特的戏剧《等待戈多》(*Waiting for Godot*)虽然不是短篇虚构叙事作品,但较为显著地体现了该类型"谜"的特征。在该剧中,什么也没有发生,谁也没来,谁也没去。剧中明确提及了戈多的存在(也就是全剧的谜),但没有对戈多的感性特征做出任何描写,仅凭"戈多"两个字,读者根本无法破解其真相。与《等待戈多》相似的是中国作家余华的先锋派短篇小说《十八岁出门远行》。[4]在这里,于十八岁的少年而言,出门远行的目的变成了谜。对这场远行的目的地所在,全文没有任何解释。开始的时候,第一人称叙述者"我"在路上漫无目的地

---

[1] 关于《阿拉斯加有什么?》的详细分析,请参见唐伟胜:《论雷蒙·卡佛短篇小说中的顿悟时刻》,《英美文学研究论丛》2013年第2期,第181-193页。
[2] Raymond Carver, *Where I'm Calling from: New and Selected Stories* (New York: Vintage Books, 1989), pp.212-237.
[3] 关于《这么多水离家这么近》的详细分析,请参见唐伟胜:《真假难辨的"文本真实世界"——论雷蒙·卡佛〈这么多水离家这么近〉的"不确定式"结尾》,《外国语文》2010年第1期,第24-30页。
[4] 余华:《十八岁出门远行》,《北京文学》1987年第1期。

走着,"觉得自己应该为旅店担心",接着想"搭车",但这些都很难成为他出门远行的理由。读者知道"我"出门远行一定有某个目的,但这个目的一直隐藏在叙事的黑洞中,不显真容。在这样的叙事中,读者已被告知物具有某种真相,受其诱惑希望在阅读中找到确切答案,但终不可得。

3. 消极谜-Ⅰ型

在这类作品中,感性的物出场,而且其感性特征如火花般给出,令人眼花缭乱,但这些特征叠加起来产生的效果,却让读者更加远离对该物的惯常认知,与该物形成认知疏离,使之成为难解的谜团。这种效果有如立体画:将物打破,单独突显其组成部分的特征,这些特征合在一起,读者反而难以还原并识别其整体。[1]

英国著名科幻作家巴拉德的《淹死的巨人》是一篇典型的"消极谜-Ⅰ型"叙事。在该小说中,巨人以一种不容置疑的真实面貌出场:"暴风雨后的早上,一个巨人的躯体给冲到了这座城市以西北五英里的沙滩上。"[2]"早上""这座城市""五英里"等细节言之凿凿,将一个属于超自然世界的巨人引入现实世界。接着,巨人先是被描写为"看上去比一只在岸边晒太阳的鲨鱼大不了多少";[3]随即,"他的身体闪闪发亮,就像一只海鸟的白色羽毛";[4]最后,当两个渔夫壮着胆子靠近巨人,"巨人的脚立起来至少是渔夫身高的两倍,我们立刻意识到,这位淹死的庞然大物的体积和轮廓相当于最大的抹香鲸"。[5]这是小说第一人称叙述者从远处对巨人的描写,在短短的一段中,巨人分别从不同角度被貌似客观地描写为鲨鱼、海鸟和抹香鲸,这样的密集而自相矛盾的描写让巨人的外形究竟是什么样子变成了一个谜。同样,关于巨人的来历,小说也给我们提供了一些互相矛盾的线索。小说首先暗示巨人可能是从神话世界来到人间,但很快又让读者看到一张"被擦伤的肿胀的脸",皮肤虽然已被漂白,但是"已经不再光亮",而是沾满了"肮脏的泥沙","一团一团

---

[1] Graham Harman, *Weird Realism: Lovecraft and Philosophy* (Winchester: Zero Books, 2012), p.40.
[2] J. G. Ballard, *The Best Short Stories of J. G. Ballard* (New York: Holt, Rinehart and Winston, 1978), p.233.
[3] 同上,p.233。
[4] 同上,p.233。
[5] 同上,p.234。

的海藻填满了他的指缝"。[1] 从下面看，巨人的脸已经"全然没有了风度和镇静，拉下的嘴巴和抬起的下巴……就像一艘触礁巨轮的船头"，他的脸因此变得就像一副面具，"疲惫而无助"。[2] 这样，读者心目中神话般不死的巨人形象被破坏无遗，巨人到底是谁，就成为文本中的不解之谜。用这种似是而非的方式来揭示巨人的真相，完美地实现了达科·苏恩文（Darko Suvin）所谓的科幻小说"认知间离"效果。[3] 与《淹死的巨人》相似的小说还有唐纳德·巴塞尔姆（Donald Barthelme）的《气球》（"The Balloon"）、赫尔曼·麦尔维尔（Herman Melville）的《书记员巴尔特比》（"Bartleby, the Scrivener"）等。在《气球》中，悬挂在纽约上空的气球有多个不同角度的描写，最终在读者眼中变成了一个与常规认知完全不同的存在；在《书记员巴尔特比》中，对巴尔特比的聚焦描写，也让他越来越不像为人所熟知的书记员，从而使读者脱离了对他的认知把握。在这些小说中，无论是巨人、气球还是巴尔特比，作者都否定了读者对他（它们）的惯常认知，让读者觉得他（它们）还有隐藏在认知之外的实在性，却并不引导读者去发现这些实在性，从而让他（它们）变得格外神秘起来。

4. 消极谜-Ⅱ型

在这类作品中，感性的物在场，但和消极谜-Ⅰ型不同，这类作品不会把物的各种感性特征叠加以摧毁读者对物的惯常认知，而是试图揭示这些感性特征都不是物的真实特征。也就是说，作者通过揭示物还具有一些不为人所见的真实特征，从而使物从读者的感性认知中逃逸，并被神秘化。

在纳撒尼尔·霍桑（Nathaniel Hawthorne）的小说《我的亲戚莫里纳少校》（"My Kinsman, Major Molineux"）中，叙述者乡村少年罗宾初次进城，希望得到亲戚莫里纳少校的提携。他游走城里的大街小巷，四处打听莫里纳少校的住处，得到了各种关于莫里纳少校的虚假说法，最后发现莫里纳少校被一群暴民拖到街上游行。小说的最后，罗

---

[1] J. G. Ballard, *The Best Short Stories of J. G. Ballard* (New York: Holt, Rinehart and Winston, 1978), p.238.
[2] 同上，p.239。
[3] Darko Suvin, *Positions and Presuppositions in Science Fiction* (Kent: Kent State University Press, 1988), p.37.

宾眼里（也就是读者眼里，因为读者跟随罗宾的眼光）的莫里纳少校的感性特征瞬间融化，但在其真实身份闪现后，小说并没有花笔墨来详细解释莫里纳少校的真实特征，而是马上结束，给读者留下了惊诧和回味的空间。美国当代著名短篇小说家德波拉·艾森伯格（Deborah Eisenberg）的后"9·11"短篇小说《超级英雄之黄昏》（"Twilight of the Superheroes"）与《我的亲戚莫里纳少校》如出一辙。小说透过一位乡下少年的眼光来观察居住在纽约的姑姑和姑父一家，他们看似光鲜；但"9·11"后，他们的光鲜在少年眼中消失了。类似的小说还有詹姆斯·乔伊斯（James Joyce）的《阿拉比》（"Araby"）、约瑟夫·康拉德（Joseph Conrad）的《黑暗的心脏》（"Heart of Darkness"）、卡佛的《大教堂》（"Cathedral"）等。在《阿拉比》中，叙述者"我"关于浪漫爱情的幻想在最后一刻被狠狠击碎，内心充满了愤恨和痛苦；在《黑暗的心脏》中，关于文明的神话消失在不为人所知的黑暗之中；在《大教堂》的最后，盲人罗伯特的形象在叙述者心目中变得不可思议地高大起来。在所有这些小说中，人或物都被先赋予了某种特征，接着叙述者（或读者）会发现，这些特征背后其实还隐藏着更深的、不易觉察的真实。

"谜"可以说是短篇虚构叙事的核心特征，但一直以来，理论界对"谜"的研究都有所忽略。借鉴思辨实在论，尤其是面向物的本体论的相关视角，本节区分了短篇虚构叙事"谜"的四个类型，分别是"积极谜-Ⅰ型"（即通过感性特征去暗示物的真相）、"积极谜-Ⅱ型"（即通过真实的特征去暗示物的真相）、"消极谜-Ⅰ型"（即通过感性特征去否定惯常认为的物的真相）、"消极谜-Ⅱ型"（即通过真实特征去否定惯常认为的物的真相）。这样，"积极谜"和"消极谜"分别对应我们阅读短篇虚构叙事的两种基本体验，即"原来真相是这样！"和"原来真相不是那样！"。

毫无疑问，短篇虚构叙事的实际阅读体验往往更为复杂，这意味着我们在批评实践中还应该对短篇虚构叙事这四种基本类型的"谜"进行更加细致的分析，笔者尝试提出三种可能的分析维度：

（1）四种类型的不同组合：叙事开始的时候可能采用积极型，即不让物出场，只通过人物叙述者的转述指向物的真实之谜，但随着叙事的发展，可转为消极型，即让物出场，通过大量描写物的感性特征来否定读者对其已经形成的印象，从而再度让物变得神秘起来。F. S. 菲茨杰拉德（F. S. Fitzgerald）的《了不起的盖茨比》(*The Great Gatsby*)就是一个典型的例子：先通过尼克的转述指向盖茨比的真相，然后让他出场再否定前面业已建立的真相，到小说最后，读者（包括人物叙述者尼克本人）都无法获得关于盖茨比的全部真相。

（2）真相揭示或遮蔽的程度：叙事中物的真相可能全部揭示出来，可能犹抱琵琶半遮面，也可能完全遮蔽起来，这都会影响读者的阅读体验。乔伊斯《都柏林人》(*Dubliners*)里几乎所有小说，最后似乎都揭示出了真相，但读者（或人物）又无法明确说出这种真相，这非常符合现代主义作品云山雾罩的叙述风格。

（3）真相对谁显示或遮蔽：叙事涉及隐含作者、叙述者、人物、读者等多个实体，物的真相对谁显示或遮蔽（以及显示或遮蔽的程度）是作者修辞意图的重要组成部分，可以产生不同的效果。如果真相只对读者显示，而对人物遮蔽，这就会形成反讽的叙述效果，比如坡的《一桶白葡萄酒》("The Cask of Amontillado")，叙述者蒙特莱赛因为福图纳特侮辱了他，于是设计将他活埋，这一看似合理的报复举动，背后隐藏的却是蒙特莱赛冷酷变态的真相，但蒙特莱赛对自己的冷酷变态毫无觉察反思，沦为叙事反讽的对象。

为了阐明以上观点，此处以中国著名的盲人摸象故事为例进行简要分析。盲人摸象的故事大家耳熟能详，大体是这样的：有四个盲人很想知道大象是什么样子。可是他们看不见，只能用手摸。胖盲人先摸到了大象的牙齿。他就说："我知道了，大象就像一个又大、又粗、又光滑的大萝卜。"高个子盲人摸到的是大象的耳朵。"不对，大象明明是一把大蒲扇！"矮个子盲人大叫起来："你们净瞎说，大象只是根大柱子。"原来他摸到的是大象的腿。而那位年老的盲人却嘟囔："大象哪有那么大，它只不过是一根草绳。"原来他摸到的是大象的尾巴。四个盲人争吵不休，都说自己摸到的才是大象真正的样子。

这则寓言故事中，大象出场了，故事给出了众多感性特征（大萝卜、大蒲扇、大柱子、草绳），但这些感性特征合在一起，反而让读者远离了真实的大象，因此这个故事是典型的"消极谜-Ⅰ"型。四个盲人都自信地宣称自己把握了大象的真相，但读者知道，大象的真相远比他们知道的更多，因此本寓言显然是在讽刺这四个以偏概全的盲人。然而，倘若我们接受面向物的本体论，相信任何物的真相都无法穷尽，我们作为认知中介对物的任何把握都只能是片面的，那么我们或许可以针对这则寓言进行一个反转式阅读：隐含作者把物的（片面）真相显示给了四位盲人，而反讽了自以为全部把握了物之真相的读者。不难看出，对短篇虚构叙事"谜"的解读，可以让读者瞥见物的某种真相，但作为读者，我们应该万分谨慎，因为探索短篇虚构叙事"谜"的过程充满了各种风险和不确定，稍不留意，我们就成了那几位争吵不休的盲人。

物性叙事批评实践　下篇

第五章

灵性之物：重读《厄舍府的倒塌》[1]

坡发表于1839年的著名短篇小说《厄舍府的倒塌》（以下简称《倒塌》）引发的评论可谓汗牛充栋。其中，除了对小说的文体和叙事美学进行分析，多数评论聚焦小说的三个主人公——罗德里克，玛德琳小姐以及叙述者"我"，探索这些人物的性格成因及其背后的意识形态内涵。比如，马瑞塔·纳达尔（Marita Nadal）借鉴"创伤"理论和弗洛伊德的"恐惑"（uncanny，或译"诡异"）相关论述，认为罗德里克被"遥远而压抑的历史记忆纠缠"，这些记忆无法通过理性努力得以恢复，却暗暗决定了他的现在。[2] 又如，有论者从女权主义的角度，认为玛德琳小姐从棺材里死而复生，是对以她哥哥罗德里克及叙述者"我"为代表

---

[1] 本章主要内容曾发表于《外国语文》2017年第3期。
[2] Marita Nadal, "Trauma and the Uncanny in Edgar Allan Poe's 'Ligeia' and 'The Fall of the House of Usher,'" *The Edgar Allan Poe Review*, vol.17, no.2 (2016), pp.178–192.

的父权制的"排斥和否定"。[1]再如，罗纳德·比亚甘诺维茨基（Ronald Bieganowski）认为，《倒塌》的第一人称叙述者"我"的讲述目的不是揭示事实真相，而是试图讲述那些"不可理喻"之事，因此属于"自我消耗型"（self-consuming）叙述者。[2]

毫无疑问，以上这些评论从不同侧面揭示出《倒塌》这一经典小说的意义潜势。但若细读《倒塌》，我们不难发现，这些评论在很大程度上均忽略了一个显著的文本事实：坡花大量笔墨对厄舍府周围环境和内部物件进行了细节描写。若考虑坡为短篇小说制定的"不浪费一个字"的创作原则，[3]笔者认为，没有充分关注这些物件描写的任何评论都难言公正地对待了坡的精妙匠心。当然，《倒塌》中的物件描写由于太过显著，实际上也引起了不少评论者的关注。比如，沃特·伊凡斯（Walter Evans）就非常恰当地指出，《倒塌》的主体部分"是形象，而不是事件；是描写，而不是叙述"，[4]但遗憾的是，伊凡斯虽然指出了《倒塌》的叙事特点，却没有进一步分析这些"形象描写"在该小说中的具体功能，而是以此为依据，转而论证《倒塌》如何与坡自己的小说理论自相矛盾，从而体现出舍伍德·安德森（Sherwood Anderson）开创的现代主义小说特征。本章以《倒塌》中的物为聚焦对象，认为坡在该小说中赋予了物神秘的恶之力，罗德里克的理性思想被四周的物不断侵蚀，使他处于长期的自我怀疑中，从而变得神经质，而玛德琳小姐的尸体发出的力量导致了罗德里克最后的崩溃，厄舍府的倒塌隐喻着物的力量最终战胜了理性。这样，坡笔下的物就不再只是人物活动的背景，也不仅仅起到烘托气氛的功能，而是拉图尔定义的"行动者"（actor），[5]具有自身的灵魂和力量。坡利用这种神秘的"物"的力量来推动其叙事进程，最大限度地制造了恐怖效果，从而成就了一篇经典哥特小说。

---

[1] 葛纪红：《〈厄舍府的倒塌〉新探》，《海南大学学报（人文社会科学版）》2000年第5期，第73–76页。
[2] Ronald Bieganowski, "The Self-Consuming Narrator in Poe's 'Ligeia' and 'Usher'," *American Literature*, vol.60, no.2 (1988), pp.175–187.
[3] Edgar Allan Poe, "The Philosophy of Composition," *Graham's Magazine*, vol.28, no.4 (1846), pp.163–167.
[4] Walter Evans, "'The Fall of the House of Usher' and Poe's Theory of the Tale," *Studies in Short Fiction*, vol.14, no.2 (1977), pp.137–144.
[5] Bruno Latour, *Reassembling the Social: An Introduction to Actor-Network-Theory* (New York: Oxford University Press, 2005).

第一节 《倒塌》中的物：神秘的恶之力

物在《倒塌》中占据显著位置，这是不容置疑的。小说是第一人称回顾性叙事，以对物的大段描写开场："整整一天，我孤零零地骑着马，驰过乡间一片无比萧索的旷野。暮色四合之际，令人忧伤的厄榭［舍］府终于遥遥在望"（12），[1]接着，"我望着孤单的府邸和庄园里单一的山水风貌，望着荒凉的垣墙、空洞的眼睛一样的窗子、三五枝气味难闻的芦苇、几株枯木白花花的树干"（12-13），心里愁苦至极，却又无法说出原因。随后，"我策马奔至山中小湖的险岸边"（13），这里坡对小湖进行了一番详细描写："小湖就傍着宅第，湖面泛着光泽，却一丝涟漪都没有，黑黢黢，阴森森，倒映出变形的灰色芦苇、惨白树干、空洞眼睛一样的窗子。"（13）进到厄舍府后，叙述者仅仅寥寥几笔提及侍从、男仆和医生，却出人意料地详细列举了他看到的物件："天花板上的雕刻""四壁黑色的帷幔""乌黑的地板""幻影似的亦步亦趋发出'咔嗒咔嗒'声的纹章甲胄"。（16）可以说，一开始，坡就在《倒塌》主要人物出场之前，通过大量描写物，使读者感觉：厄舍府居主宰地位的是物，而不是随后出场的那位被神经错乱折磨得行动力尽失的主人公罗德里克。

当然，仅仅依据篇幅我们无法确定物在《倒塌》中起到的作用，至关重要的是，叙述者"我"还赋予了这些物神秘性和力量。在叙述者看来，厄舍府周围以及厄舍府内的物件，都显得深不可测，让人捉摸不透，同时又透出某种邪恶的力量，足以摧毁人的意志力。小说中，叙述者多次使用"说不清""捉摸不透""奇怪""不可思议"等词汇来描写所见之物。比如，当"我"遥遥望着厄舍府时，"也说不清是怎么回事"，内心就充满了难以忍受的忧伤；"我"为什么看见厄舍府就无法控制情绪，"这是个破解不了的谜"，完全"无从捉摸"，"无迹可寻"。（12-13）当"我"走进厄舍府，"不知为什么"，一路上看见的景物加重了之前的愁绪，这些普通的物件竟激发起了很多陌生的幻想，"我"对此感到"很惊讶"。（16）

---

[1] 本章所引用的坡的短篇小说中译文均选自爱伦·坡，《厄榭府的倒塌》，载《经典爱伦坡惊悚集》，康华译，沈阳：辽宁教育出版社，2005年，第12-34页。（以下仅标注页码，本书统一采用"厄舍府"这一译名。）

然而值得注意的是，叙述者虽然罗列了大量物件，也不断提及这些物件给他造成的心理影响，却没有对其中任何一个物件进行深入的细节描写，这造成了一种阅读效果：厄舍府内外的物没有完全向外敞开，而是处于神秘隐退的状态。这里，我们可以借鉴21世纪西方哲学界兴起的"思辨实在论"的一个重要分支"面向物的本体论"的相关概念来透视《倒塌》中物的叙述方式。"面向物的本体论"，顾名思义，是将思辨哲学的视角转向"物"，探讨"物"的本体存在方式。在该派主要代表人物之一哈曼看来，"物"具有独立于人类的实在性，但是，与之前的"幼稚现实主义"不同，哈曼认为物的实在性是无限的，而且是"隐退的"，因此不可能完整把握或再现。对于物，我们能把握的只是它的感性特征，这样，物与其感性特征之间必然存在距离。[1]

在《倒塌》中，叙述者眼前一一闪过的"物"，无论是"荒凉的垣墙""空洞的眼睛一样的窗子""气味难闻的芦苇"，还是小湖中的"灰色芦苇"和"惨白树干"，乃至后来玛德琳小姐尸体的"胸口和脸上还似是而非地泛着薄薄一层红晕，唇上停泊着一抹可疑的微笑"（27），都只有感性特征，而物自身则被神秘地隐藏起来，这样，在叙述者和这些物之间就被修辞性地营造出了一条条无法跨越的鸿沟，叙述者与物之间由此产生令人恐怖的对立关系。当然，人与物之间的这种鸿沟不一定必会产生恐怖效果，正如哈曼所说，不同作家可以利用这个鸿沟来实现不同的意图。[2] 笔者曾经分析过美国当代自然作家巴斯的作品《隐者的故事》，发现巴斯创造出了人类与作为物的自然荒野之间的鸿沟，但巴斯是利用这个鸿沟来反讽人类的虚妄并揭示大自然的无限丰富性。[3]

《倒塌》中，物的恐怖不仅体现为神秘不可知，还体现在这些物具有力量——当然是恶的力量。贝内特在《有生命的物质：物的政治生态学》（*Vibrant Matter: A Political Ecology of Things*）中提倡物拥有独立于人类主体的时刻，可以"影响其他物体，提升或削弱这些物体的力量"，[4] 而坡早在1839年的《倒塌》中就用虚构小说的方式展现了物的这种力量。

---

[1] Graham Harman, *Tool-Being: Heidegger and the Metaphysics of Objects* (Chicago: Open Court, 2002).
[2] Graham Harman, *Weird Realism: Lovecraft and Philosophy* (Winchester: Zero Books, 2012), p.5.
[3] Tang Weisheng, "Speculative Realism and the Post-Nature Writing in Rick Bass''The Hermit's Story'," *Neohelicon*, vol.45, no.1 (2018), pp.319–332.
[4] Jane Bennett, *Vibrant Matter: A Political Ecology of Things* (Durham and London: Duke University Press, 2010), p.3.

比如，叙述者"我"看见厄舍府时就"不能自控"，这个细节生动地诠释了物具有削弱其他物体的力量。叙述者虽然无法解释其中的缘由，但也隐隐约约地意识到，"简单的自然景物凑在一起，确实有左右人情绪的力量"，而只需稍稍改变这些景物的布置，它带给人的悲伤感觉"可能就会减轻，或许归于消泯"。（13）这说明，自然景物那种"左右人情绪的力量"来自自然景物本身。后来，当叙述者思忖厄舍家族的性格成因时，他又将其归于"房屋的特色"。（14）更有趣的是，在描写主人公罗德里克时，叙述者富有深意地将他放在与物的关系之中："神经过敏把他折磨得不轻。只吃得下寡淡无味的饭菜；只能穿某种质地的料子做的衣服；所有鲜花的香味都难以忍受；即便是微弱的光线，也会刺痛眼睛……"（18）这里的描写让读者看到，物已经几乎完全控制住了罗德里克，在他与周围之物的对抗中，他是弱势的一方。

当然，在《倒塌》中，最体现物力量的当属玛德琳小姐的尸体。通常认为，尸体是没有生命的，但在坡的笔下，玛德琳小姐的尸体却能活生生地破棺而出，并吓死了她那相信"万物皆有灵性"却又为此感到恐惧的哥哥罗德里克。小说的最后，在雷雨交加的深夜，在那条通向小湖的裂缝作用下，厄舍府终于坍塌，被小湖吞没。这个结尾完全可以解读成代表理性的厄舍府在众声喧哗的物的恶之力作用下轰然倒塌，就像在罗德里克喜欢弹唱的那首《闹鬼的宫殿》中，曾经辉煌的"思想宫殿"被"邪恶的物"攻占一样。

第二节 《倒塌》的叙事进程：灵性之物与人类理性的较量

如果上文的分析正确，物在《倒塌》中被如此浓墨重彩，并被赋予神秘的力量，那么我们有理由相信，物在《倒塌》中扮演的角色不会只是背景那么简单，而是推动小说叙事进程的关键力量。如前所述，《倒塌》是第一人称回顾性叙事，在这样的叙事中，至少包含两个层次的"我"：一层是叙述之"我"，另一层是经历之"我"，前者是正在讲述过去的"我"，后者是正在经历过去的"我"。不同的作品可能会以不同方式来运作这两层"我"之间的关系,从而形成多种多样的第一人称回顾性叙事。[1]《倒塌》主要聚焦经历之"我",但同时也在暗暗运作叙述之"我"这个层面。经历之"我"层面主要涉及"故事",即"我"如何来到厄舍府,与罗德里克交往,见证他如何一步步走向死亡以及厄舍府的倒塌;叙述之"我"层面则主要涉及"话语",即那个经历之"我"是如何被叙述出来的,"话语"可以揭示此时此刻的叙述之"我"。[2]细读《倒塌》,在小说叙事进程的这两个层面上,物起到的作用非常显著,我们甚至可以说,《倒塌》中的事件和人物因物而起,因物而灭,《倒塌》的叙述则显示出叙述者对物邪恶力量的认同。通过巧妙运作这两个层面的物叙事,坡制造出了极度恐怖的叙事效果。

在《倒塌》"故事"层面的叙事进程中,有两个关键问题学界讨论颇多却难以达成一致意见:罗德里克的病到底是什么引起的?厄舍府为什么会倒塌?还有一些相关问题,学界基本上都忽略了,比如,罗德里克为什么要邀请"我"?罗德里克为什么要在玛德琳死后将尸体停放在地窖14天?如果将《倒塌》看成坡的一次物叙事实践,这些问题都能得到较为圆满的回答。

关于罗德里克的疾病,《倒塌》中曾经多次提及,比如"神经不安""精神错乱""神经紧张""神经过敏""神经紊乱""歇斯底里",等等,总之,罗德里克表现出的是躁动不安、心绪不宁的精神状态。那么,到底是什么原因造成罗德里克这种状况呢?尚必武认为,罗德里克变得神经错乱,是因为"随着时间的流逝",他的"理性开始解体,非理性渐占上风",[3]至于罗德里克的非理性是什么,为什么会逐渐占上风,尚必武没有明确分析。叶超从罗德里克封闭的生活环境和缺失的亲情、友情、爱情出发,借鉴弗洛伊德的精神分析人格理论,认为罗德里克的本我、自我、超我出现了严重失衡,因此人格扭曲是注定的。[4]纳

---

[1] 相关详细讨论,请参考唐伟胜、龙艳霞,《文本世界 话语世界与第一人称短篇叙事的阐释空间》,《广东外语外贸大学学报》2016年第4期,第12—16页。
[2] 费伦分别定位叙事进程的这两个层面为"不稳定性"(instabilities)和"张力"(tension),前者指"故事"层面上事件的发生、发展和结局,后者指"话语"层面上叙述方式对读者产生的影响。参见James Phelan, *Narrative as Rhetoric: Technique, Audiences, Ethics, Ideology* (Columbus: Ohio State University Press, 1996), p.23.
[3] 尚必武:《二元关系的整合与分离:评〈厄舍府的倒塌〉》,《河南科技大学学报(社会科学版)》2005年第4期,第64—67页。
[4] 叶超:《注定的悲剧——〈厄舍府的倒塌〉罗德里克·厄舍精神分析》,《安徽师范大学学报(人文社会科学版)》2005年第1期,第105—109页。

达尔将罗德里克的精神问题归咎于他的家族历史，认为他被"遥远而压抑的历史记忆纠缠"，无法通过理性努力得以恢复，从而造成他现在的精神创伤。[1]约翰·埃里森（John Allison）则认为，罗德里克的精神问题源于他的自我发展（self-development）超越了"生理、心理和社会极限"，这种超越造成了他的"恐惧、癫狂和死亡"。[2]

这些分析着眼于罗德里克家族的历史、罗德里克的生活和心理状态，甚至认为是他与亲妹妹玛德琳的乱伦关系造成了他错乱的精神状态，在很大程度上忽略了文本的实际情况，尤其是物对罗德里克心理的巨大影响。其实，关于罗德里克心理状态的成因，《倒塌》中有明确的说明。只不过由于物视角的缺乏，批评家们对这些细节视而不见。在罗德里克喜欢弹唱的那首《闹鬼的宫殿》中，那个原先富丽堂皇的宫殿是"思想主宰一切的王国"，如坐云端的是荣光万丈的"思想之君"，后来这个国王的"至尊之地"被披一身长袍的"邪恶"侵入，变成鬼哭狼嚎之地。（22-24）这首《闹鬼的宫殿》从某种意义上预示了厄舍府的倒塌，但是那个侵入纯洁高尚的"思想"宫殿的"邪恶"到底是什么呢？笔者认为，这个"邪恶"就是与"思想"相对的"物"：自带恶力的物玷污了高贵而纯洁的理性思想，摧毁了这个思想的宫殿。[3]有趣的是，引用完这首狂想曲后，叙述者接着就开始讨论起罗德里克的观念来。罗德里克大胆而执着地相信"草木都有灵性"，"连无机世界的物也有灵性"。（24-25）

> 在他的想象中，那些石头的排列组合、遍布在石头上的真菌、伫立在四周的枯树——尤其是那虽年久月深但毫无变动的布局、那死寂湖水中的倒影，无不透着股灵性。他说，湖水和石墙散发的气息在四下里逐渐凝聚，从中可看出灵性的痕迹。……**这无处不在的灵性造成的结果有目共睹，它就潜伏在那寂然无声却又纠缠不休的可怕影响力中，几百年来，都一直主宰着他家族的命运，也把他害成了眼下这副模样。**（25，黑体为笔者所加）

---

[1] Marita Nadal, "Trauma and the Uncanny in Edgar Allan Poe's 'Ligeia' and 'The Fall of the House ot Usher'," *The Edgar Allan Poe Review*, vol.17, no.2 (2016), pp.178-192.
[2] John Allison, "Coleridgean Self-Development: Entrapment and Incest in 'The Fall of the House of Usher'," *South Central Review*, vol.5, no.1 (1988), pp.40-47.
[3] 有趣的是，与译文"邪恶"对应的原文是 evil things，但译者由于没有看出坡的真实用意，在译文中居然忽略了 things 的翻译，更合适的译文应该是"邪恶之物"。

由此看来，罗德里克精神分裂的根本原因是他受到了周围有灵性的物所造成的"可怕影响"。如果联系罗德里克对"思想宫殿"的缅怀，以及他作画时"极为朴素""天然去雕饰"地"在画布上泼洒纯然抽象的概念"这些细节，我们就可看到，罗德里克一方面坚信"万物皆有灵性"，另一方面又拼命抵制物的灵性，对物的灵性恐惧不安，因为对拥有高贵思想和理性的罗德里克来说，这不仅是迷信，而且是危险，正如他告诉叙述者的那样："我害怕将要发生的一切，……说真的，我对危险并不憎恨，除了置身于它的绝对影响——恐怖之中。"（18）长期被周围有灵性的物包围，希望超越物却无法超越，理性的宫殿被慢慢侵蚀，这才是罗德里克神经错乱的根本原因。

实际上，这一对矛盾也构成了《倒塌》"故事"层面叙事进程中最重要的不稳定因素，围绕这个不稳定因素，我们能比较好地解释《倒塌》中"故事"的运动逻辑。首先，我们可以解释为什么罗德里克会邀请叙述者"我"去陪伴他。虽然"我"自言"他的召唤真是蹊跷得紧"（14），但从后面的叙述中，我们可以推断，"我"在进厄舍府之前，应该是一个理性的人，得到召唤，原因也许就是罗德里克相信，"我"的理性能够帮助他对抗周围虎视眈眈的物，让他"快活地待上一阵子，病情便会减轻"。当然，正如后文即将论述的那样，"我"在厄舍府的经历不仅没有帮助罗德里克摆脱迷信，反而使"我"自己也深陷其中，成为物的恶之力的牺牲品。其次，我们还可解释为什么罗德里克坚持要把自己妹妹玛德琳的尸体停放在地窖里14天。"我"把罗德里克的这个想法与他最喜欢的一本书《美因茨教会合唱经本中追思已亡占礼前夕经》联系起来，而这本书是关于招亡魂的。很明显，罗德里克相信死去的人有灵魂（就像他相信"无机世界的物也有灵性"一样），他想召回玛德琳的灵魂，因为她是"他在这世上仅有的最后一个亲人"（26）。但是，罗德里克却不愿意承认自己的内心想法，他提出的理由是，"死去的妹妹那非同寻常的病，想到医生冒失而殷切的探问，再想想祖坟偏远，周遭都是凄风苦雨"（26），这些理由明显难以自圆其说，但为什么罗德里克要刻意隐藏自己的内心呢？笔者认为，刻意隐藏的根源也是他对物的根本看法：尸体就像其他无生命的物一样有灵性，但也与其他物一样令人恐惧。这样，罗德里克就再一次重复了之前的困境：既相信万物有灵，又恐惧万物灵性会侵占他的思想和理性。这也是为什么罗德里克将妹妹的棺木放进地窖后的那几天，"漫无目的地从一间屋子逛荡到另一间屋子，脚步匆促而凌乱"，或者"长时间对着虚空苦苦凝视，仿佛在聆听某种虚幻的声音"。(27-28)很明显他是在寻找和聆听玛德琳灵性的踪迹，而在最后一个夜晚，当他感受到玛德琳的灵性时，他一方面"眼睛里却流溢出狂喜"，另一方面又"带有压抑着的歇斯底里"。(28-29)如果与自己"心灵相通"的妹妹的尸体也显现出令人恐惧的灵性，那么罗德里克的理性大厦就真的要倒塌了。

这就让我们回到《倒塌》"故事"层面最重要的一个问题：厄舍府为什么会倒塌？小说前半部分，坡为厄舍府的倒塌作了一定的铺垫，比如在叙述者眼中，这大厦"看似完整，实则早已腐烂多年"，如果仔细观察，"兴许能发现一条细微的裂缝，它就从正面屋顶上开始，曲曲弯弯顺墙而下，直至消失在阴沉沉的湖水中"。(15)在小说的结尾，正是这条裂缝"迅速变宽"，让厄舍府"坚固的高墙崩裂为碎片"，寂寂地淹没在"幽深阴冷的山湖"。(34)但是，如果我们联想一下与厄舍府倒塌并置的事件，即在那个乌云低垂、风雨肆虐的夜晚，玛德琳尸体复活，罗德里克被吓死，我们不难发现，促使厄舍府倒塌的不仅仅是那道变宽的裂缝，还包括吞噬厄舍府的山湖，狂风暴雨，枯树，墙上的真菌，屋内的天花板、帷幔、地板、纹章甲胄，地窖的铁门，铁门上的铰链，所有这些给罗德里克带来精神压力的"灵性之物"，在那一刻都随着玛德琳的复活而复活，罗德里克终于被物战胜，而象征着理性思想的厄舍府也在这些"邪恶之物"的狂欢中轰然倒塌。

如果转向叙述者，我们的问题是：从厄舍府的经历中"我"学到了什么？这种经历对"我"的叙述话语又产生了什么影响？如前所述，厄舍府的主人罗德里克深受物的折磨，变得神经不安，请"我"来"给他以慰藉"。"我"陪伴罗德里克的过程中，慢慢了解到他的病根，然而，"我"不仅没有能帮助他脱离物的影响，反而自己也从不相信物的灵性到逐渐被物控制。

"我"刚进厄舍府时，把罗德里克的想法描写为"迷信"，对他被灰墙和塔楼影响尚能表现出超然的样子。但是，随着时间的推进，"我"的内心也起了变化。比如，"我"看到罗德里克"画布上泼洒的纯然抽象的概念，心里就会生出浓重的畏惧"，看到他画的地窖时，感觉"画面沐浴在一片不合时宜的可怖光辉里"。(21)后来，在将玛德琳尸体放入地窖后，罗德里克的"神经紊乱的特征发生了显著变化"，"我"终于承认，"他身上那荒诞而感人的迷信气息，有着强烈的感染力，这种力量正一寸

一寸地潜入我的心底"。(27-28)

于是，在那个风雨交加的夜晚，"我"为罗德里克阅读兰斯劳特·坎宁爵士的传奇小说《疯狂盛典》，看似是为了消除罗德里克的恐惧，其实是在努力摆脱自己的恐惧。当"我"试图告诉罗德里克，"这些蛊惑人的景象，不过是寻常的电光现象罢了——或者，只是山湖中瘴气弥漫的缘故"(29)，"我"其实已经被窗外的"雾光"吓得发抖。之后，随着"我"阅读的小说情节与屋外发生巧合，"我"的恐惧逐渐增加：先是木板脆裂的声音，然后是凄厉的叫声，最后是金属砸在地板的哐啷声。终于，玛德琳小姐满身血迹的尸体破门而入，扑倒在罗德里克身上，吓死了他，而"我"则赶紧逃离厄舍府，正好见证了厄舍府的倒塌。

值得注意的是，在描写还魂的玛德琳小姐时，叙述者"我"非常逼真地再现了她的身体和动作，给读者一种十分真实的感觉："殊不知，门外当真站着厄榭[舍]府高个子的玛德琳小姐。她的身上裹着寿衣，那白色的袍子上，溅满血迹；瘦弱不堪的身体上到处是苦苦挣扎的痕迹。她在门槛那里颤抖了一阵，前后摇晃了一阵，然后，低低地呻吟着，重重地朝屋内的哥哥身上倒去。"(33-34)同样，在描写厄舍府最后的倒塌时，叙述者的逼真现实主义笔法也同样没给读者留下任何似是而非的余地。很明显，在故事的结尾，"我"不再认为"物"的灵性是迷信，对死尸还魂的真实性也深信不疑。如果这一分析是合理的，我们就不难理解，为什么幸存的"我"在讲述自己的经历时，一开始就将那么多注意力集中在物上，并强调"物"的神秘与恶之力。事实上，完全可以说，"我"讲述自己见证厄舍府倒塌这一经历的主要目的就是告诉读者：物看似无生命，其实充满了神秘性，具有摧毁世界的恶之力。从这个意义上看，《倒塌》的叙述者就既没有"自我消耗"，[1]也不"幼稚"。[2]

在《倒塌》中，无论是故事层面，还是话语层面，神秘的物都显示出恐怖的灵性，从而推动了整个叙事进程。在这个进程中，物获得了一种生命，掌握了主动权，而人似乎被物魅惑，除了悲伤、绝望、精神分裂，毫无反抗之力，最终走向死亡。这样，坡就颠覆了人与物之间的关

---

[1] Ronald Bieganowski, "The Self-Consuming Narrator in Poe's 'Ligeia' and 'Usher'," *American Literature*, vol.60, no.2 (1988), pp.175-187.
[2] John C. Gruesser, "Madmen and Moonbeams: The Narrator in 'The Fall of the House of Usher'," *The Edgar Allan Poe Review*, vol.5, no.1 (2004), pp.80-90.

系，本应消极的物成为主动的一方，而本应积极的人则沦为被动的一方。凸显物的神奇活性，让人——无论是罗德里克，还是"我"——陷入这种"超自然物质的黑色魅惑"，[1]从而实现恐怖效果，正是坡物哥特美学的重要特质。

事实上，坡的物哥特美学根植于19世纪上半叶在美国颇为盛行的德国宇宙论（cosmology）传统，尤其是谢林的"同一哲学"（identity philosophy）。谢林认为，自然中弥漫着一种"活力"宇宙物质，这种物质贯穿于所有生命和非生命物质中。受谢林哲学的影响，坡在他的哥特小说中想象物的生命或腐烂尸体如真实一般活着就不足为奇了，有论者将坡的这种实践称为"哥特物质主义"（Gothic materialism）[2]。近年来，坡的小说——乃至哥特小说——在西方再度复兴，也与这种物哥特美学相关：通过引入物神秘而恐怖的力量，人类的自我和自大被有意无意地嘲讽，这种思想符合当今去人类中心的基本精神。

---

[1] Jeffrey Andrew Meinstock, "Lovecraft's Things," in *The Age of Lovecraft*, eds. Carl H. Sederholm and J. A. Weinstock (Minneapolis: University of Minnesota Press, 2016), p.63.
[2] Aspasia Stephanou, "Consumption, Medical Discourse, and Allen Poe's Female Vampire," *The Edgar Allen Poe Review*, vol.14, no.1 (2013), pp.36-54.

第六章

实在的物：《隐者的故事》的后自然书写[1]

如果说生态批评是"在任何一类文本中寻找生态模式或人与自然的关系"，[2]那么，无论是在以华兹华斯为代表的浪漫主义诗歌，还是以克莱恩为代表的自然主义小说中，我们都能找到对人与自然关系的思考。[3]劳伦斯·布伊尔（Lawrence Buell）曾经对生态批评发展倾向作了区分，认为"第一波"生态批评主要考察"文化对自然的影响，其用意是赞美自然、批判自然破坏者并扭转其政治行动的危害"，并设想一种"有机体的哲学"，打破"人类与自然世界其他元素之间的等级划分"；"第二波"生态批评则试图结合自然环境和人工环境，发展一种"社会性生态批评"。[4]不难看出，"第一波"生态批评对自然采取的是浪

---

[1] 本章主要内容曾发表于《当代外国文学》2017年第3期。
[2] 斯科特·斯洛维克：《什么是生态批评》，吴靓媛译，《云南师范大学学报》2015年第2期，第142—146页。
[3] 比如，华兹华斯在他最著名的诗篇《水仙》中从对花的回忆里重新获得了内心的快乐。克莱恩在《海上扁舟》中，表达了自然的荒谬和冷漠。
[4] 劳伦斯·布伊尔：《环境批评的未来》，刘蓓译，北京：北京大学出版社，2010年，第24—25页。

漫主义式想象，试图站在自然的立场上，为自然中的动物（乃至非生命生物）立言，"第二波"生态批评则重新回到人类现实，试图在环境与弱势群体（如女性、同性恋者、贫困人群、少数族裔人群等）之间架起桥梁。在这两波生态批评的基础上，乔尼·埃达姆森（Joni Adamson）和司各特·斯洛维克（Scott Slovic）提出了"第三波"生态批评，"从环境的角度探讨人类经验的所有方面"，[1]而另外一些批评家则放弃"波"这个隐喻，将其描绘为"思考自然的后现代导向"，试图说明"生态批评的开放性""研究方向和术语的多样性"以及"方法的多样性"。[2]

从绝对的"保护自然"到相对的"环境正义"，再到"后现代导向"，生态批评似乎前进了一步，但笔者认为，这第二波和第三波生态批评似乎过于匆忙地抛弃了第一波生态批评，而没有充分考虑它可能带来的洞见。更具体地说，**"自然对于人类的意义是什么"**这个问题固然重要，但**"自然到底是什么"**这个问题更值得批评界关注，如果我们连自然存在的方式都不理解，那么高喊"保护自然"或"环境正义"就如生态保护的烈士之举，虽令人尊敬，但有时也不免让人觉得可疑或可笑。诚然，除了像华兹华斯那样赞美自然抚慰心灵的力量，抑或像克莱恩那样诅咒自然对人类命运的冷酷无常，生态写作与批评还应该试图去揭示自然的本质。笔者深知，经历语言转向和解构主义的洗礼后，追问自然的本质可能引发疑问，但通过解读巴斯的短篇小说《隐者的故事》，笔者希望表明，批评家可以捕捉生态作家对自然本质的思考和书写方式。

第一节　巴斯的后自然书写与思辨实在论

出生于1958年的巴斯无疑是当代美国最有影响力的自然作家之一。按照笔者的统计，从20世纪80年代后期开始至今，巴斯创作

---

[1] Joni Adamson and Scott Slovic, "The Shoulders We Stand On: An Introduction to Ethnicity and Ecocriticism," *MELUS*, no.2 (2009), pp.5–24.
[2] S. Oppermann, "Future of Ecocriticism: Present Currents." in *The Future of Ecocriticism: New Horizons*, eds. S. Oppermann et al. (New Castle upon Tyne: Cambridge Scholars Publishing, 2011), p.16.

的短篇小说在美国最著名的三大短篇小说选集系列，即"美国最佳短篇小说"（"The Best American Short Stories"）、"欧·亨利短篇小说奖选集"（"The PEN/O. Henry Prize Stories"）、"手推车小说奖选集"（"Pushcart Prizes for Fiction"）中一共入选14次，排名第四，比肩 J. C. 欧茨（J. C. Oates）、爱丽丝·门罗（Alice Munro）、约翰·厄普代克（John Updike）等。短篇小说理论家梅在论述21世纪美国短篇小说现状时，花了整整一页篇幅介绍巴斯的作品，称其故事具有"魔幻般"的想象力量。[1]巴斯在大学主修石油地质专业，从事石油勘探数年后，于1987年与妻子一起移居人迹罕至的雅克峡谷（Yaak Valley）。与前辈亨利·戴维·梭罗（Henry David Thoreau，他在瓦尔登湖居住时间只有短短两年）不同的是，巴斯一直居住在雅克峡谷，写作之余，还积极投身环境保护工作。

巴斯书写雅克峡谷，其终极目标当然是唤起读者对环境的关注和责任感。作为一个环保主义者，巴斯经常给各级政府写保护环境的倡议书，但在巴斯看来，环保主义式的写作与环境书写之间有本质差异。在与斯洛维奇的对话中，巴斯十分精练地指出了两者的差异："……（在环保主义式写作中），你是在要求（asking for something），而（在环境书写中），你是在寻找（looking for something）。"[2]"要求"和"寻找"的重心明显不同："要求"搁置了环境，将重心放在读者上；"寻找"则搁置了读者，将重心放在环境上。不幸的是，之前的很多自然写作和生态批评均将重心放在"要求"这一端，急于为自然的权利代言，以至于它们都过于注重写作/批评中的科学性和实践性，[3]大大忽略了文学本体意义上对自然的"寻找"。

巴斯常年生活在偏远的雅克峡谷，与人接触不多，但他每天在林中散步长达3—4小时，聆听自然的声音，感受自然的脉搏，在很大程度上将自己融入自然，成为自然的一部分。这样一种经历反映在他的小说叙述中，读者会觉得，他甚至不需要去"寻找"自然，自然会自动向他展

---

[1] Charles E. May, "The American Short Story in the Twenty-First Century," in *Short Story Theories: A Twenty-First Century Perspective*, ed. Viorica Patea (New York: Rodopi, 2012), pp.299-324.
[2] Scott Slovic, "A Paint Brush in One Hand and a Bucket of Water in the Other: Nature Writing and the Politics of Wilderness," in *The Literary Art and Activism of Rick Bass*, ed. O. Alan Weltzien (Salt Lake City: The University of Utah Press, 2001), p.41.
[3] 参见劳伦斯·布伊尔：《环境批评的未来：环境危机与文学想象》，刘蓓译，北京：北京大学出版社，2010年，第8页。

开，让他得以窥见自然的原真状态。于是，在巴斯多篇书写自然的小说中，会出现"本质"（essence）这样的字眼，这个本质会在某次奇异的经历中，偶然地向人物显现。事实上，我们甚至可以将巴斯很多自然书写的叙事进程归结为"自然本质的偶然显现"。这种回归原真的自然书写方式往往给读者一种奇异而又透彻的阅读感受，比起单纯地赞美自然，或者指责人类对自然的破坏，读者似乎更能走进人类存在之前的自然原点，瞥见自然的原貌。笔者将巴斯这种回归自然原点、探求自然本质的书写称为"后自然书写"，以区别于之前的那些"要求"式的自然书写作品。值得注意的是，巴斯的后自然书写与很多"要求"式自然写作不太一样：他没有使用"物"（包括动物/物体）视角来代自然发言，而是采取了常规的"人"视角，但该视角的人类特性（包括喜怒哀乐）几乎完全被抽空，人和自然都回到原真状态。这样的视角选择既保证了叙述的"真实"幻觉，同时又让人类与自然的其他实体处于同一本体层面，而这正是巴斯很多小说的叙述魅力所在。

在《景观与想象》（"Landscape and Imagination"）一文中，巴斯说道，在他写作的时候，总感觉身后有一个影子，他将这个影子定义为"看不见的本质"（unseen essence），"当我穿过古老的森林，或者迎风走在高山山脊时，这种看不见的本质无疑就在我周围"。[1]笔者认为，这个神秘的"本质"正是巴斯每天与自然接触过程中感受到、并希望通过书写来找到的自然的本体逻辑，这个"本质"必须排除一切人类干扰，在某个令人意外的时刻方能显现出来。有趣的是，巴斯的后自然书写企图寻找超越人类思维的自然本质，暗暗契合了近十年欧洲大陆逐渐兴起的思辨实在论的哲学主张，我们甚至可以将巴斯的后自然书写看成是思辨实在论的一次文学实践。

"思辨实在论"这一名称正式确立于2007年在伦敦金匠学院（Goldsmiths College）举行的一次学术会议。2011年出版的布赖恩特、尼克·什里塞克（Nick Srnicek）和哈曼三人合编的《思辨转向：大陆唯物论与实在论》，汇集了这一哲学新潮代表人物的主要思想，包括布雷西亚、伊恩·汉密尔顿·格兰特（Iain Hamilton Grant）、哈曼、梅亚苏等。这些哲学家提出了多种多样的理论框架，旨在克服"关联论"。在梅亚

---

[1] Rick Bass, "Landscape and Imagination," *The Kenyon Review*, vol.3, no.4 (Summer-Autumn 2003), pp.152–164.

苏看来，康德之后的哲学要么否认物自体的存在，要么认为物自体处于人类意识之外而不可知。[1]思辨实在论试图消除人类与世界之间的界限，认为人和物具有相同的本体地位，宣称"人类不再是至高的存在，而是存在于其他物之间，与其他物发生纠缠和关联"。[2]这样，思辨实在论就将物从后结构主义和解构主义（这些理论要么认为物完全受控于人类语言、符号、叙事或者社会权力结构，要么认为世界没有意义）的桎梏中解放出来，还原物的力量，追求独立于人类思维之外的真实，从而将我们带到梅亚苏所谓的"广阔户外"。巴斯入选《1999年美国最佳短篇小说》的《隐者的故事》讲述了一个自然与人的故事，通过独特的叙述方式，向读者展现了一个"思辨实在式"的"广阔户外"。

第二节 《隐者的故事》：实在的荒野，实在的人类

《隐者的故事》采用的是套层叙事结构：在框架层，"我"和苏珊在感恩节那天到安和罗杰家做客；在嵌入层，驯狗师安讲述了一个发生在20年前某个深冬的故事。当时她只身前往加拿大萨斯喀彻温省为她的客户格雷演示如何驾驭经她训练过的六只德国猎犬。结果，两人一起掉入被冰雪覆盖的湖下。危急之中，他们在湖面下发现了一条神奇的通道。最终，他们沿着通道走出冰湖，找到了回家的道路。

小说开篇即给读者展示了一个丰富的"物世界"：雪暴、一望无际的田野、雪花飘飘、在月色中发出蓝光（blue light）的冰块、土地、太阳。在开篇三段中，"蓝光"被直接提及有八次之多，让读者觉得整个荒野都被蓝光笼罩。更有意思的是，在叙述者"我"眼中，蓝光似乎与光的折射和吸收无关，而是从冰封大地的"核心"深处冒出来的，它夹裹在冰块中，"等待被轻轻地释放"。从理性意义上讲，蓝光产生于月光的折射与吸收，但巴斯却将其来源归于大地深处。这里，巴斯当然不是在挑战

---

[1] Evan Gottlieb, *Romantic Realities: Speculative Realism and British Romanticism* (Edinburgh: Edinburgh University Press, 2016), p.3.
[2] Ian Bogost, *Alien Phenomenology, or What It's Like to Be a Thing* (Minneapolis: University of Minnesota Press, 2012), pp.16–17.

光学原理，而是旨在将读者的注意力从科学理性转向对自然的感受：蓝光、大地、冰块被赋予了某种与生俱来的实在的生命。接下来，小说终于转向人类：

> 这是感恩节。我和苏珊到安和罗杰家吃晚饭。雪暴已经摧毁了城里的所有电能——这个夜晚清亮、寒冷、繁星满空，如果你穿上雪鞋，爬上任何一座山峰，朝南四十英里开外的城市方向看去，你看不见平日的点点灯光……你看见的只有黑暗——第一次，这大片宁静和黑暗与这里的群山首尾相连……我们的黑暗，我们的安宁。[1]

这里，巴斯用极简主义式的笔法交代了四个人物的活动，然后别有深意地并置了代表人类社会的城市和代表自然的群山。在其他时候，灯火通明的城市与宁静而黑暗的群山相对而立，但在今天（巴斯刻意将时间设定在感恩节），两者融为一体了。在这个感恩节，城里的生活和山上完全一样，这种感觉"很好，也很熟悉，虽然城里人对此不会像我们这样感到满足和温馨"（2）。通过这个细节，巴斯似乎在向读者表明：人类和自然长期分庭抗礼，但是人类应该通过某种方式与自然融合，向自然表达感恩之心。在一次采访中，巴斯表达了这样的思想："自然世界是我们唯一拥有的世界。刻意不去看这个世界，比如拉下窗帘避免看见它，于我而言就是一种疯狂的行为。"[2]"我们的黑暗，我们的安宁"清楚地将包括"我"在内的四个人物定位在自然的一方，尤其是罗杰，他简直就是自然的化身："他不识字，正在察看那些空空的酒瓶。他认出了'这''在''美国'这些字眼。也许他永远都不会学识字了，也许他根本就学不会……"（2）这样，通过赋予神秘自然以本性，巴斯消除了人类与自然的界限。接下来，巴斯让同样是"隐者"的安出场来讲述故事，可以预料，她的故事一定是关于人与自然相遇的故事。安的奇特经历表明：动物、人、荒野都是自然的平等组成部分，都具有超越人类理性认

---

[1] Rick Bass, "The Hermit's Story," in *The Best American Short Stories, 1999*, eds. Amy Tan and Katrina Kenison (New York: Houghton Mifflin Company, 1999), p.1. 笔者的译文。以下只标注页码。

[2] Dick Donahue, "The Monday Interview with Rick Bass," http://www.publishersweekly.com/pw/by-topic/authors/interviews/article/44449-the-monday-interview-with-rick-bass.html.

知的实在性，这种实在性往往在不经意的偶然中得以显现。

整个夏天和秋天，安都在帮格雷训练六只德国猎犬，进入冬天，这些猎犬终于训练有素了。安准备开车将猎犬送回给格雷，并告诉他怎样利用她新发现的这些猎犬的才能。这让读者开始期待安与格雷见面后发生的故事。然而，巴斯此时却停止讲述，作了如下评论："她就像一位雕塑家或者其他什么艺术家……那些猎犬则像一些粗糙的石块，其内部形式已然存在，只是等待被凿放出来，绚丽地进入这个世界"，但是如果离开安，"这些猎犬的伟大就会消失回石块中"。（3）很明显，在巴斯看来，这些猎犬的灵性是其固有的本质，但只有在安这样的艺术家手中才能得以显现。在小说的后半部分，巴斯暂时借用安和格雷在冰湖下通道遇见的、正在冬眠的鹞为视角，通过拟人的手法对它们进行了想象：在这严酷的荒野，它们没有选择迁徙，而是努力找到一种新的生存方式，因为它们千百万年的生存经验告诉它们，眼前的严酷不过是序曲，冰封在大地下的"丰盈、神奇和希望"很快就会复活。当它们睁开眼睛，将最先见证再次怒放的绿色大地，而彼时在它们身边经过的猎犬、人、火把不过是"冬天的梦境"（12-13）。这里，巴斯虽然使用了拟人化的叙述视角，但并不像其他多数类似作品简单注入人类情感来呼吁热爱和保护动物，而是强调这些鸟儿的灵性，这种灵性不是人类给予的，而是经过千百万年进化、早在人类出现之前就已经具有的。巴斯反对在小说中使用拟人（也就是将人类情感投射到非人类）的手法，或许就是因为动物自有"性情、灵魂和情感"，自然也有其内在的"系统逻辑"，[1]这些都远非人类所能理解和控制，在巴斯看来作家能做的，只有努力走进这个系统逻辑去体验（engage），而不是去操控（manipulate）。[2]

《隐者的故事》中，人类也被描述成和动物一样具有超越理性的"物性"，因此被称为"人动物"，[3]或"动物人"。[4]比如，安在给格雷送猎犬

---

[1] Kimi Faxon, "The Ecotone Interview with Rick Bass," *Ecotone*, vol.1, no.2 (2006), pp.38-42.
[2] Scott Slovic, "A Paint Brush in One Hand and a Bucket of Water in the Other: Nature Writing and the Politics of Wilderness," in *The Literary Art and Activism of Rick Bass*, ed. O. Alan Weltzien (Salt Lake City: The University of Utah Press, 2001), p.37.
[3] J. Dwyer, "The Unbelievable Thing Usually Goes to the Heart of the Story: Magic Realism in the Fiction of Rick Bass," in *The Literary Art and Activism of Rick Bass*, ed. O. Alan Weltzien (Salt Lake City: The University of Utah Press, 2001), p.53.
[4] Jonathan Johnson, "Tracking the Animal Man from Walden to Yaak," in *The Literary Art and Activism of Rick Bass*, ed. O. Alan Weltzien (Salt Lake City: The University of Utah Press, 2001), p.77.

的路上,"她能嗅到冷杉和云杉的味道,嗅到雪下几英尺深的桤木和三叶扬叶子的味道……驶过小溪河流时,能品尝出水中游鱼的滋味"(3)。只有像安这样的隐者才能如此深谙自然,她对自然的了解全凭直觉,而不是理性。在茫茫大雪世界中,她和格雷放飞鹌鹑,然后让猎犬去追回。这个过程中,有些鹌鹑被冻死,"他们就在火炉上将鹌鹑煮来吃掉,将羽毛抛向空中,似乎是再一次放飞,把头、内脏、脚给猎犬吃"(4)。在某些"理性的"的动物保护主义者看来,安的做法无疑值得怀疑,然而这正是具有自然属性的安超越人类理性的地方。正如史蒂芬妮·萨伏(Stephanie Sarver)所论述的那样,"巴斯一贯认为,人类本质是自然的,他们的意识与其居住的环境不可分割"。[1] 在严酷的雪野中,安的自然实在性得以显现。其实,这也是现实生活中作为雅克山谷隐者的巴斯的行动逻辑。在采访中,巴斯承认他喜欢打猎,"射杀、清洗、烹煮、分吃,对我来说是传统,也是生活的重要部分……是一种精神,也是一种体验。虽然有些东西会因此而死去,但也有另外的东西因此获得滋养"。[2] 更具说服力的一幕发生在安目睹格雷掉进冰湖那一刻:

> 安知道,湖吞没了他。她为格雷感到难过,接着担心起他的猎犬来——她害怕那些猎犬会循着他的味道走下冰湖,然后也消失不见——然而,她说,说实话,最让她感到不安的是,格雷身上还带着那个小日用包,里面有帐篷和一些急用品。她心里想过要去救格雷,不让猎犬走进冰湖,但是如果他淹死了,她就得想办法把日用包从那溺死之人身上取下,顶着暴风雪在大雪纷飞的平原上支起湿帐篷,然后爬进去,活下来。(6)

在这个危急时刻,安的自然实在性再一次得以显现。当另一个人类身处险境,安为他难过,也想去救他,但安同样为猎犬担心,同时更多考虑的是自己如何幸存。这里,安的"人性"被大大压缩,动物性得以彰显。文体上,安的叙述使用"那溺死之人"(the drowned man)、"爬

---

[1] Stephanie Sarver, "Environmentalism and Literary Studies," *Rocky Mountain Review of Language and Literature*, vol.49, no.1 (1995), pp.106–112.
[2] Scott Slovic, "A Paint Brush in One Hand and a Bucket of Water in the Other: Nature Writing and the Politics of Wilderness," in *The Literary Art and Activism of Rick Bass*, ed. O. Alan Weltzien (Salt Lake City: The University of Utah Press, 2001), p.39.

进去"（crawl inside）等，也在很大程度上将自己等同于动物。从这个意义上，此处的描写有自然主义的成分，与杰克·伦敦（Jack London）很多作品的场景相似，但两者的旨归大相径庭：巴斯意在揭示人类有超越理性的动物性，从而传达人类、动物平等的生态观点，而伦敦则意在通过揭露人类的动物性来批判人性。很显然，伦敦站在人类/动物二分的立场，认为人性高于动物性，而巴斯则试图弥合人性和动物性之间的鸿沟。

在小说的最后，叙事回到框架层。叙述者"我"觉得20年前，安在冰湖底下通道度过的那一夜一定给了她一个模式来理解世间万物的本相（a model for what things were like），因为在那个地方，"事物的外表——表面——消失了，显现的、照亮的、圈定的、把握的是本质"（14）。然而，"安从来都不谈论这个事情"，而是默默地守护这个秘密，就像守护手中的宝石一样，这宝石不是别人给予的，而是自己"在偶然或者不可避免的命运的韵律中"发现的，因此包含着"巨大的神奇和力量"。（14）这里，读者不免要疑惑为什么安要守护这个秘密，笔者认为，这是因为安深知自然拥有不可思议的"神奇和力量"，蕴含着无穷无尽的可能性，因此，不像克莱恩《海上扁舟》里那三个获救之人认为自己可以阐释大海的意义，安不愿，也不能说出大自然的秘密所在。诚然，如果哈曼所言不差，即所有物都是隐退的，"世界上最基本的对立……存在于'真实的物'与'面向他物的物'之间"，[1] 那么，隐居在大自然中、对大自然的实在性了然于心的安，为什么要尝试去讨论大自然呢？

在巴斯的笔下，自然的实在性到底是什么？在浪漫主义者那里，自然既美丽又有爱心，即使偶尔不美，也会在某个特殊瞬间，给人类带来意想不到的好处。总之，自然的价值在于能给人类带来实际好处，或心灵慰藉，这也是大多数环境保护主义者的逻辑起点。然而，在巴斯看来，"自然是实实在在的物性现实，而不是人类经历的隐喻，也不是人类赖以发现精神真相的媒介"。[2] 也就是说，巴斯试图揭示独立于人类思维的自然本质所在，正如他在采访中所言："我关注的是全身心

---

[1] Graham Harman, *Guerrilla Metaphysics: Phenomenology and the Carpentry of Things* (Chicago and la salle: Open Court, 2005), p.74.
[2] Stephanie Sarver, "Environmentalism and Literary Studies," *Rocky Mountain Review of Language and Literature*, vol.49, no.1 (1995), pp.106-112.

融入被视为'野'的事物，而不是人的内心。"[1]在《隐者的故事》中，萨斯喀彻温的荒野不美丽，但也不丑陋；无爱心，但也不冷酷。事实上，用这些词来评论巴斯笔下的荒野本身就显得很不恰当，因为美丽也好，丑陋也好，有爱心也好，冷酷也好，都是自然在人内心的一种投射，而巴斯所做的恰恰就是要斩断这种投射路线，一方面把人写成自然的一部分，另一方面试图描绘出摆脱人类理性/情感控制的自然本相。安和格雷掉入的那个冰湖通道就为巴斯提供了一个特殊时刻，来显示荒野的本相。

在格雷眼里，冰湖通道"并无奇异之处"，其形成原理是这样的：10月间，一股冷气刮来，在湖面上结出一层薄冰，大雪袭来后，这薄冰就与外面隔绝了。秋冬时节，湖水往土壤中渗透，而上面的冰层仍在。从外面看不出任何区别。"人们看到这湖面，会这样想，哦，这湖结冰了。"（7）当安问格雷，他是不是早就知道这儿有冰湖通道，格雷回答道："不，我本来是来找水的。我只是运气好。"（7）笔者认为，巴斯在这里首先强调了湖底通道的形成同时具有必然性和偶然性。冷气刮来，结成薄冰，湖水下渗，这些都是不依赖任何人类意志发生的自然事件，但自然为什么选择在安和格雷即将走过的地方留下冰湖通道，却又是偶然的，也不依赖任何人类意志。也就是说，就湖底通道这个自然"物"，其产生既是偶然的，也是必然的，但无论偶然还是必然，都与人类无关。巴斯暗含的对自然"物"的这一态度，与思辨实在论代表人物梅亚苏提出的"两个绝对性"不谋而合，即事物是绝对偶然的，同时又绝对独立于主体而存在。[2]更重要的是，巴斯还特别强调了人类所见事物表象与自然运作之间的差异，人们看到湖面，仅仅凭借经验说："哦，这湖结冰了。"然而他们根本就看不见自然鬼斧神工般"偶然而又必然"地在这湖面下制造出的通道，这无疑又是巴斯对人类过于依赖自己理性和常识的讽刺。

巴斯对湖下通道的描写进一步强化了它的实在性。里面的空气"是自己独有的"（a thing of its own），有点像空气，可以呼吸，但又有某种

---

[1] Scott Slovic, "A Paint Brush in One Hand and a Bucket of Water in the Other: Nature Writing and the Politics of Wilderness," in *The Literary Art and Activism of Rick Bass*, ed. O. Alan Weltzien (Salt Lake City: The University of Utah Press, 2001), p.33.
[2] Quentin Meillassoux, *After Finitude: An Essay on the Necessity of Contingency*, trans. Ray Brassier (New York: Continuum, 2008), pp.56–57.

特殊的味道，与平常呼吸的空气相比，有自己的本质（essence）。通道外面的空气很冷，而从通道底下大地冒出来的气体则是暖和的，两种空气的对流在通道形成微风：

> ……猎犬们在睡眠中抽动鼻子，伴随这些味道而来的印象以我们称为"梦"的语言划过它们沉睡的大脑，然而，对这些猎犬来说（对我们来说可能也是一样），这些梦就是现实：猫头鹰的味道是真的，不是梦；熊、马尾草、柳、潜鸟的味道是真的，即使它们沉睡着，即使这些事物看不见，存在于另一视界。（9）

巴斯这里再次把猎犬和人类等同视之，同时提出了"梦就是现实"这一命题。这些猎犬（包括人）的梦虽然经过了"梦"语言的折射，但就其本质仍然是"真"的：即使看不见，即使与做梦者没有处于同一空间，也不妨碍这些事物的真实存在。在小说的另一个地方，当巴斯写安、格雷和猎犬在湖下通道行走时，他突然使用了"假想聚焦"（hypothetical focalization）这一叙事方式，[1] 从上方进行抒情式观照：

> 若从上面看，那该是一番怎样的景象——冰下面是弯弯曲曲的行进队伍发出的橘黄色微光；那个夜晚，那片冰湖本身又该是怎样的景象——从冰封的地底深处发出的跳跃的蓝光，还有那橘黄色的月光和火光？然而，又一次，无人看见这一奇景：只有底下的旅行者自己，但他们没有那个视角，没有从上方的视角来观看或评价自己。他们只能举着小小的火把，继续不断地往前走。眼前的美景就够他们看的了。（11）

如果说巴斯在上一引段中试图告诉读者梦境背后有实在的事物，那么此处他利用"假想聚焦"这一叙事技巧则旨在说明，在人类的视野之外，自然仍真实地存在着：不管你能不能看见，自然都在那里。这样，通过强调通道里空气的独特、梦中事物的真实、人类视野之外世界的存在，巴斯再一次凸显了自然事物具有脱离人类意识的实在性。

---

[1] "假想聚焦"指一种不存在，但在叙述中被使用的视角。该术语由戴维·赫尔曼（David Herman）率先提出并讨论。参见 David Herman, "Hypothetical Focalization," *Narrative*, vol.2, no.3 (1994), pp.230-253。

美国诗人罗伯特·弗罗斯特（Robert Frost）曾经写道："我过着不是我自己的生活……有时候我心很野（wild at heart）。一点也不迷茫。就是野！野！野！……"[1] 巴斯将弗罗斯特的 wild at heart（心很野）改为 wild to heart（对心而野），并将其作为自己一本著作的标题。虽只有一词之差，我们却能看出，巴斯对待自然的态度与弗罗斯特完全不同：弗罗斯特关注的是"野"的内心，而巴斯关注的是"野"的事物。在巴斯看来，茫茫世界中，人是微不足道的，我们应该"放弃自己，多看看周围非我的事物"，如此才能获得"成长和幸福"。[2] 因此，在巴斯的后自然书写中，人和人的意识都不再处于中心地位，取而代之的是对自然实在性的探索。在他的笔下，自然既没有浪漫主义的美丽，也没有自然主义的冷酷，但拥有自己的韵律，自己的气息；在他的笔下，人类不仅不能影响自然，反而会因为与自然连为一体而为自然所塑造，也正因为如此，在他的小说中，自然和人的界限模糊，其中的文字就少了些许"人味"，却多了"柴烟味"。[3] 在这个意义上，巴斯的小说无疑超越了那些站在人类立场上描写自然之美或者呼吁保护自然的生态文学。如果说，像梅亚苏和哈曼这样的思辨实在主义哲学家意在摧毁后康德的主体至上论，将读者引向超越主体限制的"广阔户外"和深不可测的物世界，那么，像巴斯这样的后自然书写作家则意在通过奇特的想象，让读者忘掉自我，真正去感受荒野的气息以及真实的自然。在这里，哲学家和文学家完成了一次心灵的相遇。

---

[1] 转引自 Judith Oster, *Toward Robert Frost: The Reader and the Poet* (Athens and London: The University of Georgia Press, 1991), p.153.
[2] Scott Slovic, "A Paint Brush in One Hand and a Bucket of Water in the Other: Nature Writing and the Politics of Wilderness," in *The Literary Art and Activism of Rick Bass*, ed. O. Alan Weltzien (Salt Lake City: The University of Utah Press, 2001), p.27.
[3] David Abram, "With Dirt-Stained Fingers," http://www.januarymagazine.com/fiction/hermitstory.html.

第七章

物的力量：重读《一位旅行推销员之死》[1]

《一位旅行推销员之死》(以下简称《推销员》)是美国著名南方作家韦尔蒂的短篇小说处女之作，发表于1936年，那年韦尔蒂27岁。虽然是第一篇正式发表的小说，但《推销员》确立了韦尔蒂在《绿帘》(*A Curtain of Green*)等成熟作品中的某些重要特质，比如浓厚的抒情氛围、对叙事视角的重视、具有画面感等，但最重要的是，韦尔蒂在《推销员》中鲜明地展示了她后来不断强调并在《小说中的地方》("Place in Fiction")一文中集中论述的"地方意识"(sense of place)。[2]

《推销员》的情节比较简单。旅行推销员鲍曼大病初愈，开车外出推销鞋子，却在一个午后误将车开到乡间小路，车也掉进沟里。无奈之下，他走进山坡上一家农户索尼夫妇家请求帮助，后又因为身体虚弱，不得不在农户家

---

[1] 本章主要内容曾发表于《外语教学》2019 年第 1 期。
[2] Eudora Welty, *The Eye of the Story: Selected Essays and Reviews* (New York: Vintage Books, 1979), p.40.

借宿一夜。然而,就是在这个晚上,他痛彻地领悟到了自己的孤独,万般愧疚之下,他半夜起身不辞而别,踉跄着跑下山坡:

> 刚到公路,他看见他的车停放在月光下,跟一艘船似的。这时,他的心脏像来复枪一样发出几声巨响,砰,砰,砰。
> 他惊恐万分地瘫倒在地上,袋子散落在周围。他感觉这一切以前曾经发生过。他双手紧捂胸口,不让别人听到里面的声音。
> 然而,没人听得见了。[1]

韦尔蒂在这篇小说的结尾安排鲍曼死去,在一定程度上显得不符逻辑。韦尔蒂在小说前文埋下伏笔,不断提及鲍曼的身体状况和心理状况都非常糟糕,比如,"他呼吸困难,不得不停下来休息"(1039),"突然,他的心脏开始奇怪地跳动起来"(1040)。尽管如此,在小说的最后看到鲍曼无比悲凉地死去,读者还是会感到很惊讶:一个已经被医生鉴定为健康、白天还在开车的鲍曼,为什么在经历了一个看起来具有治愈功能的温馨夜晚后一定要死去?有论者从"自身性格缺陷""冷漠的人际关系"和"物化的商品社会"三个方面分析了鲍曼死去的原因,认为鲍曼之死源于他"极强的自尊心"(走错路后不愿问路)、农妇索尼太太的"冷漠无情"(不愿意施救一个虚弱可怜的人)、因为物化而无法接受"原始淳朴的爱"(索尼夫妇的温馨给他造成了精神打击)。[2]然而,如果仔细阅读韦尔蒂的叙事,我们会发现,这样的分析没有反映文本实际。在小说中,鲍曼"带着孩子般的顺从"去请求帮助(1039),将农妇索尼太太描述成"冷漠无情"更是对韦尔蒂的误解,鲍曼也并非无法接受"原始淳朴的爱"。另有论者认为在小说的最后,鲍曼的"自卑感和罪孽感所带来的极大焦虑"使他走向了死亡,并把自卑感和罪孽感归于人物隐秘的心理状态。[3]笔者认为,韦尔蒂在小说中给鲍曼安排这个结局,目的是通过对照鲍曼的悲惨结局和索

---

[1] Eudora Welty, "Death of a Traveling Salesman," in *The McGraw-Hill Book of Fiction*, eds. Robert DiYanni and Kraft Rompf (New York: McGraw-Hill, Inc., 1995), p.1047. 笔者的译文,以下仅标注页码。
[2] 谢威:《〈流动推销员之死〉中推销员的死亡原因探析》,《英语广场》2014年第6期,第34-35页。
[3] 马云霞、吴冬丽:《从精神分析角度看〈流动推销员之死〉和〈绿色的帷幕〉中的死亡主题》,《西南农业大学学报(社会科学版)》2008年第6期,第151-154页。

尼夫妇的幸福生活，传达"人类关系"的重要性，以及当时自己的地方意识：与南方这片"受庇护的"土地及其土地的物合为一体，远比象征工业化的出门远行更值得称道。她在小说中对照了鲍曼与索尼夫妇同"地方"（尤其是地方中的人和物，包括动物）建立的不同关系，态度鲜明地赞扬美国南方传统中与"地方"的亲密关系，贬抑工业化社会与"地方"的疏离。这样，人和"地方"的关系就在《推销员》的叙事进程中扮演着极其重要的枢纽作用。有趣的是，小说的聚焦人物（即鲍曼）在叙事向前推进过程中，一度也尝试与"地方"及地方中的物建立亲密关系，但由于他已失去与物建立亲密关系的能力，他的努力都归于失败，而正是这种失败圆满解释了他最后的死亡。为了更清楚地看到韦尔蒂在这篇小说中的地方诗学，我们有必要首先细察一下《推销员》的叙事进程。

第一节　鲍曼之死：《推销员》"故事"层面的叙事进程

"叙事进程"（narrative progression）是当代美国叙事理论家费伦的叙事理论中的一个关键概念。在费伦看来，读者对叙事任何成分（包括技巧、人物、行动、主题、伦理、情感等）的反应和阐释都必须依赖叙事进程。"进程"指叙事邀请读者参与某种"动态经历"，这种经历既受叙事在时间轴上运动的影响，又是多层次的，同时涉及读者的知识、情感、判断和伦理：

> 进程指的是一个叙事建立其自身前进运动逻辑的方式（因此指叙事作为动态经历的第一层意思），而且指这一运动邀请读者做出的各种不同反应（因此也指叙事作为动态经历的第二层意思）。结构主义就故事和话语所作的区分有助于解释叙事运动的逻辑得以展开的方式。进程可以通过故事中发生的事情产生，即通过引入不稳定因素（instabilities）——人物之间或内部的冲突关系，它们导致行动的纠葛，但有时冲突最终能得以解决。进程也可以

由话语中的因素产生，即通过紧张因素（tensions）即作者与读者、叙述者与读者之间的冲突关系——涉及价值、信仰或知识等方面重要分歧的关系。与不稳定因素不同的是，紧张因素无须解决叙事也可以结束。[1]

不难看到，费伦所说的"进程"实际上是指叙事在运动中吸引读者阅读的机制，也就是读者在叙事中发现的"兴趣"所在：故事层面上人物与事件的不稳定关系及话语层面上叙述者与读者或作者与读者之间在"价值、信仰或知识"等方面的张力。

在"故事"层面上，《推销员》由以下12个场景组成：

（1）鲍曼开车迷路，车掉进沟里；
（2）鲍曼到山坡农户索尼家请求帮助，在门口与农妇索尼太太交谈；
（3）鲍曼进入屋内，观察索尼太太并与之交谈；
（4）索尼回家；
（5）索尼带骡子和滑车设备出门；
（6）鲍曼和索尼太太在家等待；
（7）索尼回家，同意鲍曼在家过夜；
（8）索尼到瑞德蒙德家借火；
（9）索尼和鲍曼到灌木丛中取酒；
（10）鲍曼和索尼夫妇一起吃晚饭；
（11）索尼夫妇回屋睡觉，鲍曼在客厅过夜；
（12）鲍曼半夜出门，心脏病发作，死在公路上。

《推销员》的这12个主要场景基本是按照时间先后顺序来安排的，唯一例外的是，韦尔蒂在场景（1）中简短地穿插了鲍曼在医院的经历。另外，韦尔蒂还安排了一个误会及其消除过程：在场景（2）中，鲍曼认定索尼太太的年龄为50岁上下，并认为她与索尼的关系是母子关系，但在场景（10）中，这个误会被消除，鲍曼发现他们原来是一对夫妻，而且妻子正在怀孕中，这是一桩"有了结果的婚姻"（1046）。

在"故事"层面上，《推销员》首先确立了两个不稳定因素：鲍曼的身体状况会不会进一步恶化？他能否找到正确的道路？这两个不稳定

---

[1] 詹姆斯·费伦：《作为修辞的叙事：技巧、读者、伦理、意识形态》，陈永国译，北京：北京大学出版社，2002年，第63页。略有改动。

因素在小说第一段的最后一句集中体现："他发着高烧，而且不确信前面的道路。"（1038）其中，鲍曼的身体状况这一不稳定因素一直存在直到小说最后，并且成为小说结局的表面原因：鲍曼死去是因为他的身体状况不佳。第二个不稳定因素在场景（1）中得到了"恶化"般的解决：鲍曼彻底迷路，车也掉进沟里。叙事由此转入场景（2），此时确立的不稳定因素就转变为鲍曼能否得到帮助，这一不稳定因素在场景（7）得到了圆满解决（索尼将鲍曼的车从沟里拖上了公路），而在场景（2）和场景（7）之间，似乎没有发生任何足以改变"故事"进程的事件（正如下文即将论述的，对于"话语"层面的叙事进程，这六个场景非常关键）：鲍曼请求进屋→进屋观察索尼太太的坐姿并零星交谈→索尼回家→索尼出门→鲍曼继续观察索尼太太并零星交谈→索尼完成拖车任务归来。这些占据小说几乎三分之二篇幅的六个场景，节奏舒缓，很好地体现了卡罗·安·约翰斯通（Carol Ann Johnston）为韦尔蒂小说概括的"沉思性"（meditative）和"抒情性"（lyricism）。[1]

　　这样，小说开始确立的两个不稳定因素之一（鲍曼能否得到帮助）到场景（7）已经不复存在。因此，当索尼同意鲍曼留宿一晚的请求时，读者的兴趣就会完全聚焦在另外一个不稳定因素上，即鲍曼的身体状况在这一夜里将如何变化。很明显，鲍曼得到了索尼夫妇的热情接待，索尼甚至去灌木丛挖出自家酿造的酒来招待鲍曼，也正是在吃饭的场景中，鲍曼终于发现了这个家庭的"秘密"：这不是一对母子，而是一对夫妻，而且妻子正怀着身孕。令人颇感意外的是，这个发现让鲍曼的眼睛"刺痛了一下"，并让他感到愤懑，仿佛"有人和他开了个玩笑"，因此他觉得"给人骗了"。（1046）正是在这种绝望、愤怒和羞辱的情绪中，鲍曼做出了那个导致他最终死在公路上的决定：半夜离开索尼夫妇家。然而，仅仅在"故事"层面，读者很难理解为什么鲍曼要做出那样的决定，毕竟他在索尼家里受到了热情的接待，他完全可以好好歇息一晚，第二天早上再出发。如前所述，鲍曼之死也令人心存疑虑：他虽然身体状况不佳，但安排他猝然死去，在"现实"意义上，的确不太令人信服。为了解决这些问题，我们或许应该诉诸《推销员》叙事话语中的张力，考察韦尔蒂的更大叙事目的。

---

[1] Carol Ann Johnston, *Eudora Welty: A Study of the Short Fiction* (New York: Twayne Publishers, 1997), p.14.

第二节 与物重建亲密关系的失败:《推销员》"话语"层面的叙事进程

在《一位作家的开端》(*One Writer's Beginnings*)中,韦尔蒂谈及《推销员》的创作灵感来自她做旅行推销员的邻居。当这个邻居在北密西西比出差的时候,听见有人对他说:"他来借点火。"韦尔蒂在这句话中发现"抒情、神话、戏剧性"的含义,于是她虚构了鲍曼,她在书中写道:"跟着我的旅行推销员"走进山坡上普普通通的小屋。[1]诚然,在《推销员》的叙事进程中,鲍曼几乎全程充当聚焦者,是韦尔蒂所谓的"故事的眼睛"(the eye of the story)。小说这样开头:

> 鲍曼已经在密西西比为一家制鞋公司跑了14年,这会驾着他的福特车行走在一条有车痕的泥路上。这真是漫长的一天!时间似乎跨不过中午这道栅栏进入柔和的午后。尽管是冬天,这儿的太阳依然劲道十足,停驻在天空上面,鲍曼每次从沾满尘土的车里探出头去查看路况,那太阳仿佛伸出一只长长的胳臂,透过帽子,按住他的头——好像老鼓手的恶作剧,没完没了的。这让他感觉愈加气恼和无助。他发着高烧,而且不确信前面的道路。(1038)

这个开头的第一句由故事外叙述者引出人物,第二句立刻将聚焦和声音都移交给了故事内人物。此后,读者就随着鲍曼的眼睛来观察他所处的世界,并在此过程中逐步了解鲍曼。在这个叙事的开端,读者不仅想知道接下来故事将如何发展,还想知道鲍曼到底是个什么样的人,由于韦尔蒂和读者之间存在严重的知识差异,读者不知道为什么鲍曼此时会"气恼和无助"。但是,这个开端的确透露出一些关于鲍曼的重要信息。比如,他是一个卖鞋多年的旅行推销员,他开着象征经济地位的福特车(但沾满尘土),而冬日的太阳给他带来巨大的压力,这固然与他的身体状况有关,但也给读者一种暗示:鲍曼是一个心情压抑的推销员,与其他人和物的关系处于紧张状态。

---

[1] Eudora Welty, *One Writer's Beginnings* (Cambridge: Harvard University Press, 1984), p.87.

有趣的是，韦尔蒂在本段描写地方中的物时，倾向于给它们一种力量："时间似乎跨不过中午这道栅栏进入柔和的午后"，"太阳仿佛伸出一只长长的胳臂，透过帽子，按住他的头"，而在这充满力量的物面前，鲍曼显得非常虚弱。事实上，韦尔蒂的创作哲学一直都极其重视"地方"的细节描写，尤其是人和地方的相互作用。在《小说中的地方》一文中，韦尔蒂明确指出，地方就是作家的价值所在，"是他扎根之处，立身之处，写作时参照的基石；作品中的视角"。[1] 在《一位作家的开端》中，她这样写道："场景中充满暗示、指引物、提示以及各种可能，让我们得以了解人类。"[2] R. P. 巴瑞卢克斯（R. P. Barrilleaux）指出，"一种南方的地方意识渗透进她［韦尔蒂］创作的一切"；[3] B. C. 巴伦汀（B. C. Ballentine）也认为，"韦尔蒂使用地方的许多特征来定义其人物，并推动作品的行动"；[4] 而 J. N. 格雷特朗德（J. N. Gretlund）说得更具体，韦尔蒂特别关注那些"表现与土地亲密、简单生活的场景"。[5] 在其成熟作品中，韦尔蒂向来重视描写地方中的细节，重视人物与地方的交互关系。比如有论者指出，在其最知名的小说《一条破旧的小路》（"A Worn Path"）中，"人物与自然的联系赋予了她别的人物不具备的知识和智慧"。[6] 因此，在韦尔蒂的小说里，"地方"就不简单是人物活动的背景，而更像是小说的生命，地方与人物的互动是其叙事动力中不可或缺的重要组成成分。

《推销员》中，鲍曼有一种对人进行物化的认知倾向，比如，他对死去的祖母的记忆是那张"宽大的羽绒床"（1038），对医院照顾他的护士的记忆是赠送给她的"一个非常贵重的手镯"（1038），而田地里的农夫对他来说"像拐杖或杂草"（1039），这些"遥远的人们盯着他，一堵墙似的，无法穿透"（1039）。但与此同时，对周围的物，他又保持着冷漠对立的姿态。比如，当他的福特车失去控制就要掉进沟里时，他"平静地下车"，"把包和样品袋提出来，放在地上，然后退后一步站着，看

---

[1] Eudora Welty, *The Eye of the Story: Selected Essays and Reviews* (New York: Vintage Books, 1979), p.41.
[2] Eudora Welty, *One Writer's Beginnings* (Cambridge: Harvard University Press, 1984), p.15.
[3] R. P. Barrilleaux, Foreword in *Passionate Observer: Eudora Welty Among Artists of the Thirties*, ed. R. P. Barrilleaux (Jackson: Mississippi Museum of Art, 2002), p.II.
[4] B. C. Ballentine, *The Narrative Lens: Understanding Eudora Welty's Fiction Through Her Photography* (Johnson City: East Tennessee State University, 2006), p.40.
[5] J. N. Gretlund, *Eudora Welty's Aesthetics of Place* (Newark: University of Delaware Press, 1994), p.14.
[6] M. M. Claxton, "Migrations and Transformations: Human and Nonhuman Nature in Eudora Welty's 'A Worn Path'," *The Southern Literary Journal*, no.2 (2015), pp.73–88.

着车滑下沟缘",期待听到一声巨响,然而,当他只听到轻微的噼啪声,他"厌恶地"(distastefully)去查看情况,发现他的车掉进一大团葡萄藤中,葡萄藤"接住它,抱着它,摇着它,就像黑色摇篮中一个奇怪的婴孩",然后"轻轻地把它放在地上"。(1039)有论者认为,这些细节表现了"现代人奔忙却又无奈的生存状态……面对神秘的自然界,人类在困境中的脆弱感与无力感"。[1] 这个解释虽不无道理,但脱离了原文语境,同时由于缺乏物视角,无法揭示这些细节中暗示的人与物的互动关系以及对小说叙事进程的推动作用。笔者认为,这些细节在两个方面意味深远:首先是车失控后就要掉进沟里,鲍曼不仅不着急,甚至带有厌恶的情绪,这表明他与物是对立的,还表明他对物有强烈的控制欲望;其次,韦尔蒂对葡萄藤母亲般的描写似乎暗示了南方无处不在的自然之物具有接纳而温柔的力量,反衬出鲍曼的控制欲望以及汽车之类现代工具的脆弱,这种反衬在后来鲍曼与索尼夫妇的对比中将更为明显。

更重要的是,此处对葡萄藤的描写在某种意义上构成了《推销员》叙事进程的重要转折点:像《一条破旧的小路》中的女主人公那样从地方中获得"知识和智慧",目睹葡萄藤温柔地接纳汽车,鲍曼似乎感受到了地方中物的友好,这无疑拉近了他与地方的距离。于是,他"几乎是带着孩子般的顺从"走向山坡上的木屋,而当他看见小木屋顶上厚厚的"葡萄藤"和站在过道上的女人时,"他停下脚步。突然间,他的心开始奇怪地跳动起来……他听不见心跳——他的心脏就像烟灰掉落那般安静。但他还是相当欣慰,能感觉心脏跳动让他惊讶不已","恍惚中他静静地站着,手中的袋子掉下来,好像是慢吞吞地在空气中优雅地飘下,然后稳稳地落在门阶旁的卧草上"。(1040)鲍曼的这些反应一开始可能让读者迷惑:为什么看见"葡萄藤"和女人,他的心就"奇怪地跳动"?但若联想到之前沟里的葡萄藤被描写成温柔的母亲,读者就不难想到,他的反应源自屋顶上的葡萄藤,他一定将过道上的女人联想成自己的母亲了,这样,读者就不难理解他的"奇怪"和"恍惚",以及他"立刻"断定这是个 50 岁的年长女人。[2] 值得注意的是,这里韦尔蒂再次以"陌生

---

[1] 庄严:《现代英雄的原型征程——析尤多拉·韦尔蒂〈一个旅行推销员之死〉的原型叙事模式》,《成都理工大学学报(社会科学版)》2012 年第 2 期,第 95-98 页。
[2] 有论者认为,鲍曼这里产生误会是因为"他不知道屋子里的真实情况"以及"昏暗的灯光"。参见马云霞、吴冬丽:《从精神分析角度看〈流动推销员之死〉和〈绿色的帷幕〉中的死亡主题》,《西南农业大学学报(社会科学版)》2008 年第 6 期,第 151-154 页。且不论小说至此,屋内尚无灯光,这个解释本身也缺乏美学考虑。

化"的慢镜头再现方式凸显了"门阶旁的卧草"温柔地接纳了从鲍曼手中滑落的袋子,呼应了沟里葡萄藤对汽车的接纳。

这样,在《推销员》中,韦尔蒂就通过地方中人与物的互动关系,确立了叙事的运动逻辑。接下来,继续跟随鲍曼的眼光,读者会看到索尼夫妇的生活如何与地方紧密相连而"受庇护"(sheltered),[1]以及这种生活如何影响鲍曼。当鲍曼走进屋子,他首先感受到"屋子里的幽暗触摸着他,像一只职业的手,医生的手"(1041),而女主人也像职业向导一样,给他指座位,这让他感到"安全",心里也"安静些了"。这时候的鲍曼与小说伊始烦躁的鲍曼形成了对照。屋内十分安静,"外面田野中的寂静似乎进了屋,熟门熟路地在房子里漂移"(1041),虽然这种安静对作为推销员的鲍曼来说很不习惯,但此刻他也不愿意再听到陌生的名字来打破这份安静。显然,在韦尔蒂看来,安静是"受庇护的生活"的一部分:女主人是安静的,从外面劳作回来的索尼"也是一脸的安静","他身材强壮,走起路来自信而庄重"(1042)。面对这样的一对夫妇,鲍曼几近失语:"他知道他应该解释,并拿出钱来……但他能做的只是微微耸耸肩。"(1042)

当得知鲍曼的车掉进沟里,需要帮助时,索尼走向窗户往外望。"他看得很用力,把眼光投出去,就像投出一根绳子"(1042),鲍曼"不用转身就知道,他自己是什么也看不见的,因为太远了"(1042),但索尼却认真地说,他能用骡子和滑轮把鲍曼的车打捞起来。这个细节无疑显示了索尼的自信,以及他对地方的了解和熟悉。有趣的是,在韦尔蒂笔下,索尼夫妇与动物也保持着亲密的联系,仿佛动物也是他们生活中的成员。当索尼回家进门时,"两条猎犬跟在他身边"(1042);当索尼带好绳子从窗下经过时,"有一头褐色的骡子,发亮的紫色耳朵抖动着","从窗外看进屋,睫毛下的眼睛盯着他。鲍曼转过头去,看见女人平静地回看着骡子,一脸的满足"(1042);当索尼和鲍曼饮酒时,"两条狗睡着了;其中一只像是在做梦"(1045)。毫无疑问,深切地了解地方,与动物和睦亲密,也是韦尔蒂"受庇护的生活"的重要成分。

索尼夫妇这种与人、地方、动物合为一体的安静的"受庇护的生活",对长期在外旅行、推销的鲍曼来说,具有极大的冲击力,使他第一次明确了"我是多么孤独"的想法。在那一刻,他出现了瞬间的幻觉,

---

[1] 在《一位作家的开端》中,韦尔蒂将自己的生活描写为"受庇护的生活"(sheltered life)。

希望能够"拥抱这位在他面前逐渐老去终至无形的女人",并告诉她,"他的心现在也像一面深湖,和其他人心一样盛满了爱"。(1043)很明显,在鲍曼顿悟的这一刻,农家妇人幻化成了母亲形象。农家妇人就像沟里的葡萄藤和门阶旁的卧草,他也希望像汽车和袋子那样得到温柔的接纳,得到母亲般的爱。

如果使用苏珊·鲁哈芬(Susan Lohafer)的"提前终结"(preclosure)阅读法,[1]设想《推销员》在这里结束,那么这篇小说就是一个典型的成长故事:关于推销员鲍曼在与索尼夫妇接触过程中的心灵顿悟。但是,韦尔蒂显然不愿意给鲍曼这么美好的结局,因为在瞬间的幻觉后,"鲍曼颤抖的手摸摸双眼,看见屋对面女人安静地屈膝坐着,雕塑般一动不动"(1043),这让他又回到现实,甚至为刚才想对那女人说的那些"奇怪的话"感到"难为情",并开始"高兴地"憧憬起明天在路上的生活。尽管如此,鲍曼仍心存幻想,"没由来地觉得,她也曾暗暗地说过和他相同的话"(1044)。因此,当索尼把他的车打捞上来,"他们俩在黑暗中等着,狗在院子里喘气,等他离开时吠几声"时,他突然感到"无助和愤懑":这里的人"有某些他看不到的东西,藏着食物、温暖和亮光这些自古皆有的希望",而他得一个人马上离开,"这不公平"。(1044)很明显,此刻鲍曼虽然不能用言语说出内心的感受,但依然渴望得到母亲形象的女人给他的爱。

再次使用"提前终结"来阅读,如果《推销员》在这里结束,那么这篇小说就是一个典型的社会批评故事:关于推销员鲍曼如何需要得到关爱,却被无情地拒绝。但是,韦尔蒂显然没有这个意图。她先让鲍曼的内心充满希望,然后再无情地将其击碎。鲍曼留宿的请求得到索尼的同意。妇人生起火,抬头看鲍曼时,"他在发抖":这不仅因为他身体虚弱,而且因为他将妇人的举动看成爱的表达。当索尼邀请鲍曼喝酒时,鲍曼大声地表示同意,觉得"现在大家彼此都看得见了":这不仅因为屋里有了火光,而且因为他觉得自己已经融入这个家,这恰如索尼带他到屋后面取酒时穿过灌木丛的感觉:"树枝或荆棘轻轻地触摸他,无声无息,附着他,然后又松开让他走。"(1045)与地方中的"物"亲密接触带给鲍曼的感觉相当美妙,就像他与索尼一家"彼此都看得见"带来的

---

[1] Susan Lohafer, *Reading for Storyness: Preclosure Theory, Empirical Poetics, and Culture in the Short Story* (Baltimore and London: The Johns Hopkins University Press, 2003).

感觉。然而,借用海明威的著名小说,鲍曼这种感觉注定是幸福而"短暂的"。[1]

转折的一刻发生在鲍曼发现女人其实并不老,这个发现让他的眼睛"刺痛了一下",接着索尼告诉他,女人正怀着身孕,让鲍曼惊醒这房子里,原来有"一桩婚姻,一桩已经有了结果的婚姻"(1046),这一切让鲍曼猝不及防,让他觉得"有人给他开了个玩笑"(1046);他本以为他们三人"彼此都看得见了",但其实彼此看得见的只有索尼和他的妻子,他们之间有"秘密的交流",而他自己一直都是"被欺骗的"局外人。就这样,鲍曼试图与这里的人和物重建亲密关系的努力宣告失败。当索尼夫妇一起走进卧室,留下孤独的鲍曼一个人躺在客厅看着火苗消失时,他重新回到推销员模式,情不自禁地念叨:"一月份所有鞋子都将特价销售。"(1046)绝望之下,他觉得"必须马上回到过去的生活"(1046),于是,读者也就能理解他为什么要挣扎着站起来,不辞而别,然后孤独地在公路上死去。

从"故事"层面看,《推销员》结尾安排的鲍曼之死很难得到合理解释,但在"话语"层面,可以发现,韦尔蒂设计的地方亲密关系与幸福之间的张力:人与地方(及地方中的物)关系越紧密,就越能安静和幸福;反之,与地方的关系越疏离,就越孤独和痛苦。从这一逻辑出发,我们就可以较好地理解鲍曼如何从一个与地方完全疏离的旅行推销员,通过尝试与地方建立联系从而获得短暂的幸福感,最后幻觉破灭恢复疏离状态而走向死亡。韦尔蒂通过对地方的细节描写,引导读者关注人与地方的互动关系,尤其是人与地方中"物"的关系,并使这种关系成为小说叙事进程的重要组成部分。有论者从空间叙事的角度区分了《推销员》中的"物理景观空间""心理精神空间"和"社会空间",并讨论了这三者的联系,认为小说对"萧条孤寂的"物理景观的描写烘托了主人公"荒凉的"心理精神空间,体现了"孤独和异化的社会空间"。[2]这样的"空间"分析虽有一定价值,但既不准确(《推销员》中的美国南方物

---

[1] 这里援引的海明威小说是《弗朗西斯·麦考伯的短暂幸福生活》("The Short Happy Life of Francis Macomber")。在该小说中,主人公找到勇气,经历了短暂的激动和幸福感,但随即被妻子射杀。
[2] 李鹏鹏:《〈一个旅行推销员之死〉中的空间叙事》,《太原师范学院学报(社会科学版)》2015年第6期,第83-86页。

理景观并非萧条孤寂,社会空间也不是孤独和异化),也无法揭示韦尔蒂的"地方诗学":从文本中描写的具体可感的"地方"出发(而不是抽象的"空间"),我们方能确定叙事如何在人与地方的互动关系中得以展开,以及作家在这个过程中显示出的"地方意识"。通过本章的分析,我们得以看到"地方"在推动韦尔蒂小说叙事进程中的关键作用,也能理解这个时期韦尔蒂的地方意识:与南方这片"受庇护的"土地及其代表的价值传统(比如忠诚、自足、自尊等)合为一体,远比象征工业化的出门远行更值得称道。在《一位作家的开端》中,韦尔蒂表示,她的小说创作之溪"由两股泉水汇成,一股清澈,一股暗黑"。[1]韦尔蒂在很多小说中都试图协调这两股泉水,让它们达到平衡,但在其处女作《推销员》中,她让这两股泉水短暂相交,但最终相背而行。[2]

---

[1] Eudora Welty, *One Writer's Beginnings* (Cambridge: Harvard University Press, 1984), p.20.
[2] 如很多论者讨论的那样,韦尔蒂的地方意识在其后期作品中有所变化,不再一味排斥工业化,而是在保持南方传统的前提下积极融入工业化进程。

第八章

隐退的物:巴拉德《淹死的巨人》的美学建构[1]

关于巴拉德的内空间科幻小说产生的"认知间离"美学效果,之前的评论家多用"超现实主义"和"无意识"理论框架来解释,但在《淹死的巨人》中,我们看不到超现实主义和意识流的叙述手法,因此本章提出用"面向物的本体论"来解释其美学建构。在面向物的本体论看来,本体的物具有独立于人类认知的实在性,但又无限隐退,无法被人类或其他物完全认知,而文学艺术的一个核心特征就是通过表现物的异乎寻常的感性特征,来暗指并诱惑读者瞥见本体的物。《淹死的巨人》中,无论是巨人还是人类,都被有效地塑造成真实但无法完全认知的本体物,这既让《淹死的巨人》成为内空间的科幻小说文类代表,又实现了"认知间离"的美学效果。

---

[1] 本章主要内容曾发表于《外国美学》2020年第1辑。

第一节 巴拉德与作为"内空间"科幻小说的《淹死的巨人》

在 20 世纪六七十年代的科幻小说"新浪潮"（New Wave）运动中，巴拉德无疑是具有世界影响力的一位英国作家，被誉为"科幻小说新浪潮最重要的奠基人"。[1] 所谓科幻小说"新浪潮"，其主要动机是改变人们以往对科幻小说作为类型小说（genre fiction）的偏见，试图将科幻小说从探索宇宙外空间转移到探索人类心理"内空间"（inner space），从而使科幻小说更靠近严肃文学。在巴拉德看来，"未来会发生变化，但不是在月球或火星上，而是在地球上，需要我们探索的，不是地球的外空间，而是其内空间。真正的外星星球是地球"，[2] 内空间"于有想象力的作家而言，是最为丰富的领域之一"。[3]

这样，以巴拉德为代表的新浪潮科幻小说作家致力于用科幻小说这一文类来表现人类的内心世界，这就与传统的"硬科幻"（Hard SF）形成了差异。在转向"内空间"科幻小说之前，巴拉德也创作过很多硬科幻小说，对科幻小说文类情有独钟，认为科幻小说是"有足够词汇"来表现 20 世纪观念和形势的"唯一载体"。[4] 按照苏恩文在其《科幻小说面面观》（*Positions and Presuppositions in Science Fiction*）中对科幻小说的定义，科幻小说这一文类的充分和必要条件是能够产生"认知间离"效果，也就是说，科幻小说的主要叙事策略是要提供一种想象性的框架结构，来替换读者已有的经验语境。[5] R. B. 吉尔（R. B. Gill）在其论文《文类的用途及思辨小说的分类》（"The Uses of Genre and the Classification of Speculative Fiction"）一文中提出，思辨小说可以分为"出世"型（replacement）和"入世"型（engagement），前者的主要修辞意图是通过

---

[1] Edward James and Farah Mendelsohn, eds., *The Cambridge Companion to Science Fiction* (Cambridge, New York: Cambridge University Press, 2003), p.52.
[2] J. G. Ballard, *A User's Guide to the Millennium* (New York: Picador, 1996), p.197.
[3] J. G. Ballard, "Time, Memory and Inner Space," *The Woman Journalist Magazine* (1963), p.84.
[4] J. G. Ballard, *A User's Guide to the Millennium* (New York: Picador, 1996), p.196.
[5] 参见 Darko Suvin, *Positions and Presuppositions in Science Fiction* (Kent: Kent State University Press, 1988), p.37。

描写思辨世界来替换现实,而后者则意在唤起对现实的关注。[1]我们因此可以说,巴拉德倡导的内空间科幻小说的叙事美学之核心在于制造读者的"认知间离"效果(这是科幻文类的要求),来探索人类隐秘的现实(这是内空间的要求)。也就是说,内空间科幻小说需要关注现实,但同时又要将现实科幻化和陌生化,从而揭示日常生活中隐秘的关系和逻辑。

事实上,不少研究者也都注意到巴拉德内空间科幻小说的这个核心特征。为了解释巴拉德小说中的间离效果的形成机制,他们将巴拉德的小说归为"超现实主义",并探讨了巴拉德小说与弗洛伊德"无意识"概念之间的关联。比如,巴拉德研究专家詹尼特·巴克斯特(Jeannette Baxter)着力考察巴拉德小说中的超现实主义特征,认为巴拉德就是为二战后读者而创作的超现实主义者,旨在"重现过去的创伤和经历"并"释放恐惧和困扰",其作品充满了"模糊性""困惑"和"矛盾"。[2]塞缪尔·弗朗西斯(Samuel Francis)则称巴拉德的内空间小说为"心理小说",认为这类小说揭示的是二战后人类对灾难的"集体无意识"。[3]无论是"超现实主义"还是"心理无意识",都可以在某种意义上解释巴拉德小说中那种偏离现实规约的叙事效果,然而从小说形式来看,巴拉德的小说并不完全具备"超现实主义"和"心理无意识"特征:巴拉德的小说表面看与普通现实主义小说差异并不大,没有超现实主义和意识流小说中的"自由联想、破碎的句法、无逻辑性和无时间性的顺序、梦幻般和噩梦般的事件序列,以及奇异、可怕、看似不互不相关的形象的并置"。[4]因此,为了更完美地解释巴拉德小说的美学建构,我们也许应该超越"超现实主义"和"心理无意识",寻找其他更有说服力的框架。基于此,笔者提出用近十年西方逐渐兴起的"面向物的本体论"中关于"物"的理论来观照巴拉德小说的美学形式。

在讨论面向物的本体论与巴拉德小说美学的关联之前,需要先了解巴拉德1964年发表的著名短篇小说《淹死的巨人》(以下简称《巨人》)。

---

[1] R. B. Gill, "The Uses of Genre and the Classification of Speculative Fiction," *Mosaic: A Journal for the Interdisciplinary Study of Literature*, no.2 (2013), pp.71-85. 该文将科幻小说(science fiction)视为思辨小说(speculative fiction)的一个子文类,因此该文关于思辨小说的讨论也适合科幻小说。

[2] Jeannette Baxter, *J. G. Ballard's Surrealist Imagination: Spectacular Authorship* (Surrey: Ashgate Publishing Limited, 2009), p7.

[3] Samuel Francis, *The Psychological Fictions of J. G. Ballard* (New York: Continuum, 2011), p.65.

[4] M. H. Abrams, *A Glossary of Literary Terms*, 7th Edition (Fort Worth: Harcourt Brace College Publishers, 1999), pp.310-311.

就情节而言，《巨人》无疑是非常简单的。小说一开始引入一个未知的庞然大"物"："暴风雨后的早上，一个巨人的躯体给冲到了这座城市以西北五英里的沙滩上。"[1]接着小说使用第一人称视角，描绘了城市里各色人等对巨人的反应，从惊恐地远观到近距离地亵玩，然而，无论是普通人，还是大学教授，都无法准确说出这个巨人的来历。最后，所有人都对巨人失去了兴趣，他们各取所需地拆分了巨人的躯体，只留下骨架"在夏天供那些在海上飞累了的海鸥歇脚"（243）。从这个简要的情节概述，我们可以看到《巨人》的独特之处。小说一开始以不容置疑的语气引入一个超自然之物，似乎要把读者带入与现实世界完全不同的科幻世界中，熟悉科幻小说套路的读者自然很期待小说接下来会探索的这个巨人的来龙去脉，以及巨人的出现会引发的神奇故事。但是巴拉德并没有满足读者的阅读期待，而是在确立这个庞然大物的"实在性"后，剥夺其言说和行动的可能性，转而用纯现实主义的笔法描述城市居民对巨人的各种反应。一方面，巨人真实存在又神秘莫测，另一方面，在第一人称叙事视角下，小说中的主要参与者——人类——在与巨人的互动过程中，也显得既真实又虚幻。这样，真实存在的巨人让《巨人》处于科幻小说文类中，真实存在的人类让小说实现了内空间的转向；而巨人的神秘莫测与人类的虚幻则让小说实现了与读者的"认知间离"。美学方面，无论是在对巨人和人类的处理上，《巨人》都相当完美地实现了真实和神秘的融合。相比于"超现实主义"和"心理无意识"，"面向物的本体论"可以对这种美学融合做出更完整、更合理的阐释。

第二节 暗指与诱惑：面向物的本体论

当今世界范围内出现了一个很明显的"物转向"，矛头直指之前各种版本的建构论（语言建构、文化建构、叙事建构等）。"物转向"的典型代表是"思辨实在论"，这个名字最先出现于2007年4月27日在伦

---

[1] J. G. Ballard, *The Best Short Stories of J. G. Ballard* (New York: Holt, Rinehart and Winston, 1978), p.233. 笔者的译文，以下仅标注页码。

敦大学金匠学院举行的学术工作坊，之后成为一个松散的哲学运动的名字，其核心问题是：有没有独立于人类意识的实在的世界？康德时代以降，人们一直认为这个问题是无效的，因为我们无法想象一个没有人类的世界，或没有世界的人类，只能想象两者之间存在原初的关联。法国哲学家梅亚苏将这类哲学命名为"关联论"，[1]而思辨实在论反对的正是这种"关联论"。思辨实在论者认为，物具有独立于人类思维的实在性，但它不是"客观原子和台球之类的世人皆知的幼稚实在论"，而是一个更为"怪异的"的实在论。[2]

思辨实在论代表人物之一哈曼提出并发展了面向物的本体论，重点探讨"物"的本体存在方式。哈曼的基本观点是，物的现实永远隐退于人类的认知。他建构了一个"物"的四面体模型，即任何物都是一个"实在的物"，又是一个对他物开放的"感性的物"，实在的物具有"实在的特征"，而感性的物则具有"感性的特征"，并由此形成四种冲突：感性的物与感性的特征之间的冲突；实在的物与实在的特征的冲突；感性的物与实在的特征之间的冲突；实在的物与感性的特征之间的冲突。其中，第一个冲突涉及的是胡塞尔现象学中意向之物的本质与表面特征，第二个冲突涉及的是"实在的物"的区别性特征，第三个冲突涉及的是对"感性的物"的理论把握，第四个冲突涉及的是"感性的特征"对深不可测的实在的物的揭示。[3]在哈曼看来，实在的物与感性的特征之间的冲突最令人着迷：比如铁锤坏掉之时就正好体现了感性的特征与实在的物之间存在着不可跨越的鸿沟，而这种鸿沟的出现就是一种诱惑（allure），暗暗指向（allude to）物的真相。哈曼认为，"诱惑是所有艺术，包括文学的核心现象"，[4]也就是说，艺术旨在通过揭示或运作实在的物和感性的特征之间的冲突关系，来诱惑读者瞥见物的深不可测的实在性。

现在我们转向《巨人》。如前所述，小说中无论是天外来客的巨人，还是现实生活中的人类，都给读者一种亦真亦幻的感觉，从而制造出科

---

[1] Quentin Meillassoux, *After Finitude: An Essay on the Necessity of Contingency*, trans. Ray Brassier (New York: Continuum, 2008).
[2] Graham Harman, "The Well-Wrought Broken Hammer: Object-Oriented Literary Criticism," *New Literary History*, vol.43, no.2 (2012), pp.183–203.
[3] Graham Harman, *The Quadruple Object* (Winchester: Zero Books, 2010), pp.88–92.
[4] Graham Harman, "The Well-Wrought Broken Hammer: Object-Oriented Literary Criticism," *New Literary History*, vol.43, no.2 (2012), pp.183–203.

幻小说的"认知间离"美学效果。笔者认为，这种效果正是来源于巴拉德对巨人及人类作为本体之物的"隐退性"和"深不可测"的凸显，同时，巴拉德又通过"暗指"来"诱惑"读者去瞥见他们的真实。

第三节 真实而隐退的巨人外空间

在《巨人》中，巴拉德让巨人以一种不容置疑的真实面貌出场："暴风雨后的早上，一个巨人的躯体给冲到了这座城市以西北五英里的沙滩上"（233）。"早上""这座城市""五英里"等细节言之凿凿，将一个属于超自然世界的巨人引入现实世界。类似的写法读者其实并不陌生：在弗兰茨·卡夫卡（Franz Kafka）著名的《变形记》（*The Metamorphosis*）中，主人公格雷高尔一觉醒来，发现自己变成了一只大甲虫。两篇小说相似的是，读者把巨人和大甲虫都接受为故事世界里的一个真实存在，除了在开始的时候需要短暂地"搁置怀疑"（suspension of disbelief），其余部分都将它们视为自然世界的存在物，因此这两篇小说都不是茨维坦·托多罗夫（Tzvetan Todorov）定义的"奇幻小说"。[1] 但是，这两篇小说也存在一个关键差异：《变形记》中，化身为甲虫的格雷高尔一直在行动，而在《巨人》中，巨人一出场就是"淹死的"，没有任何行动的能力。更为重要的是，巴拉德在引入巨人之后，并不遵守科幻小说创作规约，也不满足读者期待去解决巨人身世之谜，而是让巨人无限隐退，只通过城市居民（包括第一人称叙述者）的眼光，若有若无地通过暗指，引导读者去接近他的真实（尽管根本无法达到）。

巴拉德通过第一人称叙述者的介入式评论，明确了巨人及其所属世界确切无疑的实在性："你可以怀疑我们生活中的一切，但这个巨人，无论是死是活，是在绝对意义上存在的，让我们得以看见一个同样绝对的世界，我们这些在沙滩上的看客不过是这个世界的不完美且渺小的复制品。"（237）同时，对巴拉德来说，巨人不是一个简单的象征物，而

---

[1] 参见 Charles Nicol, "J. G. Ballard and the Limits of Mainstream SF," *Science Fiction Studies*, no.2 (1976), pp.150-157。

是一个具有生命和实在性的物。借助第一人称视角，巴拉德多次强调巨人是有生命的。比如，当两个大胆的渔夫靠近巨人时，"有那么一刻，我害怕巨人只是在睡觉，他可能突然动一下，合拢两个脚跟"（234）。此外，叙述者这样解释自己对巨人的兴趣："并不是我有恋尸的癖好，对我来说，巨人还是活着的，甚至比观看他的那些人更有活力。"（237）最后，当叙述者在市场上看到巨人的大腿骨时，"突然产生了幻觉，巨人从骨头上站起身来，大步前行，穿越这个城市的大街小巷，沿途捡起自己散落的身体各部分，一路回到大海"（242）。然而，巴拉德又在字里行间明确表示，对于这个绝对存在的巨人，人们能看到的只是其"感性的特征"，这些特征虽然隐隐指向巨人的现实，但这个现实却远远超出人类的认知范围。

当人们刚开始看见沙滩上的巨人时，海水还处于低潮，巨人的身体全部露在水外，"看上去比一条在岸边晒太阳的鲨鱼大不了多少"（233）；在明亮的阳光下，"他的身体闪闪发亮，就像一只海鸟的白色羽毛"（233）；当两个渔夫壮着胆子靠近巨人，"巨人的脚立起来至少是渔夫身高的两倍，我们立刻意识到，这位淹死的庞然大物的体积和轮廓相当于最大的抹香鲸"（234）。这是小说第一人称叙述者从远处对巨人的描写，在短短的一段中，巨人被分别描写为鲨鱼、海鸟和抹香鲸：鲨鱼是危险的动物，海鸟是浪漫的动物，抹香鲸则是大而无害的动物。小说故意将巨人与三种不同的动物联系起来，既表明叙述者现在还无法判定巨人的善恶，又表明巨人的现实有多种人类无法确知的不同可能性。

同样，关于巨人的来历，小说给我们提供了一些隐约的线索。巨人"浅浅的前额，高直的鼻梁，卷曲的嘴唇"（234）让叙述者想起普拉克西特列斯（Praxiteles）的罗马雕塑。众所周知，普拉克西特列斯善于把神话人物纳入平凡的日常生活中，因此巴拉德将巨人描写为普拉克西特列斯的雕塑，无疑在暗示巨人可能是从神话世界来到人类世界。此外，小说还提及巨人"希腊人般的轮廓"（234）、"希腊人般的脸庞"（236）、"英雄般的姿态"（237）、"荷马式的身姿"（239）、"淹死的阿尔戈英雄"（239），透过这些暗指，巴拉德想让读者相信，这位淹死的巨人极有可能是位跌落人间的神话英雄。

然而，巴拉德并没有遵循神话英雄模式来书写巨人，而是试图打破读者对神话英雄的固有期待。就如海德格尔用"坏掉的铁锤"来诱惑读者瞥见铁锤更深刻的现实，巴拉德的非常规叙事也诱惑读者看到了作为巨人的"怪异的"另一面：他使用第一人称叙述视角，用很大篇幅来描写巨人的身体如何逐渐腐烂并被肢解。开始的时候，叙述者从巨人"古典形状的嘴和鼻子"猜想他是位"行为审慎，脾气温和的年轻人"。（237）后来，巨人又好像"至少是中年了"（237）。第二天，当叙述者再次看到巨人时，他看到的是一张"被擦伤的肿胀的脸"，皮肤虽然已被漂白，但是"已经不再光亮"，而是沾满了"肮脏的泥沙"，"一团一团的海藻填满了他的指缝"。（238）从下面看，巨人的脸已经"全然没有了风度和镇静，拉下的嘴巴和抬起的下巴……就像一艘触礁巨轮的船头"，他的脸因此变得就像一副面具，"疲惫而无助"。（239）再后来，人们开始肢解巨人，先是"左手"，然后是"右手和脚"，最后是"头"，直到"他的躯体周围散发出臭味，显示出腐臭的迹象"，而"随着四肢被锯掉，先从膝盖和肘部，然后从肩膀和大腿，这躯体就像某个无头的海洋动物——鲸鱼或者鲸鲨"，终于"失去了身份，失去了原先附着躯干上的个性的踪迹"，也因此失去了所有人对他的兴趣。（241）

于是，巴拉德用这种方式先让读者形成"巨人是神话英雄"的印象，然后又让这位英雄慢慢瓦解掉，体现出了新浪潮科幻小说对"熵"（entropy）的喜好，即"让所有有组织的物质和能量退化为无意义的喧闹和空洞"。[1] 但是，笔者认为，巴拉德在这篇小说中让神话英雄腐烂肢解，其修辞意图不是简单地表现后现代主义式的"物质和能量退化为无意义的喧闹和空洞"，而是为了突出人类无法确切认知巨人的实在性：巨人也许是神话英雄，但又不是我们熟知的神话英雄。小说中，巴拉德还多次表达了同样的修辞意图。当旁观的人群（包括叙述者）克服恐惧情绪，慢慢靠近巨人的时候，他们仍然无法确定巨人的现实，因为他们看见的是相互矛盾的景象："我们在他的肩膀旁停下。他的嘴唇轻微张开，睁着的那只眼睛雾蒙蒙的，像被注射了某种蓝色的黏液，但鼻翼和眼睫毛精致的轮廓让他的脸带了一种华丽的魅力，让人几乎忘记他胸膛和肩膀有着可怕的力量。"（235）在这里，精致的（delicate）脸庞和具有可怕（brutish）力量的肩膀并置，就像他那只"雾蒙蒙的"（cloudy）眼睛，让读者无法看清巨人的个性，正如叙述者讲到的那样："我试图阅读掌纹，找到巨人性情的线索，但是由于肌肉肿胀，掌纹几不可见，

---

[1] Edward James and Farah Mendelsohn, eds., *The Cambridge Companion to Science Fiction* (Cambridge, New York: Cambridge University Press, 2003), p.56.

抹去了巨人身份的所有踪迹。"(236)于是,叙述者关于巨人的所有猜想,都只能是雾里看花。为了强化这层意思,巴拉德甚至安排了"一群大体解剖学和海洋生物学的权威专家"出场,这群专家"绕着巨人大步行走,不时点头,似乎在进行激烈地商讨",但当警察表示愿意帮助他们登上巨人的手掌时,"他们马上表示拒绝"。(236)巴拉德的用意非常明显:不仅普通人无法理解巨人的真相,专家也无能为力。[1]按照这种解读,我们可以说,巴拉德几乎预言了哈曼的"面向物的本体论":无论是巨人,还是他生活其中的那个世界,都绝对存在,但是它们如此遥远,如此隐退,人类——"不完美且渺小"的复制品——根本没有办法完全认识它们。

如此,巴拉德就塑造了这样一个巨人:他真实地存在,但人类又不可能完全认识他;他也许是来自神话世界的英雄,但又可能腐烂并遭受人类对他的肢解。这样的巨人,既让巴拉德的小说成为科幻小说,同时又保持了读者对小说的"认知间离"。

第四节 深不可测的人类内空间

作为一篇内空间科幻小说,《巨人》的另一位主人公无疑就是人类了。巴拉德试图利用科幻小说的形式来探索人类的内心,对他来说,人的身体和心灵比太空飞船、机器人或激光枪有趣得多,丰富得多。虽然弗洛伊德的潜/无意识理论对巴拉德产生了较大影响,但他并没有使用自由联想式的意识流写作方法来探索人类深不可测的内心空间。巴拉德几乎从不直接描写人类的内心世界,甚至很少用直接引语来转述人类的话语和心理,正如一位巴拉德评论家所说,"他对常规意义上的人类几乎没有兴趣(他不写对话);他永远都在提供画面。"[2]在《巨人》中,巴拉德利用第一人称外视角的叙述方式,提供人物动作画面,来诱惑读者瞥见人物的内心。这种描写方式让人物的心理对读者隐约可见,但读者又无

---

[1] 另外一种意义上,巴拉德这里强调巨人及其世界的不可知性,也是对通常意义上的科幻小说的反讽,因为这些科幻小说的宗旨是探索外空间。
[2] Martin Amis, "From Outer Space to Inner Space," *The Guardian*, no.24 (Apr. 2009).

法看得真切，从而在美学上实现"认知间离"的效果。

《巨人》中的人类活动可分为三个阶段：围观巨人、攻占巨人、肢解巨人。人类活动在第一人称叙述视角下展开，这个视角多数时间都处于旁观状态，倾向于将其他人看作一个群体（该视角用"多数人""一大群人""看客"来指称人类），而不是个体，也不报道其中任何人的话语和心理。按照叙事学理论专家申丹教授对叙述视角的分类，我们可以把《巨人》的叙述视角定义为"第一人称外视角"。[1]当第一人称叙述者赶到沙滩时，他看到"一大群人已经聚在那里"，但"所有人似乎都不愿意靠近巨人"，直到半小时后，两个渔夫走过沙滩，靠近巨人的身体，"看客中突然爆发出一阵话语"。（233）紧接着，当一个渔夫爬上巨人的胸膛，踱着步向岸边招手示意时，"人群猛地发出一声惊呼，上百只手臂指向大海"，然后"人群中夹杂着惊异和胜利的喊叫，卵石滩一下子发生了雪崩，人人争先恐后地冲过沙滩"。（234）在这个围观巨人的阶段，巴拉德提供的线索能让读者体会到人群的害怕、惊讶、激动等心理活动，但由于人群的活动是以外视角方式呈现的，读者无法得知人群确切的心理状态，只能根据他们的外部行动来猜测。

当人们克服对巨人的恐惧之后，他们很快就攻占了巨人的身体。同样，巴拉德在这里没有使用任何一句直接引语，而是利用外视角来透视人群的活动。如果在围观阶段，读者尚可通过画面读出人群的内心情绪，但之后巴拉德对攻占巨人的过程进行纯外部描写，读者就很难从中捕获人群的心理活动了。

> 人们现在爬满了巨人全身，巨人斜倚的手臂提供了双向楼梯。他们从手掌出发，沿着前臂走向肘部，然后爬到二头肌……从那里他们爬上巨人的脸，手牵手爬上嘴唇和鼻子，或者冲下巨人的腹部，去迎接那些骑在脚踝上的人……（235）
>
> 一个年轻人甚至站在巨人的鼻尖，挥动着手臂，冲下面的同伴呼喊，但是巨人的脸依然保持着那种深不见底的安静。（236）
>
> 一大帮年轻人挤在巨人的头上，相互把对方推下脸颊，沿着光滑的下巴滑行而下。两三位骑跨在鼻子上，还有一位爬进鼻孔，在

---

[1] 关于"第一人称外视角"的讨论，参见申丹《对叙事视角分类的再认识》，《国外文学》1994年第3期，第65-74页。

里面发出汪汪的叫声，就像一只发疯的狗。(236)

（三天以后）当我赶到沙滩时，人群已经小了很多，只有两三百人坐在卵石滩上，一边野餐，一边看着那些穿过沙滩的一队队游客。(237)

我走上沙滩，避开地上的一摊摊水，走向巨人。两个小男孩坐在巨人的耳边，远处有位年轻人一个人高高地站在巨人的脚趾上，打量着我。(239)

从这些描写中，读者能看到人群攻占巨人身体后的兴奋，随着时间的流逝，人群对巨人的兴趣逐渐减少。然而，巴拉德使用的纯外视角叙述方式，让读者感觉在巨人身上的人类与动物非常相似，人类的种种略显滑稽的行动背后一定隐藏着复杂无比的心理活动，但巴拉德给出的线索无法让读者走进其内心世界。

在小说的后半部分，人们开始对巨人实施肢解：先是左手，然后是右手和脚，最后是头和身体其他部分。至于人们为什么要肢解巨人，最理性的解释当然是"公共工作部门和其他市政机构"需要处理沙滩上的这个庞然大物。(238) 但是，巴拉德又在另外一个地方给出了一个意味深长的暗示："我沿着卵石滩走过去，注意到有很多搞笑的标语，纳粹党的曲十字标志，还有其他符号被刻进了巨人发灰的皮肤，似乎毁掉这一动不动的巨人突然释放了某种久被压抑的仇恨的血液。他一只耳垂被木剑穿刺而过，胸膛中央一堆小火已经燃尽，烧焦了周围的皮肤。"(240-241) 由此看来，人们肢解巨人的心理并非那么简单，巴拉德提及的"搞笑的标语""纳粹党的曲十字标志"以及"久被压抑的仇恨"让读者得以瞥见深藏在人群内心的"集体无意识"。然而，有趣的是，当人们将巨人肢解后，他们似乎又全然忘记了自己肢解巨人的内心。他们将拆解下来的巨人的身体或随意丢弃，或用于各种实际用途，在他们眼里，巨人已经不复存在，当然也不再具有什么意义。巨人的左肱骨出现在造船厂的门口，被制成木乃伊的右手在年度狂欢节展出，下颚部分进入自然历史博物馆，而头骨的其余部分则"消失了，但很可能还扔在废料场或某个私家花园"。(242) 巨人的肋骨被用作河畔公园的装饰性拱门，而他的皮肤经晒黑文身之后，变成了娱乐公园附近一家新奇商品店的墙布。(242) 耐人寻味的是，"即使那些人亲眼见过暴风雨后被冲到岸边的巨人，在他们的记忆里，巨人也就是一只海兽"(243)。这样，被肢解的巨人就仅剩下作为工具或装饰的价值，众人不仅忘记了他曾有的生命，也忘记了他最初给人们带来的神奇感和敬畏感。

这样，在巴拉德的叙述中，人类作为群体而出现。巴拉德使用第一人称外视角，使读者得以远距离观看人类这一群体。人群的外部动作透露出他们的心理状态，但读者无法直接进入他们的内空间，只能偶尔瞥见：在这个空间中，可以发现恐惧、惊异、仇恨、遗忘，但这个空间是如此深不可测，无论是叙述者，还是读者，都无法对其探个究竟。

第九章

魅惑的物:济慈颂歌中的复魅叙事[1]

1817年4月17、18日,济慈致J. H. 雷诺兹(J. H. Reynolds)的信中写了这么一句:"我怎样才能把这行诗的意境带进你头脑中呢——/在黑沉沉的往昔与时间的深渊——"[2]这句话也许概括了济慈心目中最高的"诗意",但很遗憾,这句话几乎被所有批评家忽略了。事实上,在"黑沉沉的往昔与时间的深渊"里隐藏的那些永远神秘和不可知,正是济慈念兹在兹的诗歌题材,也是他短短四年写作生涯里苦苦追求的主题。"把这行诗的意境带进"读者的头脑中也许是济慈诗歌创作的最大动力之一。那么,济慈如何刺入这无边的黑暗与深渊,或为其绝望,或为其彷徨,又或为其欣喜,应该成为阅读济慈的关键所在。

批评家们注意到并长篇累牍讨论的"消极能力"和"诗人无自我"两条原则可被理解成是济慈为进入这"黑

---

[1] 本章主要内容曾发表于《外国文学研究》2021年第2期。
[2] 约翰·济慈:《济慈书信集》,傅修延译,北京:东方出版社,2002年,第10-11页。

沉沉的往昔与时间的深渊"而确立的。按照傅修延的解读，"消极能力"的要义是创作中认知主体"处于被动与接受的状态"，而"诗人无自我"则是忘记主体，进入其他实体的内在世界。[1] 或许只有在被动接受的忘我状态，诗人才能走入世界的深处，写出"在微尘中见出大千，在刹那中见出终古"[2] 的大美，而这种超越现实的大美，就是济慈时刻不忘的诗境。他曾经把华兹华斯比喻为"汉诺威选帝侯"，而将莎士比亚比喻为"幅员辽阔行省的皇帝"，[3] 而在《初读贾浦曼译荷马有感》（"On First Looking into Chapman's Homer"）中，济慈这样写道："我常听到有一境域，广阔无垠/智慧的荷马在那里称王/我从未领略的纯净，安详。"[4] 可见，超越促狭的现实，进入神秘而广阔的（远古）世界，的确是年轻而又时时面临死亡威胁的济慈的"鸦片"。

济慈对"黑沉沉的往昔与时间的深渊"和"广阔无垠的境域"纠结于心，但他又说自己"对什么都没有把握"，只相信"心灵情感的神圣性和想象力的真实性"，而且人们不能"通过按部就班的推理来判断哪件事是真的"。[5] 这意味着"真实"世界无法用理性来直接认知，只能通过想象去靠近。这个说法暗合了后人类哲学家梅亚苏定义的"广阔户外"。和济慈一样，梅亚苏认为"广阔户外"是外在于人类认知的，为了探索这个外在，我们的思想"需带着置身域外的感觉，也就是完全在他处"，[6] 即通过"无我"式的想象。济慈的思想 200 年后居然在"时间的深渊"里回荡，这本身也是一件奇妙的事情。

当然，济慈对"广阔""深渊"的迷恋以及对"推理"的怀疑，其实代表的是 19 世纪为反对理性主义而出现的浪漫主义"思乡"情结，只是济慈"当时不处在领军人物位置"，[7] 这种声音并未在英国大范围传播开来。以赛亚·伯林（Isaiah Berlin）将"思乡"情结视为浪漫主义的一个重要分支："无限不可穷尽，我们永不能贴近它，我们总在追求却难以满足，因此我们患上思乡病"，这是一种对无限的向往，是"自我吸收无

---

[1] 傅修延：《济慈诗歌与诗论的现代价值》，北京：北京大学出版社，2014 年，第 46—61 页。
[2] 朱光潜：《给青年的十二封信》，长沙：湖南文艺出版社，2018 年，第 107 页。
[3] 约翰·济慈：《济慈书信集》，傅修延译，北京：东方出版社，2002 年，第 84—85 页。
[4] 约翰·济慈：《济慈诗选》，查良铮译，北京：人民文学出版社，1958 年，第 13 页。以下所引济慈诗歌均来自此译本，不再一一注释，只标注页码。
[5] 约翰·济慈：《济慈书信集》，傅修延译，北京：东方出版社，2002 年，第 51 页。
[6] Quentin Meillassoux, *After Finitude: An Essay on the Necessity of Contingency*, trans. Ray Brassier (New York: Continuum, 2008), p.17.
[7] 傅修延：《济慈诗歌与诗论的现代价值》，北京：北京大学出版社，2014 年，第 60 页。

限的尝试,是自我与无限合一的尝试,也是自我融入无限的尝试"。[1]伯林认为,"思乡"情结是对重视"正确、真实、客观"的启蒙主义范式的一种反动。虽然伯林没有使用"复魅"(re-enchantment)这个术语,但"思乡"其实就是浪漫主义针对启蒙主义的"祛魅"而进行的"复魅"。所不同的是,浪漫主义复魅的对象并不是中世纪的超自然现象,而是从"超自然转向自然"。[2]笔者认为,用"复魅"来观照济慈,能够更清楚解释其诗歌主题及叙事策略。自然神秘而不可穷尽,人类理性不能完全将其把握,这种对自然的"迷魅"感是济慈提出"消极能力"和"诗人无自我"的基本前提。在其书信里,济慈数次表达了这种对自然的"迷魅"状态:

>……超过此刻的任何东西都打动不了我。落日使我满心舒畅——要是有一只麻雀来到我窗前,我会分享它的生存,和它一道在地里啄食。[3]
>……因此,让我们切莫急匆匆地乱窜,像蜜蜂那样不耐烦地嗡嗡作响,在一门知识范围内或所有应到之处四下寻觅;我们所应做的是像花儿那样张开叶片,处于被动与接受的状态——[4]
>……我认为诗之惊人在于一种美妙的充溢,而不在于稀奇少有——读者被打动是由于他自己最崇高的思想被一语道破,恍如回忆般似曾相识——[5]

如果说迷魅是"将遥远时空中互不相干的人和现象联系起来",[6]那么,济慈在以上三封书信里表达出来的迷魅思想是很明显的:与麻雀"一道在地里啄食"消弭了我与麻雀之间的本体距离,"像花儿那样张开叶片"消弭了我与花儿的本体距离,"恍如回忆般似曾相识"则消弭了现在与过去的时空距离。这种迷魅于动物、植物和时空的感觉,也许并

---

[1] 以赛亚·伯林:《浪漫主义的根源》,吕梁等译,南京:译林出版社,2011年,第279-280页。
[2] Frank Zelko, "'A Flower Is Your Brother!': Holism, Nature, and the (Non-Ironic) Enchantment of Modernity," *Intellectual History Review*, vol.23, no.4 (Winter 2013), pp.517-536.
[3] 约翰·济慈:《济慈书信集》,傅修延译,北京:东方出版社,2002年,第53页。
[4] 同上,第93页。
[5] 同上,第97页。
[6] Michelle R. Sizemore. "Changing by Enchantment: Temporal Convergence, Early National Comparisons, and Washington Irving's Sketchbook," *Studies in American Fiction*, vol.40, no.2 (Fall 2013), pp.157-183.

不能创造启蒙主义所倡导的那种确定的知识和秩序，却有着超越现实的力量，产生出更高层次的（即使是神秘而不确定的）"真"与"美"。本章将分析济慈最著名的三首颂歌，即《夜莺颂》（"Ode to Nightingale"）、《希腊古瓮颂》（"Ode on a Grecian Urn"）和《秋颂》（"To Autumn"）。值得注意的是，这三首颂歌传达的都是诗人面对日常生活中的动物、物件或自然现象时的迷魅瞬间，迷魅既是这些颂歌的主题，也是它们的结构性叙事策略。

第一节 《夜莺颂》：迷魅在"广阔户外"

众所周知，《夜莺颂》写于1819年春天，当时济慈住在朋友查尔斯·布朗（Charles Brown）家里，一只夜莺在房子附近筑巢。一天清晨，济慈搬一把椅子，独坐在梅树下的草坪上，心潮澎湃，写下这首传世之作，抒发他对夜莺歌唱的迷魅之情。诗歌的创作过程本身就颇具"迷魅"色彩：诗人独坐树下，循着夜莺的歌声，化身为鸟飞进树林，在半梦半醒间写下诗行。

《夜莺颂》的叙事进程揭示的也是一个出入"迷魅"状态的全过程。在第一诗节，说话人（speaker）[1]陷入一种麻木的忘我状态，犹如"饮过毒鸩/又像是刚刚把鸦片吞服"（70），开始被林间夜莺嘹亮的歌声迷魅。第二诗节更进一步，说话人强烈表达要与夜莺同去的愿望："哦，我要一饮而悄然离开尘寰/和你同去幽暗的林中隐没"（71）。在第三诗节，说话人和19世纪初众多浪漫主义者一样，表达对丑陋而易逝的现实的不满，为接下来表达化身夜莺后的欢欣做准备。在说话人眼里，"这使人对坐而悲叹的世界/青春苍白、消瘦、死亡/而'瘫痪'有几根白发在摇摆"（71），"美保持不住明眸的光彩/新生的爱情活不到明天就枯

---

[1] 费伦将抒情诗歌中的说话主体命名为"说话人"（speaker），以区别于叙事中的说话主体，即叙述者（narrator），但他同时指出，在抒情诗歌中，说话人与诗人之间一般没有距离。参见James Phelan, *Narrative as Rhetoric: Technique, Audiences, Ethics, Ideology* (Columbus: Ohio State University Press, 1996), p.147, 为严谨起见，本章采用"说话人"这个术语，而不直接用"诗人"（或"济慈"）。

凋"(71)。从第四到第七诗节,说话人如灵魂出窍一般,与夜莺同行飞翔,在月夜中掠过树林,君临万物,在那一瞬间超越生死和时空,获得了永恒的感受。第八诗节(也是全诗最后一节),说话人突然从"迷魅"中惊醒,在半梦半醒的状态中回到现实。夜莺的歌声逐渐远去,"流过草坪,越过幽静的溪水/溜上山坡",留下说话人自问:"这是个幻觉,还是梦寐?/……我是睡?是醒?"(74)

对于这次被夜莺迷魅的经历,批评家们大都认为这是济慈"消极能力"的一次绝佳操演。诗中说话人将自我与客观事物相融合,努力克服主观感受对客观现象的影响,体现了与华兹华斯"强烈情感的自然流露"不同的一面。这类评论无疑是正确的,但很少有论者从细节上阐明说话人到底如何克服主观感受,从而抵达梅亚苏所说的"广阔户外"。

我们首先考察第五诗节。这一节里,说话人化身为鸟,御风飞翔:

> 我看不出是哪种花草在脚旁,/什么清香的花挂在树枝上;/在温馨的幽暗里,我只能猜想/这个时令该把哪种芬芳/赋予这果树、林莽和草丛,/这白枳花,和田野的玫瑰,/这绿叶堆中易谢的紫罗兰,/还有五月中旬的娇宠,/这缀满了露酒的麝香蔷薇,/它成了夏夜蚊蚋的嗡营的港湾。(72)

这里,进入迷魅状态的说话人和夜莺一起飞翔,掠过林中的花草树丛:花、树枝、果树、树莽、草丛、白枳花、田野、玫瑰、绿叶堆、紫罗兰、麝香、蔷薇。这些花草树丛自然是出现在说话人视角中的,但它们没有屈从于人类视角下,而是显示出梦幻般的勃勃生机,其秘诀在于说话人克服了自我,削弱了主体意识("我看不出""我只能猜想"),只起到摄像机的作用,把林中万物推向前台。具体地说,济慈在这里使用的是"罗列"叙事技巧,即不按任何顺序地罗列事物,不对物与物之间的关系作任何形式的解释。在当代"物论"主要倡导者之一博古斯特看来,不按任何逻辑顺序罗列事物,可以切断线性语言的表意功能,从而让我们看到"孤立且互为怪异的"物自身。[1] 其实,在中国诗词传统中,

---

[1] Ian Bogost, *Alien Phenomenology, or What It's Like to Be a Thing* (Minneapolis: University of Minnesota Press, 2012), p.40.

这种写法屡见不鲜，最典型的应属那首《天净沙·秋思》："枯藤老树昏鸦，小桥流水平沙，古道西风瘦马。夕阳西下，断肠人在天涯。"该曲的魔力就在于使用了"罗列"手法，说话人不显示任何主体意识，迷魅于周围无边无际的事物中，让物显示自身，释放出它们多样而神秘的物性，这样就赋予了作品悠远无穷的内蕴。

《夜莺颂》的另一处迷魅发生在第七诗节。在第六诗节，说话人在夜莺的歌声中跨越了生死，发现自己"几乎爱上了静谧的死亡"（72），"在午夜里溘然魂离人间"是多么"富丽"（73）。第七诗节接着写道：

> 永生的鸟呵，你不会死去！/饥饿的世代无法将你蹂躏;/今夜，我偶然听到的歌曲/曾使古代的帝王和村夫喜悦，/或许这同样的歌也曾激荡/露丝忧郁的心，使她不禁落泪/站在异邦的谷田里想着家;/就是这声音常常/在失掉了的仙域里引动窗扉:/一个美女望着大海险恶的浪花。（73）

在这里，说话人深深地沉浸在迷魅状态中，全然忘记此时此地，"将遥远时空中互不相干的人和现象"连接起来：高居宫殿的帝王、田间劳作的村夫、《旧约》篇章里思乡落泪的露丝，以及传说中被幽禁城堡的公主，他们都曾听过这永生的夜莺的歌声，并因此获得喜悦、激荡或期待。夜莺的歌声让说话人跨越古今，跨越地域，跨越宗教与神话，进入广阔无垠的境域，用王国维的话来说，说话人进入的境域就是"无我之境"。在王国维那里，抵达"无我之境"的方式有很多种，济慈这里使用的"跨越时空"之法也深得王国维喜欢。在《人间词话》第十则中，王国维认为，李白的"西风残照，汉家陵阙"显示出了大气象，"寥寥八字，遂关千古登临之口"，其原因就在于这两句借西风残照，"表现出超越生命个体而带有普遍意义的生命悲歌"。[1]济慈的夜莺的歌声恰如李白的"西风残照"，勾连古今之变和天人之际，表达出永恒世界神秘无比的况味。与李白不同的是，济慈诗中的说话人在流连永恒世界后，由于"失掉"（forlorn）一词的提示，骤然梦醒，从迷魅状态回到现实世界，无限惆怅地听着夜莺乘歌声杳然远去，留给读者无尽遐想。

---

［1］王国维：《人间词话》，彭玉平评注，北京：中华书局，2014年，第22-25页。

第二节 《希腊古瓮颂》：迷魅在永恒而神秘的真与美中

如果说《夜莺颂》里的迷魅逻辑是先忘记自我，然后进入他者世界尽情徜徉，最后遗憾回到现实，那么《希腊古瓮颂》遵从的是一个不同的叙事逻辑：该诗大部分篇幅都在描写主体对客体的凝视，表达对客体的好奇和客体的不可知性，但在最后一节，主体突然与客体融为一体，而且永远地停留在那里。

无论希腊古瓮是真实存在还是济慈的想象，《希腊古瓮颂》的说话人都像在面对着古瓮发言。他首先将古瓮描述为"委身寂静的、完美的处子"，"受过沉默和悠久的抚育"，然后将古瓮比作"田园的史家"，讲述了一个"如花的故事"。(75) 但是，读者继续往后看就会发现，将古瓮比作史家无疑是一个矛盾修饰，因为尽管古瓮讲述了很多关于少女、风笛、鼓铙、音乐、树木、小牛、祭司、小镇的故事，但这些故事都没有确定的结局，读者无法知道真实发生了什么，而在诗歌的最后，说话人给出了那句"美即是真，真即是美"的著名论断。这句话表达的到底是诗歌说话人的观点，还是古瓮的原话，批评家们争论不休。[1] 此外，批评家们对这句名言的判断也截然不同，比如 T. S. 艾略特（T. S. Eliot）认为这句话是全诗的一个"严重瑕疵"，而海伦·文勒德（Helen Vendler）则认为这句话消解了诗歌中的矛盾情绪，精当地传达了济慈的美学观点。[2] 笔者认为，如果使用"复魅"视角来阅读《希腊古瓮颂》，这两个问题就都能得到较圆满的解答。

《希腊古瓮颂》共分五个诗节。从诗歌的第一行，说话人就开始对眼前的希腊古瓮表示出极大的好奇，对着古瓮发出连环七问：

---

[1] "美即是真，真即是美"这一短语在济慈1820年出版的诗集中有引号，但同一年刊载在《美术年鉴》上的版本中却没有引号。这一差异导致人们对最后两行（"美即是真，真即是美"——这就是/你们在世上所知道、该知道的一切"）有不同理解：有人认为这两行是古瓮所说，也有人认为只有"美即是真，真即是美"是古瓮所说，其余为诗中说话人所说。参见 M. H. Abrams, ed., *The Norton Anthology of English Literature* (New York: W. W. Norton Company, 2000), p.853。

[2] 相关争论参见 Cleanth Brooks, "History Without Footnotes: An Account of Keats's Urn," *The Sewanee Review*, no.1 (1944), pp.95–96。

在你的形体上，岂非缭绕着/古老的传说，以绿叶为其边缘,/讲着人，或神，敦陂或阿卡狄？/呵，是怎样的人，或神？什么样的姑娘不情愿？[1]/多热烈的追求？少女怎样地逃躲？/怎样的风笛和鼓铙？怎样的狂喜？（75）

这一连串的发问将《希腊古瓮颂》的说话人与《夜莺颂》的说话人区别开来。在《夜莺颂》里，说话人一开始就像吸食过鸦片，心思麻木，所以很快就进入迷魅状态，而这里，说话人虽然激动不已，但并未放弃自己的主体性，因此尚能清晰表述自己的问题，似乎想得到这些问题的答案。我们或许可以用wonder（好奇）一词来形容此处说话人的状态。《牛津词典》将wonder解释为"to think about sth. and try to decide what is true, what will happen, what you should do, etc."，即"思考某物，并试图弄清楚其真相，接下来会发生什么，或应该采取什么行动，等等"。很明显，在好奇的状态下，主客体区分依然明显，主体仍保持着一探客体究竟的欲望。

果然，在接下来的两个诗节里，说话人试图赋予古瓮上的图案意义，这也与《夜莺颂》形成了鲜明对比：在《夜莺颂》里，说话人与夜莺合为一体，在树林的万物中徜徉，在无限的时空中穿梭，因此并无探寻夜莺确切意义的企图，而这里的说话人则用激动而确切的语气对古瓮作出了自己的判断。具体地说，《希腊古瓮颂》的说话人认为，古瓮上的一切虽然都无法变成现实，但这种不确定的状态却会永恒存在，而这种永恒比现实更美好。

《希腊古瓮颂》第二、第三诗节里，说话人描写了古瓮上的风笛、树下少年的歌声、恋人的吻、不会落叶的树木、吹笛人、爱：

听见的乐声虽好，但若听不见/却更美；所以，吹吧，柔情的风笛;/不是奏给耳朵听，而是更甜，/它给灵魂奏出无声的乐曲;/树下的美少年呵，你无法中断/你的歌，那树木也落不了叶子;/鲁莽的恋人，你永远、永远吻不上,/虽然够接近了——但不必心酸;/她不会老，虽然你不能如愿以偿,/你将永远爱下去，她也永远秀丽！

---

[1] 此处原文为"What maidens loth?"，查良铮译本此处转译为"在舞乐前"，相当于将济慈原诗的七问变成了六问，此处按照原文添上这漏译的一问，即"什么样的姑娘不情愿？"此外，查译将原文中某些问号改成了感叹号，此处也按原文还原为问号。

>呵，幸福的树木！你的枝叶/不会剥落，从不曾离开春天；/幸福的吹笛人也不会停歇，/他的歌曲永远是那么新鲜；/呵，更为幸福的、幸福的爱！/永远热烈，正等待情人宴飨，/永远热情地心跳，永远年轻；/幸福的是这一切超凡的情态：/它不会使心灵餍足和悲伤，/没有炽热的头脑，焦渴的嘴唇。（75-76）

在这两节里，说话人的情感逻辑是一致的：没有变成现实的就是永恒，而永恒就是美。说话人连续使用八次"永远"（forever）强烈地表达了这个逻辑。于是，听不见的风笛更美更甜，没有完成的爱永不会停止，不会落叶的树木永不会离开春天，吹笛人的歌曲永远新鲜，情人永远年轻。这里，我们可以看到说话人对永恒的渴望和迷恋。值得注意的是，这里的永恒是建立在反现实基础上的，在说话人看来，永恒的美必须是超越现实的，这当然是浪漫主义的核心思想之一。

在表达完"无法实现的永恒就是美"之后，《希腊古瓮颂》的第四诗节突然笔锋一转，关注起古瓮的神秘之"真"：

>这些人是谁呵，都去赴祭祀？/这作牺牲的小牛，对天鸣叫，/你要牵它到哪儿，神秘的祭司？/花环缀满着它光滑的身腰。/是从哪个傍河傍海的小镇，或哪个静静的堡寨的山村，/来了这些人，在这敬神的清早？/呵，小镇，你的街道永远恬静；/再也不可能回来一个灵魂/告诉人你何以是这么寂寥。（76-77）

本节关注古瓮上的人、动物和环境，离开关于永恒与美的思考，进入一种神秘的、宗教般的朦胧状态。仔细阅读这一节，我们会发现，说话人的语气有明显的变化：从第二、第三诗节激动而确切的语气转为缓慢而不确定的语气，"阅读济慈诗歌的经验告诉读者，每当他的叙述速度放慢、笔下的场面变得安静起来，他的诗思总会向幽远处飘逸"[1]。到该节最后一行，说话人已经完全放弃认知古瓮的努力，开始将自己融入神秘的古瓮，也就是说，说话人这时才真正进入迷魅状态。有论者认为，《希腊古瓮颂》是艺格敷词（ekphrasis）的经典范例，在从图像转为文字

---

[1] 傅修延：《济慈"三颂"新论》，《江西社会科学》2007年第2期，第226-236页。

的过程中,想象起到了关键作用。[1]但事实上,该诗在前三诗节里并没有多少想象的成分,说话人面对古瓮只是在表达好奇和"永恒即美"的哲思,到第四节,说话人才开始真正进入想象世界。在这里,小牛、祭司、山村、小镇街道都真实存在,但说话人突出了对天鸣叫的小牛、神秘的祭司、安静寂寥的小镇背后隐藏的无人知晓的秘密。说话人的思绪已经越过古瓮的表面图像,刺入其更深层的真相。非常有趣的是,这与当代西方流行的一种超越现实的哲学(其中的代表是"面向物的哲学")非常相似。该派哲学认为,真实的物永远处于隐退状态,文学艺术的核心就是提供一种"诱惑"结构,让读者超越表象,瞥见物的"深"不可测的实在性。[2]《希腊古瓮颂》第四诗节提供的正是这样的"诱惑"结构,刺激读者思考隐藏在古瓮表象背后更深的真实。

这样,我们就不难理解,在《希腊古瓮颂》的最后一节,说话人宣称"沉默的形体呵,你像是永恒/使人超越思想"(Thou, silent form, dost tease us out of thought/As does eternity)。济慈这里使用了 tease 一词,该词的意思是"戏弄,撩拨",这让我们想到哈曼所说的"诱惑"。换句话说,就像永恒释放"美"那样,神秘的古瓮把人从理性之思(thought)中释放出来,使人进入无法用理性思考的、最深沉的"真"。在这个意义上,"永恒之美"就是"深沉之真",两者都超越了思想,从而在理性之思外获得统一。在理性之思外,古瓮和说话人似乎也合二为一,不分彼此:

> 等暮年使这一世代都凋落,/只有你如旧;在另外的一些/忧伤中,你会抚慰后人说:/"美即是真,真即是美,"这就包括/你们所知道、和该知道的一切。(77)

由此看来,"美即是真,真即是美"既不是艾略特所说的"巨大缺陷",也不像文德勒所说"消解了矛盾情绪",因为《希腊古瓮颂》里并不存在矛盾情绪,真与美在理性之外获得统一是诗歌情绪发展的自然结果。至于"美即是真,真即是美"到底是古瓮的原话,还是说话人的观

---

[1] 参见章燕:《让无声的古瓮发出声音——济慈〈希腊古瓮颂〉的艺格敷词与想象》,《外国文学评论》2017年第2期,第167-182页。
[2] Graham Harman, "The Well-Wrought Broken Hammer: Object-Oriented Literary Criticism," *New Literary History*, vol.43, no.2 (2012), pp.183–203.

点，这个问题也不重要，因为在诗歌的最后一刻，说话人已经完全被古瓮迷魅，两者没有任何区别。

第三节 《秋颂》：迷魅在立体而动感的大自然中

《秋颂》被认为是济慈生前最后一个重要作品。1819年9月21日，也就是写完《秋颂》两天后，济慈在给朋友雷诺兹的信中解释了创作这首诗时的心境："现在这个季节多么美妙——空气真好，温和的犀利。说真的，不开玩笑，是那种贞洁的天气——狄安娜的天空——我从未像今天这样喜欢收完庄稼后的茌田，是啊，它比春天里冷冰冰的绿意要好多了。不知怎的茌田看起来很温暖……我星期天散步时，这种思想使我触动如此之深，以至于我沉吟起来。"[1] 如此看来，尽管批评家对《秋颂》有各种各样甚至相互抵牾的阐释，[2] 但《秋颂》诞生于一种深切的温暖之感，这是毋庸置疑的事实。

那么，这种深切的温暖之感如何体现在诗行中？引人注目的是，几乎所有《秋颂》的评论者都提到该诗说话人自我的消失。比如"博物学对济慈（《秋颂》）的影响远不止单个意象，它还是一种眼光（把自然万物——星体、动植物、人类——视为一个整体的'上帝'般的眼光），一种胸怀"；[3] "（《秋颂》中）感情的表达温和而非热烈，诗人的'自我'隐蔽而非张扬，充分体现了诗人淡化个性色彩的'客观感受力'的诗学理念"；[4] "在主客相遇的整个过程中，诗人给予了客体充分的主动权，秋始终在主动地展示她的风情与韵味"。[5] 的确，无论在《夜莺颂》中还是

---

[1] 约翰·济慈：《济慈书信集》，傅修延译，北京：东方出版社，2002年，第385-386页。
[2] 关于批评家对《秋颂》不同阐释的综述，参见卢炜：《新历史主义方法论与〈秋颂〉研究——论济慈诗歌文本阐释的一个基本原则》，《外国文学研究》2019年第6期，第112-120页；王芳：《承受与创造——〈秋颂〉之争及其哲理内涵》，《外国文学评论》2011年第4期，第54-64页。
[3] 王芳：《承受与创造——〈秋颂〉之争及其哲理内涵》，《外国文学评论》2011年第4期，第54-64页。
[4] 黄春燕：《忧而不伤的浪漫主义颂歌——解读济慈的〈秋颂〉》，《北京第二外国语学院学报》2008年第10期，第35-39页。
[5] 黄擎、许诚：《约翰·济慈"消极感受力"内涵解析》，《外国文学研究》2015年第6期，第92-100页。

《希腊古瓮颂》中，虽然说话人在极力将自我融入他物，但说话人的自我存在感明显；《夜莺颂》中，说话人经历了"主客分离——主客融入——主客分离"的过程，《希腊古瓮颂》中，说话人经历了"主客分离——主客融入"的过程，而《秋颂》中，说话人一开始就消弭自我，融入客体，而且将这种迷魅感一直保持到诗歌最后一行。

贝内特将迷魅的效果定义为一种"充溢、多样、有活力的情绪""回到孩童般生命悸动的感觉"，[1]用这个说法来观照《秋颂》中深切的温暖之感可谓恰如其分。《秋颂》中充满了植物、动物、色彩和声音：雾气、果实、太阳、葡萄藤、花朵、田垄、小飞虫、蟋蟀、知更鸟、羊群、燕子……，在短短三个诗节罗列大量事物，"完全是一篇对物候的白描之作"。[2]这样的白描制造出两种效果：一是万物平等，二是秋之无限神秘。首先，大量动植物的并置，淹没了作为观察者的说话人的主体性，而且这些并置没有体现任何目的性的秩序，仿佛物在自我呈现，这样世界各主体之间似乎被扁平化了，[3]没有等级之分，说话人似乎也变成万物之一，迷魅在丰腴的秋色之中。其次，济慈如此密集地将动植物及其声色杂乱地堆放在一起，犹如为读者绘出了一幅立体的（cubist）秋之画。哈曼曾经讨论过这种文学现象，认为大量堆积事物的表面特征可能会让读者越来越游离在事物本身之外。[4]《秋颂》即是如此。说话人"乱花渐欲迷人眼"般地提及秋天的各种现象，但言有尽而意无穷，读者却从中体会到了秋天的无限与神秘。[5]

有趣的是，济慈在《秋颂》中大量使用了拟人手法（anthropomorphism），一些评论者据此认为这破坏了济慈"诗人无自我"的诗学原则。[6]但是，拟人手法本身并不一定导致诗人自我的显现。我们不妨看看《秋颂》第二诗

---

[1] Jane Bennett, *The Enchantment of Modern Life: Attachments, Crossings, and Ethics* (Princeton and Oxford: Princeton University Press, 2001), p.5.
[2] 傅修延：《济慈"三颂"新论》，《江西社会科学》2007年第2期，第226-236页。
[3] "扁平本体论"（Flat Ontology）是拉图尔的核心概念，意为社会中的人类和非人类在本体上没有高低之分。参见 Bruno Latour, *Reassembling the Social: An Introduction to Actor-Network-Theory* (New York: Oxford University Press, 2005)。格特里博在讨论英国浪漫主义诗人时，也以"扁平本体论"为框架讨论了济慈的诗歌。参见 Evan Gottlieb, *Romantic Realities: Speculative Realism and British Romanticism* (Edinburgh: Edinburgh University Press, 2016), pp.188-230.
[4] Graham Harman, *Weird Realism: Lovecraft and Philosophy* (Winchester: Zero Books, 2012), p.12.
[5] 在某种意义上，这也可能是批评家对《秋颂》有各种不同解读的原因之一。
[6] 相关争论参见王芳：《承受与创造——〈秋颂〉之争及其哲学内涵》，《外国文学评论》2011年第4期，第54-64页。

节,该诗节对秋天进行了各种拟人化处理:

> 谁不经常看见你伴着谷仓?/在田野里也可以把你找到,/你有时随意坐在打麦场上,/让发丝随着簸谷的风轻飘;/有时候,为罂粟花香所沉迷,/你倒卧在收割一半的田垄,/让镰刀歇在下一畦的花旁;/或者,像拾穗人越过小溪,/你昂首背着谷袋,投下倒影,/或者就在榨果架下坐几点钟,/你耐心地瞧着徐徐滴下的酒浆。(92-93)

这里,秋天被描写为动感十足的人类,出现在各种不同的地方:谷仓、田野、打麦场、田垄、小溪、榨果架等。然而,正如傅修延教授指出的那样,这个人格化的秋神,"仍定格在一个个不相连续的画面中",[1]也就是说,这个不断跳跃的秋神,并未屈从于人类安排的某种意志,而是像自由的精灵,流连在谷仓、田野、打麦场这些地方。这样,在《秋颂》的说话人眼中,秋既展现了无穷活力,又存在于人类意义框架之外,具有贝内特所谓的"孩童般的活力"。不难看出,济慈的拟人化手法与一般童话或寓言类作品有本质差异,体现了当代思辨哲学家沙维罗提出的"谨慎的拟人化"特征。沙维罗坚持万物有灵论,认为应该赋予非人类以灵魂,但同时需要避免将非人类看成人类思想的载体,他因此提出"谨慎的拟人化"。[2]《秋颂》的说话人迷魅在一片秋色中,不知不觉把秋拟人化,追随其脚步体验秋的活力和温暖,在此过程中,说话人没有对秋施加任何影响,而是任其信马由缰,自由奔腾在田野乡间,最好地实现了济慈"诗人无自我"的创作思想。

第四节 余论:济慈的现代价值

在《济慈诗歌与诗论的现代价值》一书中,傅修延教授认为济慈的现代价值体现在四个方面,即"树立了不受商业化潮流裹挟的人文楷

---

[1] 傅修延:《济慈"三颂"新论》,《江西社会科学》2007年第2期,第226-236页。
[2] Steven Shaviro, *The Universe of Things: On Speculative Realism* (Minneapolis: University of Minnesota Press, 2014), p.61.

模"，"提出了一系列具有原创性的文艺见解"，"开启了一种全新的时间观念"，"表现出先知先觉的生态敏感"。[1] 就"生态敏感"而言，傅修延教授将济慈定位为"最早从'城里人'角度颂扬自然的诗人"，"批评'水泥森林'的第一位诗人"。[2] 这一洞见从某种意义上掀起了国内济慈研究的生态维度热潮。本章试图从"复魅"这个角度重新审视济慈的"生态敏感"，将济慈定位为"复魅的浪漫主义诗人"，使之与同时期其他浪漫主义诗人区别开来。在"复魅"视角下，济慈的"生态敏感"主要体现在他对万物平等的体认，对万物无限性和神秘性的感知，对万物活力抱有的"孩童般的欣喜"。对济慈三首颂歌的重新解读表明，"迷魅"既是这些颂歌极力表达的主题，也是这些颂歌的结构性叙事策略：《夜莺颂》里，说话人先是变得麻木，继而随着夜莺的歌声，迷魅在穿越时空的"广阔户外"，最后又回到现实；《希腊古瓮颂》里，说话人先是对着古瓮表达好奇并进行思考，但又突然陷入古瓮悠远而神秘的过去，与古瓮合二为一；《秋颂》里，说话人一开始即被动感而立体的秋迷魅，在动感十足的秋的脚步和美妙的音乐中收获温暖，一直到诗歌结束。

济慈颂歌的"复魅"叙事反映了他对启蒙理性的怀疑，这份怀疑在今天的后人文主义时代有特别重要的意义。当今科技水平达到前所未有的高度，人们对世界的知识越来越多，但人们也发现，当人类自傲于自己所取得的成就时，世界似乎正变得愈加深不可测和难以把握。与此同时，人类的自傲导致了人类与非人类关系的紧张以及生态的系统性破坏。在此背景下，国内外学界都兴起了"物转向"，其核心就是通过关注物的自主性来弱化"主体对万物的支配和对抗关系"，让主体陷入沉默。[3] 由此看来，如果"消极能力"和"诗人无自我"是济慈的诗歌创作原则，那么"复魅"就是实现这些原则的具体路径。经过200年人类主导的"黑沉沉的往昔与时间的深渊"，济慈终于穿越回来，将自己的名字稳稳地刻写在当代人的心上。

---

[1] 傅修延：《济慈诗歌与诗论的现代价值》，北京：北京大学出版社，2014年，第4-7页。
[2] 同上，第7页。
[3] 汪民安：《物的转向》，《马克思主义与现实》2015年第3期，第96-106页。

第十章

平等的物:谨慎的拟人化、兽人与巴斯的动物叙事[1]

用拟人化的方法来讲述动物故事有一个明显的悖论:本意表达动物主体的故事往往落入人类中心主义的陷阱。为此,思辨哲学家沙维罗提出了"谨慎的拟人化"概念,其核心是在不消除人类的前提下,谨慎地赋予世间万物"情感"(feelings),这样就能在很大程度上消弭人和万物在本体上的差异,实现"去人类中心"的效果。"谨慎的拟人化"正是美国著名自然作家巴斯创作的动物叙事的故事逻辑。在他的动物叙事中,人类在很大程度上变成了动物,而动物被谨慎地赋予了人类情感,这样,人和动物往往在某个时刻相互对望,实现了深层生态意义上的平等:人和动物都具有各自的主体性,没有本体级差,同属大自然的组成部分。

---

[1] 本章主要内容曾发表于《英语研究》2019年第2辑。

第一节 物转向与谨慎的拟人化

过去15年中，在"后人文主义"和"去人类中心主义"的整体思潮下，国内外学界出现了明显的"物转向"或"物质转向"或"新物质主义"，[1]这一转向不仅挑战了文艺复兴以来的现代性进程所确立的"人类中心"，也被广泛视为对以"语言学转向"和"文化转向"为代表的后结构主义的超越。后结构主义虽然极大削弱了本质意义上的人类主体性，但与此同时，也忽略了实在的客体，而"物转向"则试图让我们重新回到客体自身，去探索人类之外的、实在的物。

毫无疑问，认为物与人类在本体上的平等是这波"物转向"的核心所在。拉图尔用"扁平本体论"，博古斯特用"薄本体论"这样的概念来传达人类和物之间没有本体级差的思想。但是，到底应该怎样来书写人类和物之间的平等呢？正如很多评论家怀疑的那样，只要使用人类语言，任何形式的书写都必然暗含人类至上的痕迹，因此从逻辑上讲，为了消除人类中心，就必须消除人类语言，甚至人类自身，这就是梅亚苏和布雷西亚这样的"消灭主义"代表人物的基本立场。前者将想象的触角伸向人类出现之前的原化石时代，并由此提出"广阔户外"这一著名概念，[2]后者则着眼未来的"无限虚无"，想象人类消亡后"没有我们的世界"是什么模样。[3]在梅亚苏看来，"广阔户外"的运作逻辑是偶然性和非理性，但在"必然的偶然性"作用下，世界的形状呈对称的数学模型，这等于在"广阔户外"中完全消除了人类的能动作用。但另外一些哲学家并不持这种"人类虚无"的观点，而是试图建立一种新型人类观，即"人类不再是存在的主宰。相反，人类只是诸存在之一，混杂于诸存在中，并与其他存在发生关联"。[4]为

---

[1] Christopher Breu, *Insistence of the Material: Literature in the Age of Biopolitics* (Minneapolis: University of Minnesota Press, 2014), p.8.
[2] 参见 Quentin Meillassoux, *After Finitude: An Essay on the Necessity of Contingency*, trans. Ray Brassier (New York: Continuum, 2008)。
[3] 参见 Ray Brassier, *Nihil Unbound: Enlightenment and Extinction* (London: Palgrave Macmillan, 2007)。
[4] Ian Bogost, *Alien Phenomenology, or What It's Like to Be a Thing* (Minneapolis: University of Minnesota Press, 2012), pp.16-17.

了实现"物"与人类的平等,沙维罗这样的哲学家选择了另外一条道路,即坚持万物有灵论,认为灵性不是人类特有的,而是所有生命的前提,物的价值既是内在的,又存在于与其他物的关系中。[1]沙维罗进一步认为,为了避开人类中心主义,某种"谨慎的拟人化"是"必要的":赋予石头情感,恰恰可以避免认为只有人类才有情感的二元论。[2]同样,贝内特也认为"值得去冒拟人化带来的风险……因为拟人化让人惊讶地抵制了人类中心主义:人和物连接起来了,'我'不再高于物,也不再外于非人环境"。[3]

不难看出,在坚持万物有灵论的前提下,无论沙维罗还是贝内特都对拟人化带来的问题有清醒的认识。事实上,如果转向古今中外的虚构文学作品,我们可以找到大量的拟人化作品,其中既有把拟人当作一种修辞手段的局部拟人化,比如海明威在《弗朗西斯·麦考伯的短暂幸福生活》中对受伤的狮子进行拟人化,也有把拟人当作谋篇布局的整体拟人化,比如《伊索寓言》中的很多动物故事。以约翰·拉希金(John Ruskin)为代表的批评家将拟人化斥为"情感谬误"(pathetic fallacy),这固然是基于笛卡尔"只有理性人类才有情感"的基本看法,[4]但我们也必须看到,很多拟人化实际上的确是一种人类情感投射,这种拟人化将物完全等同于人类,因此不仅不能实现"去人类中心",反而强化了人类中心。正如布伊尔在《环境批评的未来:环境危机与文学想象》(*The Future of Environmental Criticism: Environmental Crisis and Literary Imagination*)指出的那样,没有一个人可以作为环境、作为自然、作为一个非人类动物来说话,那种以物的视角来取代人的视角从而企图达到反人类中心意图的写作往往演变为一种新的人类中心主义。[5]马塞尔·奥格曼(Marcel O'Gorman)也不无反讽地将这种物视角叙述方法归结为人类在向物示爱(包括性爱、友爱和柏拉图式的精神之爱),体现的

---

[1] 参见 Steven Shaviro, "Consequences of Panpsychism," in *The Nonhuman Turn*, ed. Richard Grusin (Minneapolis: University of Minnesota Press, 2015), pp.19-44。

[2] 参见 Steven Shaviro, *The Universe of Things: On Speculative Realism* (Minneapolis, London: University of Minnesota Press, 2014), p.61。

[3] Jane Bennett, *Vibrant Matter: A Political Ecology of Things* (Durham and London: Duke University Press, 2010), p.120.

[4] Bruce Thomas Boehrer, *Animal Characters: Nonhuman Beings in Early Modern Literature* (Philadelphia: University of Pennsylvania Press, 2010), p.2.

[5] 参见劳伦斯·布伊尔:《环境批评的未来:环境危机与文学想象》,刘蓓译,北京:北京大学出版社,2010年,第9页。

是人类与无穷世界沟通的欲望。[1]正因为如此，笔者认为沙维罗的"谨慎的拟人化"概念显得格外重要，它一方面强调我们有必要认为物与人类一样具有灵性，另一方面也提醒我们不能将物和人类等同起来：人类和物主体各异，但都有灵性，同属"广阔户外"的组成成分。赫尔曼指出，最有价值的动物意识再现方法是他所谓的"客观世界探索"（umwelt exploration），即"尽可能地使用区分度和细节，再现动物如何感知其周围环境"，[2]这里的"客观世界探索"与"谨慎的拟人化"可谓异曲同工。此外，朱莉安娜·希萨瑞（Juliana Schiesari）的"自我反思型拟人化"（self-reflective anthropomorphism）思想也与沙维罗的"谨慎的拟人化"高度相似。"自我反思型拟人"既承认动物与人的相似性，又包容彼此的主体性，这种自我反思与自我批评的态度既让人们更接近动物真相，也敦促人们放弃人类中心主义思想。[3]非常有意思的是，在当代美国著名的自然作家巴斯的动物叙事中，笔者发现，"谨慎的拟人化"正是这些叙事背后的运作逻辑，和"谨慎的拟物化"一起，巴斯最终营造出了一个人类和动物相互独立又完全平等的"去人类中心主义"的世界。

第二节 超越人类情感的动物灵性

出生于1958年的巴斯无疑是当代美国最有影响力的自然作家之一，O. 阿兰·威尔兹恩（O. Alan Weltzien）称巴斯是当代自然作家的"领头羊"。[4]作为自然作家，巴斯喜欢书写动物，比如《一条鱼的故事》（"Fish Story"）、《雅克峡谷的那条黄狗》（"Brown Dog of the Yaak"）、《熊的神话》（"The Myths of Bears"）、《九里沟狼群》（"The Nine mile

---

[1] 参见 Marcel O'Gorman, "Speculative Realism in Chains: A Love Story," *Angelaki*, vol.18, no.1 (2013), pp.31–43。
[2] David Herman, "Storyworld/Umwelt: Nonhuman Experiences in Graphic Narratives," *Substance*, vol.40, no.1 (2011), p.175.
[3] Juliana Schiesari, *Polymorphous Domesticities: Pets, Bodies, and Desire in Four Modern Writers* (Berkley: University of California Press, 2012), p.20.
[4] O. Alan Weltzien, ed., *The Literary Art and Activism of Rick Bass* (Salt Lake City: The University of Utah Press, 2001), p.6.

Wolves"）、《天鹅》（"Swans"）、《她的第一头麋鹿》（"Her First Elk"）等。在这些动物叙事中，动物富有灵性，但巴斯同时又特别提醒读者，动物具有不同于人类的实在性，因此，人类不能把自己的情感透射到动物身上。

在《隐者的故事》中，巴斯通过嵌入叙述者安，讲述了一个人类与动物、人类与荒野的故事。小说中，安帮格雷训练了六只德国猎犬，冒着风雪开车将猎犬送回给格雷，并告诉他怎样利用她新发现的这些猎犬的才能。作者这样描写安和那些猎犬："她就像一位雕塑家或者其他什么艺术家……那些猎犬则像一些粗糙的石块，其内部形式已然存在，只是等待被凿放出来，绚丽地进入这个世界"，但是如果离开安，"这些猎犬的伟大就会消失回石块中"。[1] 这里，巴斯突出了这些猎犬的灵性，认为这是其固有本质。在小说的后半部分，巴斯还借用正在冬眠的鹧的视角，对它们进行了想象。在这严酷的荒野，这些鸟儿没有选择迁徙，而是努力找到一种新的生存方式，因为它们千百万年的生存经验告诉它们，眼前的严酷不过是序曲，冰封在大地下的"丰盈、神奇和希望"很快就会复活。当它们睁开眼睛，将最先见证再次怒放的绿色大地，而彼时在它们身边经过的猎犬、人、火把不过是"冬天的梦境"（12-13）。在这里，巴斯强调的依然是这些鸟儿不以人的意志为转移的固有灵性。

《天鹅》是另一篇颇具巴斯特色的短篇小说。小说使用第一人称叙述者"我"讲述了邻居比利和艾米夫妇的故事，当然还包括他们屋前池塘中的天鹅。比利和艾米在池塘边建造了一间小木屋，在里面放一架钢琴。这间钢琴屋"四面有窗"，只要不下雨，艾米就会打开窗户，给天鹅们演奏音乐。[2] 每当此时，池塘中的天鹅"就会列队浮在水面，就像学校合唱团里的孩子们一样，认真地听"（203）。在这里，人类的音乐似乎触动了动物的灵性，让天鹅具有了与人类同样的情感（"就像学校合唱团里的孩子们"）。然而，在小说的最后，当"我"和艾米用卡车运回死在森林中的比利的尸体，经过池塘时，"天鹅们看着我们，与往常一样安静，在火光中显得那么优雅和完美……我摇下车窗，心里想，我们经过的时候，

---

[1] Rick Bass, "The Hermit's Story," in *The Best American Short Stories, 1999*, eds. Amy Tan and Katrina Kenison (New York: Houghton Mifflin Company, 1999), p.3. 笔者的译文。以下只标注页码。

[2] Rick Bass, "Swans," in *For A Little While: New and Selected Stories by Rick Bass* (New York: Hachette Books Group, 2016), p.202. 笔者的译文，以下只标注页码。

有些天鹅会为比利的死去叫上几声吧。但是，我很快就记起来，天鹅只有在自己临死才会叫，而且只叫一次"（211）。这里，叙述者"我"首先赋予了天鹅人类般的灵性，赞扬天鹅的"优雅和完美"，但紧接着又表明天鹅的灵性是其独有的，与人类经验无关。这种"谨慎的拟人化"手法既提升了动物的本体地位，又避免了这个过程中的人类中心主义。事实上，巴斯明确反对在小说中使用拟人的手法，也就是"将人类属性投射到动物的叙事方式"，[1]他认为动物自有"性情、灵魂和情感"，自然也有其内在的"系统逻辑"。[2]事实上，巴斯明确反对在小说中使用拟人的手法，也就是"将人类属性投射到动物的叙事方式"。他认为动物和自然有其内在的、人类不能理解的"系统逻辑"，作家应该努力走进这个系统逻辑去体验，而不是去操控。[3]

第三节　带有动物属性的人类

在将动物描写得具有灵性但又超越人类情感的同时，巴斯在其小说中又往往将人类从文明属性中剥离出来，使之带上一定的动物属性。乔纳森·约翰森（Jonathan Johnson）认为，巴斯的写作继承前辈梭罗的传统，塑造了"在天性上自我依靠的人物，即动物人"。[4]应该说，这个判断非常贴切，但巴斯的"动物人"或"兽人"（furry man）不仅仅表现为"天性上自我依靠"，而且也表现为对人类文明及理性的远离。与小心翼翼地"拟人"一样，巴斯在将人类"拟物"的时候，也刻意突显了人类与动物既有相似性，又有各自的主体性，借鉴沙维罗的说法，笔者将这种"拟物"称为"谨慎的拟物化"（cautious metamorphosis）。

---

[1] Philip Armstrong, *What Animals Mean in the Fiction of Modernity* (London: Routledge, 2008), p.3.
[2] Kimi Faxon, "The Ecotone Interview with Rick Bass," *Ecotone*, vol.1, no.2 (2006), pp.38-42.
[3] Scott Slovic, "A Paint Brush in One Hand and a Bucket of Water in the Other: Nature Writing and the Politics of Wilderness," in *The Literary Art and Activism of Rick Bass*, ed. O. Alan Weltzien (Salt Lake City: The University of Utah Press, 2001), p.37.
[4] Jonathan Johnson, "Tracking the Animal Man from Walden to Yaak," in *The Literary Art and Activism of Rick Bass*, ed. O. Alan Weltzien (Salt Lake City: The University of Utah Press, 2001), p.75.

在《隐者的故事》中，巴斯把主人公之一罗杰描述成自然的化身："他不识字，正在察看那些空空的酒瓶。他认出了'这''在''美国'这些字眼。也许他永远都不会学识字了，也许他根本就学不会……"[1]和小说的女主人公安一样，罗杰也是不折不扣的大自然的隐者，与文明世界保持着距离。在这篇小说中，人物被描述成与动物一样具有超越人类理性的"物性"。比如，安在给格雷送猎犬的路上，"她能嗅到冷杉和云杉的味道，嗅到雪下几英尺深的桤木和三叶扬叶子的味道……驶过小溪河流时，能品尝出水中游鱼的滋味"（3）。只有像安这样的隐者才能如此深谙自然，她对自然的了解完全基于直觉，而不是理性。正如萨伏所论述的那样，"巴斯一贯认为，人类本质是自然的，他们的意识与其居住的环境不可分割。"[2]在严酷的雪野中，安的动物性得以显现。在另外一些小说中，他甚至直接将人类描述成动物。比如，在《岩石的生命》（"The Lives of Rocks"）中，巴斯透过吉儿的视角，将沃克曼家兄妹俩看成狼或熊一样的动物："……当她看到他们从森林走出来的时候，因为下雪看不清楚，她的第一反应他们是狼，甚至是熊。他们的动作让她觉得他们不是人类。"[3]此外，在这篇小说中，巴斯还将人和动物并置，仿佛人就是动物中的一员，如沃克曼一家育有"五个从两岁到十五岁的孩子，还有一群活蹦乱跳的家畜：鸡、奶牛、猪、山羊、马、矮种马和火鸡"（68）。

《小说100篇：短篇小说选集》（*Fiction 100: An Anthology of Short Fiction*）第7版收录了巴斯的短篇小说《鹿角》（"Antlers"）。这篇小说描写了生活在山谷的一群人的故事，每当万圣节来临，这群人就会聚在一起，头戴鹿角，"每年扮一次被猎杀的动物"。[4]除了叙述者"我"，小说还有另外两位主人公，分别是苏茜和兰迪。苏茜是山谷里唯一的女性，她与兰迪之外的所有男性约会，"有一种规律性，一种节奏，完全是她自己的节奏，与我们——男人——的请求和欲望无关"（74），兰迪则是山谷里唯一用弓箭猎杀动物的男人，"我知道这很残忍，但我没办

---

[1] Rick Bass, "Swans," in *For A Little While: New and Selected Stories by Rick Bass* (New York: Hachette Books Group, 2016), p.2. 笔者的译文，以下只标注页码。
[2] Stephanie Sarver, "Environmentalism and Literary Studies," *Rocky Mountain Review of Language and Literature*, vol.49, no.1 (1995), p.110.
[3] Rick Bass, *The Lives of Rocks* (New York: First Mariner Books, 2007), p.92. 笔者的译文，以下只标注页码。
[4] Rick Bass, "Antlers," in *Fiction 100: An Anthology of Short Stories*, 7th Edition, ed. James H. Pickering (Englewood Cliffs: Prentice Hall, 1995), p.74. 笔者的译文，以下只标注页码。

法控制，我必须这么干"（77）。苏茜从来不和兰迪约会，正是因为她觉得这种猎杀方式太残忍，但在叙述者看来，"用弓箭猎杀固然不好，但兰迪就是兰迪，与那些跟苏茜约会的男人相比没有区别"（74）。不难看出，作为女性的苏茜和作为猎手的兰迪有一个共同特点，那就是他们都最大限度地摆脱了人类理性的规定性，如动物般按照自己的性情而活，而在这个过程中，他们也都表现出自己残忍的一面：苏茜是对男人的残忍，兰迪则是对动物的残忍。山谷里的人对苏茜和兰迪的残酷不以为意，从而也显示出他们的动物性，正如小说叙述者评论的那样，"狼会挖空猎物的内脏；生活就是这么残酷。死了就是死了，不是吗？痛苦哪里都一样"（74）。有趣的是，也许因为苏茜过于与动物共情，当她站在人类的角度指责兰迪"残忍"的时候，却没有意识到她自己对男人（尤其是兰迪）的残忍。在小说最后一幕，当"今年的万圣节聚会"结束后，"我"、苏茜和兰迪一起走在回家的路上，趁着酒劲，苏茜终于当面指责兰迪："你就是一个混蛋，你知道吗？……你太冷血了……你让我害怕"，"我"正要制止苏茜，却看见兰迪眼中闪过"令人可怕的暴怒"（terrible fury），但很快"礼貌的面具"（the polite mask）又重新回到他脸上，三个人继续前行，"头上的鹿角来回摆动，那些不知道我们不是野生动物的人，很可能就举枪瞄准我们了"。（79-80）小说这个意味深长的结尾既暗示了人类理性的存在，又在很大程度上模糊了人类和动物之间的界限：苏茜站在人类理性的角度对兰迪进行指责；兰迪流露出野兽般的"暴怒"眼神后又回归人类的"礼貌"；戴着鹿角在夜色中前行的三个人虽然不是野生动物，却非常容易成为猎人的目标。借这个结尾，巴斯也许是在表明：人类与动物有区别，但人类和动物的边界并没有我们想象的那样分明。

第四节 当人类和动物相遇

如果以上分析是准确的，我们就能分辨出巴斯动物叙事中的"谨慎"写作策略：动物可以有灵性，但并不像人类那样开口说话，也不会按照人类理性行事；人类可以像动物，但依然保留着人类的特性。这样，人类和动物都有灵性，但又各自不同，人类既不能代替动物发声，也不能完全变成动物。在巴斯的小说中，人类和动物相遇对望的那些瞬间精彩地演绎了人类和动物这种相异共生的平等关系。

在巴斯发表于2000年的小说《洞穴》中，拉塞尔和他女朋友由于一个偶然的机缘，赤身裸体地进入一个50米深的废弃地下矿井。从矿井出来，两个人似乎不再属于人类。这时，他们与一头母鹿和小鹿不期而遇，两头鹿"一跃而起，惊恐地看着他们好半天，没有认出他们是人类，最后它们摇着尾巴，慢慢地走进了树林"。[1] 在这里，人类和鹿相互对望，互不打扰，然后各自前行，这种人类和动物相遇却不相扰的场景，将读者带入人类理性之前的世界。在《岩石的生命》中，巴斯用主人公吉儿的眼光细腻地描述了她与一头鹿的相遇对望的过程。起初她听到"从河对岸传来树枝折断的声音，声音那么近那么有力，她想这声音不可能是像鹿那样优雅和安静的动物发出的"，[2] 后来她终于看到了他的样子："他站在那儿，像花园里的雕像一样一动不动，唯有一双眼睛透出生气，似乎一直望着她。他好像已发现了躲在树枝背后的她，终于，他从石化般的沉思中出来，向她走来……"(104)"他停下，仿佛忘记身在何处，而后似乎又陷入了沉思。挨近一些，她看到搏斗在他脸上留下的那些伤疤，看到他鼻孔呼出的团团白雾，这个老家伙过河都气喘吁吁了。"(105) 吉儿被他的"优美和典雅"深深迷住，"他虽然老迈但周身充满优雅和自信"，"小心踱步""向她走来"；他"看着她的小屋"，吉儿"内心涌起一阵温暖"，如痴如醉，以至于忘记了自己是在打猎，直到"这头鹿向树林深处游荡离去"。(104-106) 透过巴斯的描写，读者读到的是一个与人类享有同样尊严的动物生命。虽然对这个生命的归宿和意义，巴斯只字不提，但这恰恰也是巴斯的叙事意图所在：动物自有"性情、灵魂和情感"，人类不能把自己的认知强加给动物，人类只需明白，动物有自己的灵性，在生命这个层次上，动物和人类完全平等。从这个意义上，我们可以说，巴斯的动物叙事是苏珊·麦克休（Susan McHugh）定义的"主体间性小说"（intersubjective fiction），在这样的小说中，"不同物种在一起，没有神奇或超自然的心灵相通魔力，相反，这些物种只有正常的行为……在从没见过的、特别恶劣的条件下

---

[1] Rick Bass, "The Cave," *Paris Review*, vol.156, no.4 (2000), p.160.
[2] Rick Bass, *The Lives of Rocks* (New York: First Mariner Books, 2007), p.104. 笔者的译文，以下只标注页码。

一起成功地劳作和生活"。[1]

用人类语言讲述"去人类中心"的故事必包含一个明显的悖论，因为这样的故事始终暗含人类中心的痕迹，用拟人化的手法来书写动物故事尤其如此，历来学界对拟人化都存在两种针锋相对的观点。比如，欧诺·欧曼思（Onno Oerlemans）指出，"使用拟人化缺乏严肃性，这是孩童的做法，同时也是为孩童的做法"，在他看来，拟人化无法触及动物的复杂性与多样性，将人的想象投射到动物，只会将人类带入幻想的深渊。[2]与欧曼思相反，约翰·西蒙斯（John Simons）则认为拟人化容易引起人们的共鸣，让人们更切身体会动物的经验，促使人们认真思考人与动物的关系，甚至影响人们对待动物的态度。[3]思辨哲学家沙维罗提出的"谨慎的拟人化"概念可以说是这两种极端观点的中间道路：它一方面赞同赋予世间万物（包括动物）与人类相似的"情感"，同时又要求避免将万物与人类等同，这样就最大限度地消弭了人类和万物在本体上的差异，达成"去人类中心"的目的。"谨慎的拟人化"正是美国著名自然作家巴斯创作的动物叙事的故事逻辑：在他的动物叙事中，动物被赋予灵性，却又超越了人类理性和文化规定性，彰显出自身的实在性，而人类在很大程度上也变成了有灵性的动物。这样，人和动物在相遇对望的时刻，都能感受对方的灵性，但并不试图令对方臣服在自己的眼光之下，相遇而不互扰。通过"谨慎的拟人化"叙述策略，巴斯试图让读者看到具有"性情、灵魂和情感"的实在的动物世界：人类和动物彼此平等，没有本体级差，同属大自然的组成部分。

---

[1] Susan McHugh, *Animal Stories: Narrating Across Species Lines* (Minneapolis: University of Minnesota Press, 2011), p.4.
[2] Onno Oerlemans, "A Defense of Anthropomorphism: Comparing Coetzee and Gowdy," *Mosaic*, vol.40, no.1 (2007), pp.182–186.
[3] John Simons, *Animal Rights and the Politics of Literary Representation* (New York: Palgrave, 2002), pp.118–119.

第十一章

超物体:《第一区》的"9·11"尘土书写与大历史叙事[1]

美国历史学家乔·古尔迪(Jo Guldi)和大卫·阿米蒂奇(David Armitage)在《历史学宣言》(*The History Manifesto*)中指出,过去几十年历史学家热衷于越来越短时的历史研究,认为短期主义(short-termism)对生态圈和将来的生态发展都是不利的,提出历史学家应该采取更加开阔和长时的历史时间观即"长时段"(longue durée)来研究历史。[2] 辛西娅·斯托克斯·布朗(Cynthia Stokes Brown)也提出,"我们应该把历史向前推,因为五千年记载历史仅仅是地球生命的百万分之一。要了解我们生活在什么样的世界中,我们是怎样的动物,我们必须看到记载历史之外的历史"。[3] 布朗这样的历史观被称为"大历

---

[1] 本章主要内容曾发表于《当代外国文学》2020年第3期。
[2] Jo Guldi and David Armitage, *The History Manifesto* (Cambridge: Cambridge University Press, 2014), pp.2-3.
[3] Cynthia Stokes Brown, *Big History: From the Big Bang to the Present* (New York and London: The New Press, 2007), p.xi.

史"（Big History）观。"大历史"一词由美国历史学家大卫·克里斯蒂安（David Christian）提出，并在《时间地图：大历史》（Maps of Time: An Introduction to Big History）中从跨学科视角对大历史的演进做了论述。从此，历史研究出现了"大历史运动"，它将历史时间尺度向前推到130亿年前的宇宙大爆炸，向后推至人类灭亡之后，这样一来，以人类文明为主线的历史研究范式被打破，人类把自己放置在更大的时间尺度中，从而能更好理解自己在宇宙中的位置。这样的大历史观在21世纪文学作品中也有所体现，众多的文学作品以不同的形式和内容展示了深层时间观和大历史叙事，美国非裔作家怀特黑德就是其中的一位。

怀特黑德是21世纪新一代美国非裔作家，是美国最年轻、最新的非裔作家之一，他的作品被收录在《诺顿美国非裔文学选集》（Norton Anthology of African American Literature）中。怀特黑德的作品具有鲜明的时代特色，对物的书写是怀特黑德的重要写作特点之一，例如，他在《直觉主义者》（The Intuitionist）中书写了升降机；在《萨格港》（Sag Harbor）中，对衣服、鞋子、唱片、立体音响和气枪等消费品进行了书写；在《约翰·亨利的时代》（John Henry Days）中描述了大量的古雕像、邮票、T恤等物；在《地下铁道》（Underground Railroad）中则对地下铁道进行了书写。怀特黑德通过对这些与历史有紧密关联的物的书写表达了他在21世纪科技发达、生态环境改变的背景下新的历史观。特别是他的后启示录恐怖小说《第一区》更是通过对尘土这个超物体的书写展示了他的大历史观。

第一节　大历史叙事方式：僵尸文类和后"9·11"小说

文类伪装是怀特黑德作品的特点，他常常借助类型小说来表现严肃的社会现实问题，《第一区》也不例外。《第一区》的故事发生在纽约，一场不明原因的瘟疫席卷纽约，大部分人类被感染，变成了僵尸，只有小部分人类幸存。作品重点描述了灾难后新成立的水牛城政府重建城市的进程，政府建立了第一个人类可居住的区域，四周通过运河街与僵尸隔离，被称为"第一区"。施皮茨是作品的主人公，他与其他幸存者组成"清扫兵"来清理僵尸。作品最后，僵尸复活，开始攻击"第一区"，幸存者纷纷跳入运河逃避僵尸的围攻，只有不会游泳的施皮茨没有跳入河中。作品最后揭示施皮茨是个黑人，他与僵尸一起在僵尸群中游走。

索伦·福斯伯格（Soren Forsberg）评论《第一区》时指出，"不要相信你的眼睛，《第一区》是怀特黑德所有作品中最能挑战我们所看到的和我们所知道的之间的认知差异的作品"。[1]《第一区》2012年版平装本的封面作品介绍也写道："这不是你所想象的僵尸小说""这不仅仅是对类型小说表面的实验""如果你想突破僵尸小说，阅读非传统的僵尸小说，那么《第一区》是不错的选择"。很明显，出版商在告诉读者，这是一本不一样的僵尸小说，僵尸元素只是表面，怀特黑德借助僵尸小说文类意在表达更加深刻的主题。众多学者也注意到了这一特征，如凯特·马歇尔（Kate Marshall）就指出，《第一区》是伪僵尸小说，它没有僵尸小说的结构和扣人心弦的情节，作品大部分是主人公大量的回忆，以及当前幸存者对灾后社会的重建。[2]更有学者直接指出了作品在僵尸文类这个面纱背后的严肃主题：对"9·11"事件的再思考。例如，蒂姆·S.戈蒂尔（Tim S. Gauthier）认为怀特黑德通过僵尸这个隐喻再现了"9·11"事件后纽约城市景观，同时也折射出"9·11"事件后人类的焦虑和不安全感。[3]肖恩·克拉森（Shaun Clarkson）指出，虽然作品没有直接和"9·11"事件相关联，但作品呈现了"9·11"灾难的氛围和与"9·11"相关的建筑和地标。[4]众多的报刊书评也把《第一区》归类为后"9·11"文类。例如，评论家评论"怀特黑德在后'9·11'世界里激活了罗梅罗的古老的僵尸"；[5]"僵尸对人类的攻击就是对'9·11'事

---

[1] Soren Forsberg, "'Don't Believe Your Eyes': A Review of Colson Whitehead's *Zone One* (2011)," *Transition*, vol.109, no.1 (2012), pp.131–143.
[2] Kate Marshall, "What Are the Novels of the Anthropocene? American Fiction in Geological Time," *American Literary History*, vol.27, no.3 (2015), pp.523–538.
[3] Tim S. Gauthier, "Zombies, the Uncanny, and the City: Colson Whitehead's *Zone One*," in *The City Since 9/11 Literature, Film, Television*, ed. Keith Wilhite (Madison: Fairleigh Dickinson University Press, 2016), pp.135–155.
[4] Shaun Clarkson, *Creative Sanctions: Imaginative Limits and the Post-9/11 Novel*, PhD Dissertation (Purdue University, 2017).
[5] Ron Charles, "'Zone One,' by Colson Whitehead: Zombies Abound," *The Washington Post* (19 Oct. 2011).

件的类比"；[1]"《第一区》就是'9·11'的挽歌,是对'9·11'事件和无休止战争的影射"。[2]

事实上,作品大量呈现了"9·11"事件的元素。作品中的事件发生在下曼哈顿区,标题也与"地表零点"(Ground Zero)(世贸大厦遗址)相呼应,正如沃尔顿·穆扬巴(Walton Muyumba)所说:"作品中的第一区既是纽约城建立的起始点,也是非洲公墓和世界贸易中心纪念馆的所在地,很难不把怀特黑德的僵尸文类作品与它的地理位置联系起来。"[3]作品中也出现许多"9·11"事件的场景,如在灾难后,第一区出现了大量漂浮空中的灰尘、尸体以及曼哈顿的建筑废墟等。在作品的后半部分,怀特黑德描述施皮茨在地铁隧道里巡逻时的自言自语:"原来的世贸中心站,他还依然记得",[4]作品中随处可见与"9·11"相关的景象和物体。水牛城政府重建工作也是"9·11"后纽约城重建的再现;水牛城政府旨在建立"美国凤凰","从废墟中起来,获得重生"(120)。因此,《第一区》中的瘟疫和水牛城建设就是"9·11"历史事件和灾后重建的再现。怀特黑德在一次访谈中说:"自从'9·11'后,我一直都有一种不安全感和焦虑感,这在《第一区》中得到释放。"[5]他也表明,《第一区》就是一部再现"9·11"事件的小说。

虽然学者们都注意到了怀特黑德在《第一区》中的后"9·11"书写,但鲜有学者探讨为什么怀特黑德要用僵尸小说文类来伪装。笔者认为,怀特黑德想借助僵尸文类来观照"9·11"事件,旨在把"9·11"事件放置在更开阔的非人类视角来审视。僵尸元素使得读者关注人类生命之外的事物,使读者把"9·11"人类活动与人类世界之外的时空联系起来。特别是在《第一区》中怀特黑德把僵尸文类和"9·11"事件后的尘土书写结合起来,更体现了人类活动与自然环境的关系,进而体现了人类行为与大历史的关联。"大历史"概念促使人们思考历史的两个时间阶段:一是人类纪,在此阶段,人类的活动是改变地球的外部和地质

---

[1] Arijit Sen, "Zombie Nation," *Missouri Review* (5 Apr. 2012).
[2] Benjamin Evans, "Zone One by Colson Whitehead: Review," *The Telegraph* (3 Nov. 2011).
[3] Walter Muyumba, "Review of Zone One by Colson Whitehead," *The Dallas Morning News* (14 Oct. 2011).
[4] Colson Whitehead, *Zone One* (New York: Doubleday, 2011), p.212. 笔者的译文,以下只标注页码。
[5] Martha Schulman, "'My Horrible'70s Apocalypse: PW Talks with Colson Whitehead," *Publisher's Weekly* (15 Jul. 2011).

结构的力量；二是"没有人类的世界"，这个世界就建立在人类废墟之上。[1]《第一区》的僵尸文类和"9·11"尘土书写便从这两个方面对大历史观作出了思考：一方面，通过对"9·11"尘土的书写表现人类纪时期人类活动对气候的影响，人类在地质上留下痕迹，表现出了人类在地质时间中的位置；另一方面，"9·11"尘土书写凸显气候变化，人类最终在瘟疫中被僵尸打败，人类物种消失，非人类建立自己的世界，人类虽然灭亡但历史依然继续。因此，作品中僵尸元素和"9·11"小说的文类杂糅是怀特黑德表现大历史叙事的有效方式。

第二节 "9·11"尘土书写与人类纪

"9·11"恐怖袭击不仅给美国民众带来心理创伤，而且更加直接地对环境造成了污染。"9·11"事件后，随着人们对生态环境越来越关注，"世贸中心尘土"（WTC Dust）成了人们研究生态问题的一个专门术语，该词特指恐怖袭击之后、双子塔倒塌、大量尘土烟雾产生之时，由金属碎片、玻璃碎片、电脑碎片、水泥粉尘、石棉粉尘、有毒气体和化学物质组成的杂糅体。科学家们因其独特的构成和形成的环境，指出"世贸中心尘土"已成为世界新的事物。[2]正如通过飞机在全球传播的 SARS 疾病、因现代文明产生的糖尿病，以及因食物工业化而产生的食物细菌等疾病文化现象，"世贸中心尘土"成为研究人类建筑对生态影响的烟雾化版本，[3]它对环境的影响远远超过这些物质的物理组成所造成的影响，它盘旋在曼哈顿上空，其物质的杂糅体相互作用，产生杂糅的有毒气体。

曼哈顿恐怖主义生态成了当前人们研究环境问题最关注的焦点。"世贸中心尘土"包含许多不可降解的有害物质，如石棉。美国地质学家曾

---

[1] Kate Marshall, "What Are the Novels of the Anthropocene? American Fiction in Geological Time," *American Literary History*, vol.27, no.3 (2015), pp.523-538.
[2] Jonathan M. Samet, Alison S. Geyh and Mark J. Utell. "The Legacy of World Trade Center Dust," *The New England Journal of Medicine* (31 May. 2007), pp.2233-2236.
[3] Brett L. Walker, "Environments of Terror: 9/11, World Trade Center Dust, and the Global Nature of New York's Toxic Bodies," *Environmental History*, vol.20, no.4 (2015), pp.779-795.

在蒙大拿州利比矿山附近发现一亿年前的石棉地质层，在其下面是阿尔冈纪地质带，属于前寒武纪形成时期。也就是说，"世贸中心尘土"中的物质也将会对地质层产生影响，它将会在地质时间上留下痕迹。早在2000年，诺贝尔化学奖获得者保罗·克鲁森（Paul Crutzen）就提出"人类纪"的概念，克鲁森认为人类已经走出"全新纪"（Holocene），进入了一个由人类统治并深深烙刻着人类活动印记的地质时代。[1]克鲁森的"人类纪"概念指出，人类活动不仅对地球环境具有深刻的影响，而且已经使人类成为可以改变地球面貌的地质营力。可以说，"9·11"恐怖活动就是一支改变地球地质面貌的力量，"世贸中心尘土"因此带有"9·11"历史，当前的经济、社会和文化在人类纪地质时期留下的人类活动印记。

《第一区》以瓦尔特·本雅明（Walter Benjamin）的《梦幻的媚俗》（"Dream Kitsch"）中的一句话"覆盖在物品上的一层灰色尘土成为它们最好的部分"为开端，开启了"9·11"尘土书写。在作品的开始，怀特黑德描述灾难后的天气："这是一天中最好的时候，尘土却弄脏了城市的调色板，把城市变得灰色而肃穆，尘土招致了一些乌云和少量的降雨，城市变成了模糊一团的祭祀台。"（8）他没有在开篇描述灾难本身，而是对灾难带来的尘土进行了描绘。随着对灾难重建过程的进一步书写，怀特黑德逐渐向读者揭示出，这里的尘土不是大自然中的尘土而是城市建筑物倒塌的各种碎片、粉尘的杂糅体。曼哈顿下区被不明瘟疫入侵，幸存者与感染病毒的僵尸对抗，在这个对抗过程中，大楼倒塌，高墙被摧毁，枪弹火药爆炸，窗户玻璃破碎，这一切都暗示着"9·11"恐怖袭击的场景。怀特黑德对这样的场景作了细致入微的描述："到处都是碰撞声，窗户破碎，到处是子弹孔"（64），"碎片和玻璃散布在空中"（184），"精致的玻璃最后变成白色粉尘"（75–76）。城市变成碎片在空中飘浮，空气中充满着城市的灰尘，空气"难以呼吸"（13），"一些灰色的变形的颗粒弥漫在空中，枪支火药的香气……在空中梦幻般地漂浮"（27），怀特黑德对城市建筑物废墟的描绘、对枪弹爆炸的刻画、对空气中的灰烬和碎片的书写，无疑是对"9·11"灾难场景的再现，凸显了"世贸中心尘土"问题。

尘土的问题与气候变化有紧密联系。怀特黑德把整个故事情节的

---

[1] Paul J. Crutzen and Eugene F. Stoermer, "The Anthropocene," *Newsletter*, no.41 (2000), p.17.

发展都放置在雨和雪的天气中,突出了气候变化,正如施皮茨怀疑地球是否在启动它的免疫系统来对抗这次瘟疫(59,216),雨和雪就是地球的免疫反应。怀特黑德对雨和雪的描述贯穿整部作品:"雨一直没有停过"(99),"雨很小,但施皮茨考虑到空气中的尘土还是戴上了斗篷"(110),"雨夹杂着尘土下降,就像巨人在他的头上拧洗碗布一样,拧出长长的、灰色的条纹椎体水滴"(120),"开始下雪了,雪堆积在死一般的地球上"(126)。怀特黑德进而展示城市尘土与雨水的混合物对环境的影响:"雨水洗掉了血水。纽约的污水管道系统在这几个暗淡的世纪里遭受越来越恶劣的环境"(78),"就是这个最后的坏天气使他们从地球上消失"(80)。怀特黑德在字里行间展示他的人类纪视角:"人类的毁灭性行为改变了地球的天气,这样的行为已经持续几百年,使越来越温和的冬天在向东北移动"(193),"逐渐减少的星球资源使得越来越多的孩子没有舒适的家"(197),"化石会证明除了幸存者外这里还存在另一种人类"(51)。怀特黑德通过对灾难产生的尘土的书写,表现了"9·11"尘土对气候、生态的破坏,表现了人类恐怖主义活动给生态环境带来的影响,再次证明人类活动是改变地球地质层的一支力量,人类行为将会在地质层中留下痕迹,而这个痕迹只是地质时间上的一部分,人类纪也只是大历史中的一个片段而已。

过去人们对历史的研究就是对人类历史的研究,将自然史排除在历史研究之外,然而随着人类活动不断地引起气候变化等环境问题,人们不得不开始从生态环境和地质视角来审视人类历史,人类纪的提出便是自然史和人类史的聚合。"人类纪"的概念警示人类,人类正面临如环境污染和物种消失等问题,[1]而这些生态的变化也将折射在地质层中。历史上的广岛、长崎原子弹爆炸事件,钚泄露事件等已经证明了这一点,它们不仅仅是人类历史事件,更是地质事件,同样地,"9·11"事件也成了类似的地质事件,怀特黑德通过对"9·11"尘土的书写叙述了这个地质事件。他的尘土书写批判了人类恐怖主义活动,并把人类活动放置在人类纪时间轴上,让人类思考自身行为以及自己在宇宙中的位置,消除了自我虚妄和人类中心主义,体现了大历史观。

---

[1] Clive Hamilton, Christophe Bonneuil and Francois Gemenne. "Thinking the Anthropocene," in *The Anthropocene and the Global Environmental Crisis: Rethinking Modernity in a New Epoch*, ed. Clive Hamilton, et al. (New York: Routledge, 2015), pp.3-4.

第三节 "9·11"尘土书写与"没有人类的世界"

人类纪在警示"人类在破坏生态环境"的同时，更在阐明一种观点，那就是人类就是一种物种，人类终将会灭亡。历史学家迪佩什·查卡拉巴提（Dipesh Chakrabarty）在"人类纪"概念的基础上进一步指出，人类就是一个地质主体。[1]把人类看作地质主体实际上是承认人类就是一个物种，但人类这个物种现在正在使自己居住的环境不可居住，物种将会处于灭绝的边缘。查卡拉巴提提出的"人类是一种物种"的看法在创造一种未来，在这个未来里，人类会灭绝，人类会在传统的历史中消失。也就是说，查卡拉巴提的历史已经不是传统意义上的历史，他把人类这个物种放置在整个地质历史中，让人类处于深层时间（deep time）并面对人类将来会灭亡的事实。正如艾伦·魏茨曼（Alan Weisman）的畅销书《没有我们的世界》（*The World Without Us*）中假设的那样，历史的将来或许就是一个"没有人类的世界"。[2]

怀特黑德的"9·11"尘土书写不仅表现了恐怖主义对生态的破坏，而且还刻画了"没有人类的世界"的到来。怀特黑德不仅书写了城市碎片和有害物质形成的"9·11"尘土，而且还书写了人类身体碎片与城市尘土的"9·11"尘土杂糅体，进一步展示了人类的灭亡、非人类社会的形成。在"9·11"恐怖主义袭击双子塔时，有几千人遇难，他们有从高空坠落的，有与恐怖炸弹一起炸裂的，有被大火烧焦的，他们的身体与"世贸中心尘土"杂糅在一起。然而，人们在研究"世贸中心尘土"生态问题时，却忽视了人的身体，鲜有学者提及尘土中的身体碎片。在美国，9月13日后，所有媒体都停止了对坠落的人和烧焦的人的报道，因为人们认为对他们的报道是对逝者的不尊重和对家庭成员的伤害。从此，在公众意识中，对"9·11"事件的哀悼只有对城市建筑物的凭吊，而对人的记忆却是空缺的。但是，对坠落的人和烧焦的人的忽略，实际上是把他们从"9·11"集体记忆中抹去，抹杀他们在纽约城市历史发展中的作用和痕迹。而把身体碎片排除在"世贸中心尘土"之外更是否定了身体

---

[1] Dipesh Chakrabarty, "The Climate of History: Four Theses," *Critical Inquiry*, vol.35, no.2 (2009), pp.197-222.
[2] Alan Weisman, *The World Without Us* (New York: St. Martin's Press, 2007), pp.3-5.

与生态环境之间的联系,忽略了人类身体在人类纪时期的意义。怀特黑德的《第一区》便让"9·11"事件中坠落的人和人类身体碎片重新回到人们视野,身体碎片与城市碎片混合,凸显了人类与非人类的融合,暗示着人类物种灭亡、没有人类的历史的开始。

  怀特黑德在书写政府重建纽约城的过程中,对幸存者清理僵尸尸体、货运僵尸和焚烧尸体的进程也作了描述,例如,施皮茨所在的欧米伽清理队在处理尸体时,"把尸体从窗户抛出。他们听到玻璃被撞击成成千上万的碎片,紧接着是尸体掉在水泥地上爆裂的声音"(60)。怀特黑德对从窗户抛落的僵尸的描述实际是对"9·11"坠落的人的再现。在清理者完成装运尸体后,开始对尸体进行焚烧。焚化炉"以非常恐怖的效率燃烧尸体,并转化成烟雾、飞舞的尘土"(187)。"灰烬呈半圆形在焚化炉周围盘旋,像头皮屑一样飘落在肩膀上。"(187)"这些头垢似的灰烬混杂在高楼产生的漩涡、低矮的楼房产生的和风及吸入的气流中,一阵狂风把这些灰烬和碎片带入城市。"(187)此刻,城市尘土与尸体的灰烬在空气中混合,随着雨水和气流覆盖了整个城市。雨水把城市尘土与尸体灰烬杂糅,形成了拉图尔所说的"物质杂糅体"(material hybridity),它既是自然和文化的混合体,又是人类和非人类的结合体,[1]它更是莫顿所说的"超物体"。

  在莫顿看来,超物体"在时空上分布更为宽广",它们具有粘黏性(viscous)、非本地性(nonlocal),涉及不同的时间性,与我们所习惯的人类时间尺度不同。[2]怀特黑德笔下的身体灰烬和城市尘土的"9·11"尘土杂糅体就具有这样的特征,它们弥漫在城市,渗透到人的身体里,它们并不是漂浮在物体的外部空间,而是"和我们的现象情景胶合在一起",[3]它们存在于每一个空间,很难从人类的某个维度被全部把握,它们不是简单地和人类共存,而是容纳人类,人类只能和它协商生存。[4]莫顿把这样的"超物体"统称为"全球变暖"(global warming)或"气候变化"(climate change),它们可以导致地球毁灭,难以控制。如果说

---

[1] Bruno Latour, *We Have Never Been Modern*, trans. Catherine Porter (Cambridge: Harvard University Press, 1993), p.11.
[2] Timothy Morton, *Hyperobjects: Philosophy and Ecology After the End of the World* (Minneapolis: University of Minnesota Press, 2013), pp.1-2.
[3] 同上,p.36。
[4] Evan Gottlieb, *Romantic Realities: Speculative Realism and British Romanticism* (Edinburgh: Edinburgh University Press, 2016), p.47.

人类纪让人类意识到人类活动对地球生态的影响，那么莫顿的"超物体"则让人类意识到不受人类控制的超物体的存在，它会导致人类世界灭亡。怀特黑德的城市尘土与身体灰烬的"9·11"尘土杂糅超物体便预示着人类的灭亡，人类与尘土将一起走向"没有人类的世界"。在这个杂糅超物体中，人类与尘土相互联系，都统一于莫顿的"生态网"（mesh）中，[1] 这个网络没有中心，都平等联系，人类与尘土没有差异，它们是超物体，是气候变化，它们共同走向人类世界之外的空间。怀特黑德把人类身体碎片写入"9·11"尘土中，并与气候变化联系起来，更加预示着人类物种的终结。在作品的结尾，"第一区"失守，僵尸涌入，怀特黑德写道："（僵尸）像海水一样占领了街道，好似新闻中模拟全球变暖的节目最终变成了现实，海浪涌上来淹没了城市。"（243）施皮茨在僵尸群中自杀——人类最后的幸存者死亡。与其他的后启示录作品常常以人类战胜灾难而获得重生的结尾或者开放式的结尾不同，《第一区》将人类灭亡当作故事的结局。怀特黑德的封闭式结尾再次强调了人类物种的终结、"没有人类的世界"的到来。

但"没有人类的世界"的来临并不意味着历史的终结。长期以来，西方哲学范式由康德主义主导，其内核关联论认为客观现实必须有先验的东西作保证，不存在独立于我们与它的关系而存在的世界。思辨实在论者梅亚苏则对这个内核进行了批判，指出关联论隐含着这样的观点：人类就是实在必然的一部分，而且是永久固定存在的。[2] 他认为，人类就是宇宙时间中的一片段，一个时刻，是宇宙实在中的一个量子，而非永久地存在。思辨实在论的非关联论（non-correlationism）便可解释怀特黑德的"气候变化"了的"没有人类的世界"，这个世界独立于人类而存在，它发生在人类经验时间轴之外。非关联论促生了这样的凄凉的乐观主义："气候变化已经发生。气候变化标志着人类文明终结。气候变化的世界是一个新的世界。"[3] 正如罗伊·斯克兰顿（Roy Scranton）所说，人类纪带给我们的最大的挑战不是如何保护环境，而是让我们意识到一个哲学问题：人类文明已经结束，人类应该学会面对死亡，接

---

[1] Timothy Morton, *The Ecological Thought* (Cambridge: Harvard University Press, 2010), p.30.
[2] 参见 Quentin Meillassoux, *After Finitude: An Essay on the Necessity of Contingency*, trans. Ray Brassier (New York: Continuum, 2008), pp.9-11。
[3] Norah Campbell, Gerard McHugh and P. J. Ennis, "Climate Change Is Not a Problem: Speculative Realism at the End of Organization," *Organization Studies*, vol.40, no.5 (2018), pp.1-20.

受新的世界。[1]施皮茨在最后意识到,"世界没有结束。它的确结束了,现在在新的位置。他们没有认出这个新的世界,因为他们过去从未见过"(257-258)。怀特黑德的"没有人类的世界"告诉读者:人类物种终结,但历史还在继续。

　　近年来,当代美国小说呈现出类型化转向,当代作家纷纷借助不同的文类来表达对当代社会问题的思考,其作品中出现了对非人类的重新书写。怀特黑德在《第一区》中的非人类书写和大历史叙事的意义在于它强调了人类就是一个物种,它不会永久存在,它终将灭亡,这样的历史观打破了人类历史过去、现在和将来的持续性,打破了传统历史学所依托的假设:我们的过去、现在与未来是依靠人类经验的连续性而联系起来的;同时,大历史观也打破了人们所持有的生态环境在人类控制之中,人类可保护、改变环境的看法,让人类意识到万物并不都在人类的把控之中,人类应该敬畏万事万物。《第一区》表面上是一部类型小说,实际上它却对人类命运、人类现在和未来的生存状况等严肃问题进行了深刻思考。

---

[1] 参见 Roy Scranton, *Learning to Die in the Anthropocene: Reflections on the End of a Civilization* (San Francisco: City Lights Books, 2015), p.21。

第十二章

本体的物：《直觉主义者》中的后种族想象[1]

上一章已提及，怀特黑德是21世纪美国新一代非裔作家，是美国最年轻的非裔作家之一，其作品收录在《诺顿美国非裔文学选集》中。怀特黑德成长在20世纪美国七八十年代，他深受当时大众文化的影响，从小酷爱阅读科幻小说，迷恋乔治·罗梅罗（George Romero）的恐怖电影，因而他的作品带有浓烈的科幻和哥特色彩。他的第一部长篇小说《直觉主义者》便体现了这个特点。

《直觉主义者》一经出版就好评如潮，获得了海明威小说奖。作品讲述了以主人公里拉为代表的直觉主义者和其对立面经验主义者在调查一大楼的升降机坠落原因时所产生的角逐和摩擦，两派都认为是对方对升降机做了手脚，但事件结果却显示，没有人对升降机做过任何破坏。怀特黑德在作品中刻画了一个神秘的升降机世界，直觉主义者

---

[1] 本章主要内容曾发表于《山东外语教学》2019年第2期。

里拉对这个升降机世界作出了哲学上的思考，并把升降机世界与种族未来结合起来，憧憬了一个后种族社会。作品最后得出结论，升降机的坠落只是一个事故，并没有任何人为的破坏，但读者不禁会追问："既然升降机坠落没有人为破坏，那么为什么会坠落呢？"对《直觉主义者》的解读，学者们主要从种族提升（racial uplift）和种族伪装（racial passing）两方面来进行。例如，有学者认为怀特黑德利用都市哥特景观书写了一部黑人争取向上提升的寓言故事；[1] 升降机不仅促生了大量的摩天大楼，实现了城市的第二次提升，而且还实现了种族的提升；[2] 而琳达·塞尔泽（Linda Selzer）则认为，在实现种族提升的同时，黑人又会陷入诸如黑人群体内部的等级之分等问题，因而种族提升是不彻底的，只是一次浪漫主义式的种族提升。[3] 在种族伪装方面，有学者指出，作品中带有一半黑人血统的福腾伪装成白人的目的是达到种族提升；[4] 福腾的伪装是对未来世界的渴望，是对白人为主的经验主义者的否定，[5] 是黑人从边缘走向中心的途径。[6] 由此可见，学者们主要围绕作品中升降机的上升意象来讨论种族问题，而少有学者从升降机的坠落角度来思考。因而，如果从思辨实在论角度出发、从升降机这个实在的物视角来看待升降机的坠落现象，那么，读者就不难发现怀特黑德在作品中呈现了一个独立于人类存在、有其逻辑系统的升降机物的世界，升降机通过不受人类控制的坠落行为来观照人类的种族问题。怀特黑德在作品中塑造了直觉主义者里拉这个人物，她通过直觉式思辨进入升降机世界，与升降机交流，对升降机物的世界有所理解，并借助升降机的坠落来摧毁当前的种族景观，建构后种族城市。怀特黑德通过书写人类经验之外的升降机的坠落现象表达了他对当代社会的种族主义的批判，表现了他的思辨实在式的写作手法。

---

[1] Saundra Liggins, "The Urban Gothic Vision of Colson Whitehead's *The Intuitionist*," *African American Review*, vol.40, no.2 (2006), pp.359-369。

[2] Michael Bérubé, "Race and Modernity in Colson Whitehead's *The Intuitionist*," in *The Holodeck in the Garden: Science and Technology in Contemporary American Fiction*, eds. Peter Freese and Charles Harris (Normal: Dalkey Archive, 2004), pp.163-178.

[3] Linda Selzer, "New Eclecticism: An Interview with Colson Whitehead," *Callaloo*, vol.31, no.2 (2008), pp.393-401.

[4] Kimberly Fain, *Colson Whitehead: The Postracial Voice of Contemporary Literature* (New York: Rowman & Littlefield Publishing Press, 2015).

[5] Ramón Saldívar, "The Second Elevation of the Novel: Race, Form, and the Postrace Aesthetic in Contemporary Narrative," *Narrative*, vol.21, no.1 (2013), pp.2-18.

[6] Michele Elam, "Passing in the Post-Race Era: Danzy Senna, Philip Roth, and Colson Whitehead," *African American Review*, vol.41, no.4 (2007), pp.749-768.

第一节　作为科外幻小说的《直觉主义者》

对《直觉主义者》文类的划分,学者们各持己见。米歇尔·埃兰(Michele Elam)认为,《直觉主义者》是一部内容和形式上都伪装的小说,它既是反乌托邦式的自然主义小说,又是现实主义小说;既是侦探小说,但又不满足侦探小说的"世界是可知的"认识论要求,最后转化成"世界是可想象"的科幻小说。[1]斯蒂芬·霍克(Stephen Hock)指出,这是一部侦探小说,怀特黑德在传统侦探小说的基础上加入了后现代元素。[2]杰弗里·艾伦·塔克(Jeffrey Allen Tucker)也认同这是一部侦探小说,但认为怀特黑德加入了反讽艺术效果;[3]艾莉森·拉塞尔(Alison Russell)则认为这部小说就是一部"后现代反侦探小说"。[4]但无论把这部小说看作侦探小说还是科幻小说,都不能解释这部小说中"升降机为何坠毁""升降机中的黑匣子的计划内容是什么""升降机黑匣子位置在哪里"以及"福腾设计这个黑匣子的动机是什么"等问题。萨迪瓦尔则针对怀特黑德的作品文类混杂、很难归类为某个文类、总是"戴着面具(wearing drag),表面呈现出某个文类的特征,但又不会完全遵循这个文类的写作模式"、[5]具有"新折中主义"(new eclecticism)写作特征[6]的现象,提出了思辨实在论来概述《直觉主义者》的文类特征。萨迪瓦尔认为,《直觉主义者》杂糅了超现实主义、侦探小说和科幻小说等文类特征,向读者展示了多种想象虚构模式,思辨实在论可总括这

---

[1] Michele Elam, "Passing in the Post-Race Era: Danzy Senna, Philip Roth, and Colson Whitehead," *African American Review*, vol.41, no.4 (2007), pp.749-768.
[2] Stephen Hock, "The Black Box of Genre in Colson Whitehead's *The Intuitionist* and Charles Yu's *How to Live Safely in a Science Fictional Universe*," in *The Poetics of Genre in the Contemporary Novel*, ed. Tim Lanzendörfer (London: Lexington Books, 2016), pp.57-71.
[3] Jeffrey Allen Tucker, "Verticality Is Such a Risky Enterprise: The Literary and Paraliterary Antecedents of Colson Whitehead's *The Intuitionist*," *NOVEL: A Forum on Fiction*, vol.43, no.1 (2010), pp.148-156.
[4] Alison Russell, "Recalibrating the Past: Colson Whitehead's *The Intuitionist*," *Critique: Studies in Contemporary Fiction*, vol.49, no.1 (2007), pp.46-60.
[5] Derek C. Maus, *Understanding Colson Whitehead* (Columbia: University of South Carolina Press, 2014), p.2.
[6] Linda Selzer, "New Eclecticism: An Interview with Colson Whitehead," *Callaloo*, vol.31, no.2 (2008), pp.393-401.

种现实主义和想象文学结合的文类特征。[1] 萨迪瓦尔"思辨实在论"的提出一方面跳出了《直觉主义者》具体属哪个文类的纷争,一方面指出了《直觉主义者》的思辨想象特征。不过,虽然萨迪瓦尔使用了"思辨实在论"一词,但他对《直觉主义者》的思辨实在论的剖析实际上只注重其思辨想象方面,而忽略了思辨实在论所主张的实在方面,因而萨迪瓦尔的思辨实在论也不能彻底回答"升降机为何坠落"等问题。然而,如果进一步从思辨实在论者梅亚苏提出的"科外幻小说"(extro-science fiction)文类出发,来探讨《直觉主义者》中升降机这个实在世界,那么萨迪瓦尔的思辨实在论视角对升降机的实在性论述的不足便可以得到弥补,"升降机坠落"的现象就可得到解释。

梅亚苏认为,人类是有限的存在者,人类无法穷尽宇宙万物的存在方式,当代的科学定律都带有人类的思维与存在的痕迹,是偶然的,无法以此来支配和规范所有事物的可能存在。[2] 由此,梅亚苏提出了新的文类——科外幻小说文类来解释独立于人类世界中的现象。

首先,梅亚苏对科学虚构的含义做了解释:

> ……不论可能的未来会带来多么大的动荡,都根植于科学虚构之中,在科学的密壁里。所有的科学虚构都隐晦地支持这样的公理:在幻想的未来中,仍然有着某一科学认识会主导世界的可能性。科学会因自己新的能力而变形,但是科学将永远存在。这一文学类型的属名便是:虚构能够制造极端的变化,但永远都是在科学范畴内,即便其形式难以辨别。[3]

从梅亚苏对科幻虚构文类的解释可以看出,侦探小说和科幻小说等都属于此类,也就是说,人们对世界的科学虚构想象无论怎么变异都是在科学范围内进行的,无论小说如何想象都可用科学理论来解释。因此在科学虚构文类的属性下,侦探小说中的案子最终都会告破,科幻小说的想象也是依据科学原理进行的。

---

[1] Ramón Saldívar, "The Second Elevation of the Novel: Race, Form, and the Postrace Aesthetic in Contemporary Narrative," *Narrative*, vol.21, no.1 (2013), pp.2–18.
[2] 转引自郝苑、孟建伟:《实在论的"思辨转向"——当代欧陆哲学视域下的思辨实在论》,《哲学动态》2017年第4期,第99–105页。
[3] 甘丹·梅亚苏:《形而上学与科学外世界的虚构》,马莎译,郑州:河南大学出版社,2017,第5–6页。

梅亚苏还解释了"科学外虚构"概念。他指出，科学外虚构并不是"简单地指没有科学的世界，不是说在这样的世界中实验科学不会存在"，而是"这样的世界中，实验科学应当是不可能的，而不是未知的"，科学外虚构"定义了这个特别的想象机制，在这个机制里设想结构完整的世界，或更倾向于结构被破坏的世界，以致在这样的世界中实验科学不能发展它的力量，也不能建立它的对象"。[1]梅亚苏建构了一种与科学虚构不同属的想象世界，提出了新的虚构小说类型：科学外世界的虚构小说，即科外幻小说。那么《直觉主义者》中的超越人类有限知识的升降机世界便是梅亚苏所说的科学外虚构世界，《直觉主义者》也可确定为科外幻小说。若把升降机世界看作独立于人类世界的科学外虚构世界，把《直觉主义者》划分为科外幻小说文类，那么升降机坠落的现象便可得到很好的解释。怀特黑德在《直觉主义者》中的科外幻小说文类的书写旨在为人们提供一个非人类视角审视当今的种族主义、从升降机物的世界来观照人类世界，从而为批判种族不平等、思考建构后种族社会提供了空间和可能性。

第二节 《直觉主义者》的升降机物性书写

把《直觉主义者》划分为科外幻小说文类凸显了《直觉主义者》中的物的书写。怀特黑德在作品中对升降机进行了大量的描述，他多次向读者展示，在"人类世界之外还存在另一个世界"，[2]升降机就是一个具有自身逻辑体系的独立于人类的物的世界。

这个升降机物的世界便是思辨实在论视角下的实在世界。思辨实在论的核心观点是反对后康德的"关联论"和人类中心主义。"关联论"认为："我们永远只能接近思维与存在的关联，而从来不可能撇开关联的一方去接近另一方。这种关联性具有不可超越性"，[3]"关联论"实际上是把

---

[1] 甘丹·梅亚苏：《形而上学与科学外世界的虚构》，马莎译，郑州：河南大学出版社，2017，第6页。
[2] Colson Whitehead, *The Intuitionist* (New York: Anchor Books, 2000), p.63. 笔者的译文，以下只标注页码。
[3] Quentin Meillassoux, *After Finitude: An Essay on the Necessity of Contingency*, trans. Ray Brassier (New York: Continuum 2008), p.5.

实在世界纳入人类思维范畴,哈曼称其为"通道哲学",[1]通道哲学在将客体同化与还原为人类主体对象的过程中,忽略了客体与主体、诸多客体之间与诸多主体之间的各种差异,经常以理性人类主体的单一存在方式遮蔽客体存在的多样性。[2]因而,思辨实在论反对这样的通道哲学,认为存在独立于人类通道的实在世界,而这个世界可通过想象而非人类理性到达,这样,思辨实在论就最大限度地摆脱了人类理性框架的局限。[3]在《直觉主义》中,怀特黑德就书写了升降机这样独立于人类通道的实在世界。怀特黑德描述这个世界:"(福腾)刺破这个世界的面纱,发现了升降机世界,……而黑匣子就是这个世界的居民"(100);"这个黑匣子是安全的……它们失去了这个世界却会获得另一个世界"(213);升降机有自己的意愿(102)。怀特黑德在叙述各派调查的进程时,多次穿插独立的一章节来描述升降机降落过程,如在人们着手调查事件时,怀特黑德写道:"升降机愤怒地以全新的速度飞入高楼的升降机轨道。"(33)当里拉回忆她在学校学习升降机知识后,怀特黑德写道:"降落的升降机尾部拖着火花……,一路下来冲破黑暗。"(53)当里拉了解到福腾和黑匣子情况后,怀特黑德写道:"只有坠落的声音在电梯中升起,坠落的反面:一个灵魂。"(65)怀特黑德把升降机的坠落过程拆分开来描述,与人类了解事件的整个过程平行,旨在表明存在一个不受人类干扰的、与人类世界共存的升降机世界。这个世界是自治的,是独立于人类的实在性的,是"拒绝与其他实体产生关联的"。[4]

梅亚苏把这样的独立于人类的世界称为"科学外世界",在那里"科学知识是无法进入的,不能被自然的科学作为对象建立",[5]"在那儿发生的事件不能被任何真实的或是现象的'逻辑'解释"。[6]怀特黑德在作品中就多次表达人类与这个升降机世界之间存在"认知、因果和理性上的断裂",[7]例如:经验主义者主要依赖机械知识来诊断升降机故

---

[1] Graham Harman, *Guerrilla Metaphysics: Phenomenology and the Carpentry of Things* (Chicago and La Salle: Open Court, 2005), p.42.
[2] 参见郝苑、孟建伟:《实在论的"思辨转向"——当代欧陆哲学视域下的思辨实在论》,《哲学动态》2017年第4期,第99-105页。
[3] 唐伟胜:《思辨实在论与本体叙事学》,《学术论坛》2017年第2期,第28-33页。
[4] Graham Harman, *The Quadruple Object* (Winchester: Zero Books, 2011), p.19.
[5] 甘丹·梅亚苏:《形而上学与科学外世界的虚构》,马莎译,郑州:河南大学出版社,2017年,第6页。
[6] 同上,第51页。
[7] 同上,第50页。

障,但他们的经验和知识无法解释升降机坠落的原因,正如里拉所说,"(升降机坠落的原因)甚至不能用可能性来形容,因为它超出人类的计算,这是命运"(228);里拉的上级雷德称升降机的原理是"外星科学"(alien science)(60);直觉主义者里拉也不知"这个完美的升降机看起来像什么"(61);里拉在大学上《垂直运输》课程时,教授问学生"会设计出什么样的升降机"时,没有学生能够想象升降机的样子,他们缺乏重新定义升降机的能力。[1]根据哈曼的"工具存在论","物是从它的在场隐退在隐秘的实在中的,它们不仅远离人类而且还远离彼此",[2]因此物是处于无限隐退状态的,借此概念,哈曼提出物的四重模式(the fourfold model),认为物的实在和外显特征或感觉是存在距离的,真实的物是隐退于各个关联的,包括人类知识,所以物是不能捕获和穷尽的(exhausted),是不能完全把握的。[3]作品中的升降机世界就从人类知识无限隐退,"在(升降机)那里,科学突然变成不可能与世界相关联",科学由于升降机的坠落这个反常事件的出现"而被永远排除,继续以一种'在它的效应'中强烈地感受到其缺席的方式萦绕着宇宙的世界"。[4]升降机便"隐藏于洞察其神秘性的所有努力的背后",[5]拒绝人类赋予其任何解释,向人类科学和理性提出了挑战。

因此,怀特黑德在作品中刻画了一个科学外虚构的升降机物的世界,这个世界超越人类有限的视角、知识与经验,嘲讽了人类理性知识,否定了人类知识的绝对性,揭示了人类理解的有限性,并告诉人类,"人类的认识只是物所相关的众多联系之一",[6]升降机的存在并不只是为人类而存在,这样怀特黑德就消解了人类中心主义的虚妄,把升降机和人类放置于平等的地位,为人类与升降机物的世界的交流打下基础。

---

[1] Stephen Hock, "The Black Box of Genre in Colson Whitehead's *The Intuitionist* and Charles Yu's *How to Live Safely in a Science Fictional Universe*," in *The Poetics of Genre in the Contemporary Novel*, ed. Tim Lanzendörfer (London: Lexington Books, 2016), pp.57-71.
[2] Graham Harman, *Tool-Being: Heidegger and the Metaphysics of Objects* (Chicago: Open Court, 2002), p.2.
[3] Graham Harman, *The Quadruple Object* (Winchester: Zero Books, 2011), p.107.
[4] 甘丹·梅亚苏:《形而上学与科学外世界的虚构》,马莎译,郑州:河南大学出版社,2017年,第51页。
[5] Graham Harman, *Tool-Being: Heidegger and the Metaphysics of Objects* (Chicago: Open Court, 2002), p.75.
[6] Ian Bogost, *Alien Phenomenology, or What It's Like to Be a Thing* (Minneapolis: University of Minnesota Press, 2012), pp.8-9.

第三节　走进物本体：直觉对理性的胜利

如果说升降机处于"科学外世界"，隐退于各种关联，独立于人的认知而存在，则人类并没有直接通向升降机的通道，但这并不表明物拒绝与人类交流。借此，哈曼提出"替代因果"（vicarious causation）概念。哈曼认为，既然物超越与其他物在任何认知上和因果上的关联，物之间没有直接的联系，那么物之间的关联必定是间接的（vicarious），这个间接因果通过某种不确定的中间物发生，[1]即"两个实体通过与第三方相遇而相互影响，在这个第三方里，它们并列存在，直到特定的事情发生来允许它们相互影响"。[2]而这个第三方就是哈曼的四重模式中的感性的物，物的每一个关系都是对物的特征的翻译，一个实体只能与感性的物相遇。[3]哈曼也把这个第三方称为"媒介"（medium），即两个物发生互动的任何空间。媒介把世界粘合起来，没有它们，这个世界就是一些零交流的水晶球，同时哈曼还指出，人类的感觉经验也是世界里的一个特定的媒介。[4]

在《直觉主义者》中，里拉就通过直觉这个感官媒介实现了与升降机世界的交流。例如，在里拉检查升降机时，"里拉倚靠升降机的墙壁并聆听着……"（5），"里拉可以感觉到她背后升降机的空转。她甚至闭上眼睛都可以自己完成"（6）。这里，直觉主义指人们从物的感官视角出发来检查物的健康程度，[5]这个感官视角就是升降机的感性的物，里拉通过直觉使得她的身体和运动着的升降机的感性的物相遇，从而产生信号来反映升降机的状况。直觉是一种特殊的心理意识，是一种人脑的特殊机能和认识过程，[6]是大脑与物质之间的神秘感官交流，认知科学家和哲学家安迪·克拉克（Andy Clark）提出"意识生态媒介理论"（ecological

---

[1] Graham Harman, *Guerrilla Metaphysics: Phenomenology and the Carpentry of Things* (Chicago and La Salle: Open Court, 2005), p.91.
[2] Graham Harman, "On Vicarious Causation," in *Collapse II*, ed. R. Mackay (Oxford: Urbanomic 2007), pp.187-221.
[3] Graham Harman, "Seventy-Six Theses on Object-Oriented Philosophy," in *Bells and Whistles: More Speculative Realism* (Winchester and Washington, DC: Zero Books, 2013), pp.60-70.
[4] Graham Harman, *Guerrilla Metaphysics: Phenomenology and the Carpentry of Things* (Chicago and La Salle: Open Court, 2005), p.91.
[5] Lauren Berlant, "Intuitionists: History and the Affective Event," *American Literary History*, vol.20, no.4 (Aug. 2008), pp.845-860.
[6] 参见陈大柔：《美的张力》，北京：商务印书馆，2009年，第144页。

media theory of mind），认为意识是大脑、身体和外部世界实体之间的一种关系。[1]因此，意识的产生依赖于物理媒介，是借助物理实体而产生的，从而直觉这样的意识也是以物理实体为基础的。里拉通过神经系统这个物理实体产生人类的直觉，接收到直觉释放出的化学元素，把它们翻译成真正的言语与升降机进行真正的交流。"直觉"这个感官媒介便为里拉走进"科学外"升降机世界建立了通道。

在《直觉主义者》中，直觉主义者的竞争对手是经验主义者。经验主义者依靠理性和物理世界的法则来检查升降机的机械原理：他们"弯下身子检查升降机绞车上的条痕，核对补偿缆上的氧化痕"（57）。他们与直觉主义者的工作方法迥然不同，但"直觉主义者比经验主义者的准确率高出10%"（58）。在两派调查升降机坠落的原因时，是直觉主义者里拉意识到升降机的自由坠落"没有任何原因，没有报废的零件，没有电线电缆的可疑的传动"，[2]里拉通过直觉感觉到升降机自主世界不受人类的控制："升降机拥有正常的情绪，但也能够表达它的自我意识"（229）。里拉越对福腾以及他的《升降机理论》深入了解，就越加理解升降机世界："在这个世界之外还存在另一个世界"（63），"它会把人类带上天空，让人类实现第二次提升"（61），"升降机对理性的最后一次祈求已经坠落……你在完美的升降机中坠落"（223）。里拉对升降机在人类经验之外的上升和坠落的理解实际上是在理解升降机如何成为升降机（becoming elevator），如何展现其物性，[3]这是人类理性无法达到的，是直觉才能够进入的。最后，里拉顿悟"直觉主义就是交流"（241），她续写《升降机理论》第三卷，努力实现"第二次提升"，里拉感到"完美的升降机在靠近她，并告诉她，她是它们世界的一分子"（255）。最终，里拉通过直觉进入升降机世界，"再次与物的世界亲密接触"。[4]怀特黑德写道："谁拥有了升降机谁就拥有了新的城市。"（208）里拉掌握了与升降机沟通的直觉这个媒介，便拥有了将来的城市。因此在两派的竞争中，直觉主义战胜了"理性的航灯"（27）经验主义。

---

[1] 参见 Levi R. Bryant, *Onto-Cartography: An Ontology of Machines and Media* (Edinburgh: Edinburgh University Press, 2014), p.45。
[2] Alison Russell, "Recalibrating the Past: Colson Whitehead's *The Intuitionist,*" *Critique: Studies in Contemporary Fiction*, vol.49, no.1 (2007), pp.46–60.
[3] Ridvan Askin, *Narrative and Becoming* (Edinburgh: Edinburgh University Press, 2016), p.130.
[4] Lauren Berlant, "Intuitionists: History and the Affective Event," *American Literary History*, vol.20, no.4 (Aug. 2008), pp.845–860.

直觉主义对经验主义的胜利实质是"人类与物的关系的再次协商"(62)的结果,是物对人类理性的胜利,在《直觉主义者》中更是种族的胜利。直觉主义者福腾和里拉都是黑人,他们都依赖直觉与升降机交流,这显示了直觉主义和具有非裔文化特点的伏都教(Voodoo/Hoodoo)之间有着紧密的联系。[1] 伏都教源于非洲西部,几乎包含所有非洲哲学思想,糅合了祖先崇拜、万物有灵论、通灵术的原始宗教,信仰高于生命的力量和本体论思想。[2] 自从1724年,成千上万的奴隶从海地被卖到新奥尔良的种植园后,美国南方就开始信仰伏都教,伏都教对黑人文化身份认同和生存有着重要意义。[3] 伏都教徒依赖直觉和超自然意识来实现与神秘的实在沟通,反对理性认知,反对逻辑推理。在《直觉主义者》中,直觉主义者便体现了这样的非裔文化传统,而经验主义者却把直觉主义者的这种思想和做法种族化,斥他们为"斯瓦米、伏都教徒、符头、巫医,所有词都属于对黑色异族、不吉之物的命名"(57-58)。同时,经验主义者也拥有被种族化的形象:严肃的、理性的白人,从不相信超自然力量。直觉主义者里拉批判经验主义者的"实在":"白人的实在是建立在物的表面现象的"(239),里拉进一步揭示了经验主义者对黑人的种族歧视。因此,直觉主义者和经验主义者的对立从认识论上的分歧上升到了种族上的冲突。在小说的结尾,带有伏都教色彩的直觉主义者通过对升降机的把握战胜了经验主义者获得最后的胜利,这是直觉对理性的胜利,是黑人对白人的胜利,这个胜利在作品中最终表现为后种族城市的建构。

第四节 建构后种族城市

怀特黑德塑造升降机坠落的情节一方面是推动直觉主义通过直觉战胜经验主义这个叙事进程,另一方面,正如里德万·阿斯金(Ridvan

---

[1] 参见 Alison Russell, "Recalibrating the Past: Colson Whitehead's *The Intuitionist*," *Critique: Studies in Contemporary Fiction*, vol.49, no.1 (2007), pp.46-60。
[2] 参见 Stephen F. Soitos, *The Blues Detective: A Study of African American Detective Fiction* (Amherst: University of Massachusetts Press, 1996), p.47。
[3] 同上,pp.43-44。

Askin)所说,坠落是"新事物爆发的开始",[1]怀特黑德旨在通过升降机的坠落重新建构一个后种族城市,这个后种族城市与人类的城市不一样,它没有垂直的高楼,没有参差不齐的地平线,人类平等地生活在这个城市中。

2009年,怀特黑德在奥巴马被选为总统后一年在《纽约时报》上刊登了一篇评论——《生活在后种族社会的一年里》("The Year of Living Postracially")。在评论中,怀特黑德用讽刺的口吻写道:"一年前,我们官方地成为后种族社会。53%的选民选择了黑人做总统。因此种族主义彻底消除了。"[2]事实上,怀特黑德并不认为后种族社会已经来到,因为几个世纪以来的种族歧视、种族压迫不会消失。因而怀特黑德对后种族社会的提法是反对的。然而怀特黑德的多部作品中都出现了后种族人物,怀特黑德正是利用"后种族"这个概念来反思当下社会中的种族主义,同时也肯定地回答了"有没有这样的可能,在现实社会中不存在后种族社会,但在文学作品中存在?"[3]这个问题。然而,怀特黑德的后种族社会不是建立在消除任何种族的理念上,而是建立在消除具有等级差异的城市上。正如怀特黑德所说,理想的后种族社会应该是种族不再被提及的社会,[4]怀特黑德在《直觉主义者》中就推翻了因种族差异而建立起来的城市,从而建构起一个淡化种族的城市。怀特黑德旨在通过建构一个升降机物的世界来摧毁带有种族主义烙印的城市。

在《直觉主义者》中,怀特黑德提到伊莱莎·奥的斯(Elisha Otis)发明的第一台升降机,它"把人类从中世纪式的五、六层楼建筑中解放出来"(61),它"给城市带来垂直的维度"(82)。然而在第一代升降机造就人类第一次提升的同时,也促生了种族景观。在这个种族景观中,白人在上升,而黑人则处于静止或下降状态。例如,升降机检验部门的等级结构:白人在地面上工作,而黑人在地下工作,在大楼的最底层,"车库是部门允许的那些有色人种可去的地方,那是在地下"(18)。这样的白人和黑人的等级分布表明,这个由白人主导的社会正竭力把非裔美国人和其他的少数族裔压制在社会最底部,终日在黑暗中,成为隐形

---

[1] Ridvan Askın, *Narrative and Becoming* (Edinburgh: Edinburgh University Press, 2016), p.143.
[2] Colson Whitehead, "The Year of Living Postracially," *The New York Times* (Nov. 3, 2009).
[3] Kimberly Fain, *Whitehead: The Postracial Voice of Contemporary Literature* (New York: Rowman & Littlefield Publishing Press, 2015), p.xviii.
[4] 同上,p.123。

人。[1] 又如,切斯特菲尔德大楼因升降机的使用变得高大雄伟,但它并不服务于街区民众,更不服务于黑人群体,它的服务对象是那些被称作"寻欢作乐的都市宠儿"的白人精英(176),升降机使阶级分化明显,它们使白人站在了阶层的顶端。再如,法妮·布里格斯纪念大楼是以黑人女奴英雄法妮·布里格斯命名的,法妮通过自学而摆脱奴隶身份最终独立成为白人称赞的英雄,大楼的建立表面上象征着黑人教育的进步和社会地位的提升,但实质上却进一步表明白人种族意识的进一步强化,[2] 白人以黑奴法妮来命名大楼的真实目的在于安抚控制黑人,减少暴动,"少一些抱怨,少一些飞来的西红柿"(12)。依赖升降机的上升功能而建造的法妮·布里格斯纪念大楼就成了白人控制黑人社会活动的工具,白人得到了提升,而黑人依然处于白人之下。第一代升降机加速了城市的进化,同时也建构了种族景观,凸显了种族矛盾和种族主义。

里拉和福腾致力于升降机黑匣子的研究,准备实现种族平等、种族差异消失的人类"第二次提升"。第二次提升是"非裔美国人社会身份发展的新阶段",[3] 它的实现需要去除非裔美国人身上的限制和束缚,所以实现人类的第二次提升就建立在当前种族景观的倒塌上。福腾在《升降机理论》中指出,"在垂直的社会中,平行思考是对种族的诅咒"(151),"上升的契约,就是黑人的诅咒"(186)。福腾这里揭示了在当前的种族景观中黑人缺乏上升的视野、没有能力追求更高高度的状况。福腾在《升降机理论》第三卷中从直觉主义哲学角度设计了升降机,旨在去除这个诅咒,展望一个新的没有种族偏见和压迫的世界。升降机的自由坠落便实现了福腾的愿望,它摧毁了人们对升降机上升的期待,打破了当前的种族关系格局,使福腾和里拉战胜了白人为主导的经验主义者,挑战了白人的权威。升降机发挥它的活力,摧毁垂直城市,引发种族革命,推倒了当前的种族景观。在作品的最后,里拉建构新的城市:

> 一旦我们推行了升降机黑匣子,它们就会毁掉这个城市。当前的骨架不能容纳这个新物体的精髓。它们会把城市夷为平地……

---

[1] Saundra Liggins, "The Urban Gothic Vision of Colson Whitehead's *The Intuitionist*," *African American Review*, vol.40, no.2 (2006), pp.359–369.
[2] Linda Selzer, "Instruments More Perfect than Bodies: Romancing Uplift in Colson Whitehead's *The Intuitionist*," *African American Review*, vol.43, no.4 (2009), pp.681–698.
[3] Kimberly Fain, *Colson Whitehead: The Postracial Voice of Contemporary Literature* (New York: Rowman & Littlefield Publishing Press, 2015), p.5.

这个闪耀的城市自身极易变化，由一种无法想象的胶质材料建造而成。它会漂浮，会飞翔，上升下降，没有钢筋支架，拥有液体的脊柱。……所有的人都消失了。(198-199)

可以看到，怀特黑德建构了一个后种族城市，这个城市是柔软的、流动的、易于转换的，接受任何新的可能和变化，它不再高耸入云，不再有垂直高度，没有等级之分，城市里人类与非人类平等相处，黑人的肤色不再具有所指意义。这个新的城市摆脱了原来城市的逻辑结构和种族表征，种族提升的基础不复存在。怀特黑德通过思辨来想象了一个科学外的、独立于人类存在的升降机物的世界来观照人类世界，让人类明白人类会遭遇一些自己无法掌握的力量，而这个力量或许会改变人类的种族，甚至整个人类的命运。怀特黑德在小说中呈现了一个与科学世界逻辑不同的科学外虚构世界，旨在说明后种族城市只能存在于这样的世界，表达了自己对人类社会建构后种族社会的乌托邦式愿望。

怀特黑德在《直觉主义者》中打破了传统的再现方式的制约，进入了一个独立于人类特定视角而存在的现实，建构了一个思辨式的、科学外的升降机物的世界，在这个世界里，人类不再是知识的组织者，不再是中心，与物平等共存；种族差异和种族纷争消失；不公平的经济和政治体系结构瓦解。而升降机的坠落嘲讽了人类理性，摧毁了人类种族主义，重新建构了一个后种族城市。怀特黑德在小说中表达了新的种族想象，创造了新的美学特质和表征，他与21世纪其他族裔作家一起为美国小说创作开辟了一片新的天地，实现了萨迪瓦尔所说的"美国小说的第二次提升"。思辨实在论式的书写将人类带入深不可测的物的世界，让读者看到了现实主义、魔幻现实主义和后现代元小说无法再现的非裔文学经历，表现了怀特黑德的新的种族政治和美学特征。

附录 1

精致的破锤：面向物的文学批评[1]

[美]格拉姆·哈曼/著 唐伟胜/译

在过去接近十年的时间里，我都在写"面向物的哲学"这个话题，我们可以将它视为一个更宽泛的运动，即思辨实在论的一部分。[2] 无论是面向物的哲学，还是思辨实在论，都已经在学院派哲学外的诸多领域快速产生了影响，尤其是在美术、建筑理论和中世纪研究等领域得到回应。正因为如此，经常有人邀请我就我学术领地之外的各种话题表达看法：如何用思辨实在论来从事政治活动？有了面向物的哲学，当代艺术应该走向何方？遇到此类问题，我的本能反应是不愿意发表观点。在我看来，哲学不应成为其他任何学科的"侍女"，无论它是神学、左派政治或是脑科学，同

---

[1] 原文见 Graham Harman, "The Well-Wrough Broken Hammer: Object-Oriented Literary Criticism," *New Literary History*, vol.43, no.2 (2011), pp.183-203。

[2] 关于我的哲学立场，最早公开发表的版本参见 Graham Harman, *Tool-Being: Heidegger and the Metaphysics of Objects* (Chicago: Open Court, 2002)。更简洁的最新版本参见 Graham Harman, *The Quadruple Object* (Winchester: Zero Books, 2011)。

样，我相信其他学科也不应臣服于哲学。急不可待地宣称学科边界属人为制造，然后把这些学科一股脑地扔进一个搅拌机，并无多大意义。人类知识的各个领域都有相对的学科自主性，因为它们的对象不同，需要的专业知识种类也各异，跨界不应该过于频繁和随意，更没有什么统一的原则，只有在个案中有效才合理。因此，对那些与我的研究对象不同的人，我不愿意多讲。其他人借鉴我的成果，我乐意表示惊喜，但我不愿意去发号施令，不愿意像一个经常参加晚会的人不可一世地给所有家庭选择音乐。

然而，若得到邀请，你却默然无声地坐着不动，这不免又显得无礼或懒惰了。最近，很多人要我谈谈面向物的哲学与艺术之间的关系，同样也有很多人要求我谈面向物的哲学与文学理论的关联。所以，我要尝试阐明这些最新的哲学思潮对文学理论的贡献。接下来，我将首先简要总结一下这些思潮，然后表明面向物的哲学如何有别于20世纪最显著的三个流派，即新批评、新历史主义和解构主义。最后，我将尝试勾勒面向物的批评的概貌。

第一节 思辨实在论

"思辨实在论"是2007年4月27日在伦敦大学金匠学院召开的工作坊使用的名字。[1]之后，思辨实在论成为一个松散的哲学运动的名字，该运动反对一直统治大陆哲学的种种思潮。其最核心的问题正是实在论：有还是没有一个实在的世界独立于人类意识？康德时代以降，人们一直认为这个问题是无效的，因为我们无法想象一个没有人类的世界，或没有世界的人类，只能想象两者之间存在原初的关联。法国哲学家梅亚苏将这类哲学命名为"关联论"，他在2006年出版的《有限性之后：论偶然性的必然性》(*After Finitude: An Essay on the Necessity of Contingency*)一书中给思辨实在论的"死敌"提供了这个有用的名字。[2]思辨实在论

---

[1] 关于这次活动的报道，参见 Ray Brassier, Iain Hamilton Grant, Graham Harman and Quentin Meillassoux, "Speculative Realism," in *Collapse III*, ed. R. Mackay (Oxford: Urbanomic, 2007), pp.306-449。

[2] Quentin Meillassoux, *After Finitude: An Essay on the Necessity of Contingency*, trans. Ray Brassier (New York: Continuum, 2008).

者当然是持实在论的人,因为他们为独立于人类思维的现实辩护,同时他们也是思辨的,因为他们并不希望确立一个居于人类思维之外的客观原子和台球之类的世人皆知的实在论。相反,思辨实在论者追求的现实模式比实在论者能想到的更为怪异。这就难怪该队伍的发起成员都有一个共同的思想英雄,即恐怖和科幻作家勒夫克拉夫特。

思辨实在论无法成为一场严格的哲学运动,因为其基础原则,即实在论和非正统思辨,过于宽泛,提供了非常多样的可能性。I. H. 格兰特(I. H. Grant)沿着哲学家谢林和德勒兹确立的道路,认为存在一个生产性的自然力,它遇到阻碍物,从而生成了个体对象。[1] 另外一些人则采纳了科学虚无主义的更具预测性的策略,越来越认同神经科学这个最反哲学的路数。即使是梅亚苏的哲学,其与我的哲学之间也存在明显的差异。虽然思辨实在论经常被视为康德的所谓哲学"哥白尼革命"的敌人,但它与康德的关系却远比敌人关系更复杂,甚至是思辨实在论内部的核心分歧所在。简单地说,我们可以认为康德的哲学革命有以下两条基本原则:

(1) 康德区分了现象和本体。人类无法进入物自体,因为所有的经验都局限于12大范畴和时空的纯粹直觉。人类是有限的;绝对知识不可企及。物自体可以想,但不可知。

(2) 于康德而言,人类-世界的关系在哲学上是优先的。在康德哲学看来,两个碰撞物体之间的关系最好留给自然科学,而人类和世界的关系才是哲学真正需要解决的问题。

如果说梅亚苏反对第(1)条而支持第(2)条,那我的立场则是支持第(1)条而反对第(2)条。也就是说,梅亚苏反对康德的有限性,支持绝对的人类知识,而我则反对绝对知识但保留了康德的有限性,虽然我将这种有限性从人类范围拓宽到宇宙中的所有关系——包括无生命之物。

关联论认为,我们不能在思维之外对现实进行思考,因为一旦思考,我们马上就将现实变成了思维。我们受困于这个关联圈,而且如果我们继续当理性主义者就必然困在这个圈里。梅亚苏宣称,跳出这个圈的唯一简单的办法是通过"富饶的他处之修辞"(rhetoric of the Rich

---

[1] Iain Hamilton Grant, *Philosophies of Nature After Schelling* (London: Continuum, 2006).

Elsewhere）。[1] 这个修辞简单地认为，关联论的观点很无趣，让我们无法探索世界的无穷富饶的经验细节。它仅仅拒绝了关联论的观点，但没有反驳。梅亚苏一开始甚至连拒绝都没有，他接受关联论的观点。他试图穿越这个关联圈，为物自体的存在提供新的证据，认为纵使人类消亡物自体也依然存在。在梅亚苏看来，属于物自体的东西是物体中可用数学公式来表达的部分。[2] 然而，梅亚苏理论中这个高度巴迪欧式（Badiouian）的数学化成分并不为思辨实在阵营中的多数成员所接受，虽然这个松散的阵营都在批判关联主义。当梅亚苏试图通过批判康德的有限性而超越康德时，他暗中又支持了康德将人类-世界的关系当作其他所有关系之根源的立场。然而，梅亚苏的这一做法也是可以反过来的，即保留康德的有限性，同时又将有限性拓展到人类-世界关联之外。这样，即使是碰撞的台球间的关系，或者雨滴与锡屋顶间的关系，也都同样无法进入物自体。这种立场的名字就是"面向物的哲学"。

第二节 面向物的哲学

梅亚苏的哲学来自与巴迪欧和德国唯心论的对话，而我和其他人支持的面向物的哲学可被视为在思辨实在论这个更宽泛的框架内，尝试容纳现象学及其在海德格尔手中的极端形式。[3] 现象学肇始于1901年胡塞尔的著作《逻辑探究》（*Logische Untersuchungen*）。当时自然科学方兴未艾，哲学面临着被试验心理学取代的危险，于是胡塞尔转而坚持耐心描写我们眼中的现象。比如，任何使用光的波长来讨论色彩的科学理论必须基于我们先前对色彩的直接经验，即红色或蓝色如何在我们面前展现，这些色彩如何影响我们的运动反应和情绪。现象学也理应包括对不存在之物的描写，因为无论是人头马还是独角兽，都可以和花岗岩一样出现

---

[1] 参见 Ray Brassier, Iain Hamilton Grant, Graham Harman and Quentin Meillassoux, "Speculative Realism," in *Collapse III*, ed. R. Mackay (Oxford: Urbanomic, 2007), pp.306-449.
[2] 关于我和梅亚苏哲学立场差异的详细论述，参见 Graham Harman and Quentin Meillassoux, *Philosophy in the Making* (Edinburgh: Edinburgh University Press, 2011)。
[3] 该运动首先是由博尔斯特、布赖恩特和莫顿等开始，名字稍有不同，是"面向物的本体论"（Object-Oriented Ontology），随后更多人加入了这项运动。

在我们思维中。胡塞尔还注意到，出现在我们思维中的意向之物不是英国经验主义哲学所说的"特征组"（bundles of qualities）。我可以从无数不同的角度观看一只乌鸦或一座山，从而改变它们的外显特征，但尽管有这样那样的外貌，乌鸦和山都仍然是同样的事物。这样，在现象域内，物体和它们各种变化的特征之间就存在矛盾。现象学方法旨在祛除物的非本质特征，从而认识任何给定的意向之物的本质所在，即物之所以为物的真正所需。

　　海德格尔将现象学推向了极端。他提出，我们多数时候与实体接触的方式并不是让它们出现在我们的思维中。恰恰相反。比如，当使用铁锤的时候，我们关注的是手头的建筑工程，有可能完全忽略了铁锤。除非铁锤太沉太滑，或者坏了，我们可能根本就注意不到它。铁锤可能坏这一事实，证明它比我们对它的理解更加深沉。这导致很多人从"实用主义"角度来理解海德格尔著名的工具论，似乎任何理论都暗含一个实用的背景。这种理解的问题是没有意识到，实践与理论一样，都无法枯竭物的所有现实。盯着铁锤看不能抵达铁锤的所有深度，在建筑工地或战场上挥舞铁锤同样不能。无论理论还是实践，都是对铁锤深不可测的现实的扭曲。面向物的哲学更进一步，认为即使在纯因果的相互作用过程中，物也是在相互扭曲。落在铁锤上的雨滴或者飘过铁锤的微风，也许不像人类那样对铁锤产生"意识"，但这些实体都无法穷尽铁锤的现实，这与人类的实践或理论没有两样。

　　海德格尔本人区分了"物"（object，指出现在主体意识中的物——译者注）和"东西"（thing，指具有物性之物——译者注），这一区分在这里并不重要。我们可以统一使用"物"这个术语，因为现象学当初复兴对个体事物的哲学研究时使用的就是这个术语。胡塞尔的意向之物（或我更愿意使用的"感性的物"）一点没有躲藏在我们的思维之外，它们总是在场，只是被覆盖了偶然的表面特征，因此这些表面特征必须祛除，以发现物的本质。这包括我们理论和实践经验中的所有物。感性的物与它们炫目的感性的特征之间形成拉锯。与此相对照，海德格尔的物则总是隐藏在我们思维之外，就像康德的物自体。用海德格尔的术语，这些物"隐退"于所有入口：它们处于被遮蔽、被掩盖、被隐藏的状态。然而，实在的物必须拥有个体特征，要不然所有物都可以互换了。因此，物与其特征之间的拉锯也存在于世界的各个层面。在胡塞尔的哲学里，还有一种混合型的拉锯，即感性的物与其实在的特征之间的拉锯。本文不准备讨论这种拉锯，但是我认为，这种拉锯正是一切领域理论活动的根源所在。于本文而言，更重要的是第四种冲突，即实在的物与其感性的特征之间的冲突，这个冲突正好发生在海德格尔的铁锤坏掉之时。这个坏掉的铁锤"隐指"铁锤隐藏在理论、实践和感知特征背后的深不可测的现实。之所以把这种关系称为一种"隐指"，是因为它只能暗示铁锤的现实，并不能将其直接呈现给思维。我把这种结构称为"诱惑"[1]，不仅是"坏掉的铁锤"这个问题，我认为诱惑也是所有艺术（包括文学）的核心现象。诱惑暗指实体的本相，而不是实体与世界上其他实体的关系，或者对其他实体的影响。

对物的现实进行非关联性思考，这正是面向物的哲学之核心所在。对有些读者来说，这听上去立刻让人觉得是反潮流的。毕竟，人文学科的最新进展都在骄傲地宣称放弃了"陈腐的自主本质"或"独特的人类主体"这些概念，转向网络、协商、关联、互动和动态波动等。这已经成为我们时代的主题。然而，面向物的哲学的赌注是，这种程序化的整体性互动思想已经失去了曾经具有的解放性的力量，现今，真正的发现也许到院子的另一边去了。独特本质观存在的问题从来就不是因为物是自主的或独特的，而是因为物被错误地看成是永恒的、不变的、简单的，或者能够被某些特殊的观察者完全认知。相反，面向物的哲学中的物是非永恒的、不断变化的、由众多次级成分构成，而且只能通过间接的隐指而被认知。这不是经常被指责的、家长式的压制性和蒙蔽性的"幼稚实在论"，而是一种怪异实在论，在这里，实在的个体物拒绝任何形式的因果或认知把握。

第三节　新批评

我们已经看到，对于面向物的哲学，物与其特征之间存在一系列张力。实在的物隐退于人类所有掌控，甚至隐退于物与物之间的因果互动。

---

[1] Graham Harman, *Guerrilla Metaphysics: Phenomenology and the Carpentry of Things* (Chicago and La Salle: Open Court, 2005), pp.142–144.

这并不意味着物与物之间没有任何关联（它们当然关联），而只意味着这些关联是需要解决的问题，而不是下定论的起点，而且这些关联必须是间接的而不是直接的。没有任何物在与其他物关联时不发生变形、扭曲或能量丢失；关于树的知识绝不是树本身，两颗相撞的小行星也无法在接触中穷尽对方的特性。初看之下，这种物的模式似乎是倒退回到了落后的过去。按照前文引用过的熟悉说法，哲学家如果相信社会和语言之外有实在的物，或者认为物有不受政治左右的永恒本质，那他就是幼稚的实在主义者。这些说法来自各种不同的群体，并被贴上诸如东方主义、女性主义、前启蒙主义等标签。这些观点认为，本质必须被事件和表演取代，谈论现实却不谈论谁的现实是令人怀疑的，流动性必须先于静态性，物必须被视为具有差异性而不是固定单元，被视为复杂的反馈网络而不是自成整体。我在下文还将讨论这些偏见。

现在，我们不妨来看看这种"无关联的物"概念与新批评之间的明显相似之处。新批评提出诗歌是与所有社会和物质环境完全隔绝的机器，这个模式早已不再时髦。在《精致的瓮》(*The Well Wrought Urn*) 一书最知名的《解释的异端》("The Heresy of Paraphrase") 那章中，克林斯·布鲁克斯（Cleanth Brooks）提出，诗歌是不能解释的。严格地说，这句话的意思是，诗歌不能被逐句解释为一系列命题，但这句话也可被理解为（布鲁克斯在其他地方也表达过），诗歌不能被简化为诗歌产生的社会影响或传记事实。诗歌是一个完整的单位，既不可简约成其祖先，也不可简约成其后辈，同时也不能为任何关系所绝对规定。这种观点似乎会产生令人不安的政治后果，因为把诗歌看作封闭的单位似乎会导致美学精英主义，只支持白人统治者这一特权阶层以及他们单方面精选出来的文学经典。下一节讨论新历史主义时我会谈这个问题的政治方面。这里，我只想表明，布鲁克斯好像在主张诗歌的无关联性，但事实上远非如此。

布鲁克斯面向物的一面体现在他对解释的敌意。一首诗不能按字面意思被转译为散文句子："所有这样的做法是在远离诗的中心，而不是靠近。"[1] 任何总结诗歌字面意义的努力都必然会变成一件冗长烦琐的事情，充满各种形容词甚至隐喻，相当于绕一大圈，最后越来越不像原诗

---

[1] Cleanth Brooks, *The Well Wrought Urn* (New York: Harcourt, Brace & World, 1947), p.199. 以下只标注页码。

本身。诗歌不是"感性意象装饰的散文意思"（204），只有蹩脚的诗人才会用廉价的装饰来美化字面内容（213-214），任何从诗歌中抽取出来的字面意思都不过是一种抽象（205）。批评家和文学学生难免要对诗歌做散文化的评述，但一定不要把这些评述等同于诗歌本身（206）。因此，布鲁克斯强调诗歌中的"反讽"和"矛盾"，因为反讽和矛盾包含双重内容，根本无法被转译为任何一种字面意思（209，210）。诗歌不同于对其内容进行的任何字面表达，正如海德格尔的铁锤不同于任何坏掉的、被感知的或被认识的铁锤。这并不是说诗歌和铁锤通常是不被人注意、偶尔才进入人们视野的背景。相反，这意味着，对诗歌所做的任何字面解释**永远都不是**诗歌本身，诗歌总有隐藏的多余部分，从而超越所有对它的阐释。

至此，一切都好。但是，有两个关键点我必须表示反对。首先，布鲁克斯犯了我有时所说的"分类学谬误"（taxonomic fallacy），这个谬误的前提是，任何本体区分必须通过特定的实体**类型**来体现。也就是说，我们可以接受布鲁克斯的说法，在非散文意义与解释性或转译性的字面化散文意义之间存在绝对的鸿沟，但这并不意味着存在这样一种劳动分工，即诗歌都是非散文意义，而其他学科都是字面意义。然而这正是布鲁克斯的观点。他认为，对诗句进行字面化解释时，"我们是在错误地把诗歌与科学、哲学或神学放在一起竞争"（201），似乎这些学科与诗歌不同，是直接而不是间接地接触它们的对象。面向物的哲学不这样认为。解释的失败并不仅仅囿于艺术，其困扰着人类与世界的所有关系，甚至包括无生命实体之间的关系。布鲁克斯接着又说："科学语言是抽象的符号，不随语境压力而改变，它们是纯粹的（或努力成为纯粹的）指称。"（210）然而，无论努力与否，现实都不能简约为词语形式，这对科学和诗歌都是一样，科学理论随时代而变化证明了这一点。布鲁克斯将诗歌看作特殊情况，由此错误地提出"科学、哲学或神学"提供的是原汁原味的散文真实，同时人为地分割了诗歌和其理应拥有的表面意义这个层面。表面和非表面不能在现实的不同领域进行数量分配，而是宇宙中任何事物的两个不同方面。因此，新批评试图将文学视为一个与众不同的特殊领域，似乎文学存在于其他事物的时空之外。这种观念是必须要抛弃的：不是因为所有事物只在这个宇宙网络之内才有现实，而是因为所有事物都像诗歌那样，部分地存在于这个网络之外。

其次，我对布鲁克斯关于诗歌为何应该特殊给出的理由也有异议。从某个方面看，他显然认为诗歌是纯粹独立于宇宙其他事物的，但是，一旦我们走进诗歌的大门，布鲁克斯又认为根本没有什么东西是自主的：相反，我们进入的是一个整体的幻境，在那里，一切事物的意义都依赖于与其他事物的相互关系，因为相对于"科学命题可以独立存在"，诗歌则首先是通过"模式"来定义的。（207）一首诗就是一个结构："意义的、评价的和阐释的结构；支持这个结构的统一原则似乎就是一个平衡协调各种指代、态度和意义的原则。"（195）换句话说，"单个成分与整体语境的关系至关重要"（207）。然而，这个观点明显是错误的。把《李尔王》中那个傻瓜的台词稍微修改一下恐怕不会改变该剧的整体效果，也不会对剧中雷根或肯特的描写产生多大影响。在《堂吉诃德》中再多写几章冒险经历也许会增加或减少我们对该书的喜爱，但也只会强化而不会改变我们之前对山丘和堂·吉诃德的理解。在日常生活中，上公共汽车前最后一刻换一件衬衣当然会影响汽车行驶的"整体语境"，却不会对汽车或其他乘客造成任何明显后果。语境的真正价值不是对每个实体进行核心定义，而是开放一个空间，某些互动和效果在这个空间可能发生，而另外一些互动和效果则不会发生。我们没有理由顺坡而下，设定一个普遍的关联本体论，认为所有物体都会被其语境中的即使最微不足道的方面彻底定义。与海德格尔的铁锤一样，如果所有物都完全由其所在语境决定，那么物就没有变化的理由了，因为物不过就是其现在所处的语境而已。要使变化成为可能，物必须要多于它现有的各种关系，它可能受到其中有些关系的影响，但对其他关系则没有反应——正如铁锤可能被墙或其他重物损坏，却不会被一个婴孩的笑声损坏。总之，新批评有两处错误：首先是将艺术作品变成了一个特殊而没有字面意义的物，其次是使艺术作品的内部燃起连绵的野火，烧尽了里面所有个体成分。

第四节 新历史主义

大家都知道（也经常诟病），新批评家们大多是不愁吃穿的白人绅士，因此我们不难理解当年还是耶鲁学生的史蒂芬·格林布拉特

（Stephen Greenblatt）的以下一番话："对于统治着研究生课程、以赫赫有名的威廉·维姆萨特（William Wimsatt）为代表的形式主义那一套，我兴趣不大……下午晚些时候，我经常去伊丽莎白俱乐部——都是男性，一位身穿漂白工作服的黑人服务生，黄瓜三明治、茶——听维姆萨特在那张大圆桌旁，就像约翰逊博士一样侃侃而谈诗歌和美学。"[1]这段话不是简单地在叙述维姆萨特和周围环境，而是暗含了某种思想立场，它影射的内容很熟悉，即所有"形式主义"都倾向于无视社会政治，是一种建立在底层民众的沉默基础上的美学。这一暗含的意思在下一页得到了强调，格林布拉特赞扬了左派批评家雷蒙德·威廉姆斯（Raymond Williams）对"非形式主义"追问，比如"谁控制了出版社？谁占有土地和工厂？文学作品中谁的声音被压制，谁的声音被再现？我们建构的美学价值服务于什么社会策略？"等。[2]我们当然应该更喜欢那位为受压迫者鼓与呼的批评家，而不是那位在清一色男性俱乐部享受着黑人服务生的服务、嚼着黄瓜三明治、像约翰逊博士一样侃侃而谈的不可一世的"肥猫"。

然而，问题是，这能否证明关联本体论就比物独立于语境的本体论更好呢？格林布拉特的话语似乎暗示了这个结论。但我认为这恰恰是我们这个时代最根深蒂固的一个思想偏见。在当前的语境中，自主本质这个观念唤起的世界似乎是一潭死水和因循守旧，而动态的关联和唯物主义本体论则似乎打开了政治和思想突破的广阔天地。这儿，我们只需注意到，这个偏见往往与历史相左。比如在法国大革命时期，恰恰是保守主义者在维护社会建构的权利，而那些超极端的雅各宾派众则使人性脱离当时的社会条件，维护其天然自主性。在天然还是文化这个问题上，政治左派和右派未来还会改变立场。我们不能坚持关联观一定具有解放精神，而非关联现实观就一定反动落后，从而犯下"分类学谬误"。

布鲁克斯成功地将诗歌的世界变成一个整体性的机器，代价是让其成为一个内部世界，与诗歌生产的传记、社会和经济条件完全分割。新历史主义没有那么虚伪，它把一切都变成相互关联、相互影响的宇宙。在其最著名的一份宣言中，新历史主义已经"推翻了禁止人文主义

---

[1] Stephen Greenblatt, *Learning to Curse: Essays in Early Modern Culture* (New York: Routledge,1990), p.1.
[2] 同上，p.2。

者涉及政治、权力乃至影响人类实际生活的方方面面问题的非关涉性教条"。[1]所有学科边界都已消弭,因为新历史主义"把文学、种族志、艺术史等学科以及软硬科学都放在一起研究"(xi),仿佛包罗万象。我们被告知,"文学和非文学'文本'不能单独流通",我们应该"崇拜文化和权力之间交换的复杂性和必然性"(xi);"通过将历史考量拉到文学分析的中心舞台"(xi)来对付空洞的形式主义;我们要共融"隐喻、仪式、舞蹈、象征、衣物、通俗故事",一切都是"流通、协商、交换"(xiv)。在各门学科及各种实践的普遍融合中,在这种互动性的盛宴里,我们终将意识到"自主的自我和文本都不过是幻影,是各种互相影响的机构制造出的效应;自我和文本都是在与对立的他者……以及规训权力的关系中才得以定义"(xii)。有点让人啼笑皆非的是,虽然大肆宣扬事物之间的整体互动,新历史主义却在指责其反对者"[建构]一个宏大故事,让大规模的结构成分来指引整个社会",而这些反对者本应"对个体作家和单个话语产生的局部冲突做差异性分析"。(xiii)

然而,按照以上勾勒的本体论,我们很难相信所谓"局部"冲突及话语的存在,因为那种本体论建立在无所不在的互动性上,学科间的隔墙完全坍塌,文学和非文学文本也不再有差异。我的目的不是找出新历史主义的矛盾之处轻松得分。相反,我想指出的是,当个体自我和文本被描写成幻影,或者对立他者和规训权力的关联性效应时,这会在哲学和政治上产生什么样的问题。首先,尽管威瑟尔顺便提到了硬科学,并大谈特谈新历史主义(及其他受福柯启发的思潮)中的"唯物主义",但在讨论相互作用的力量时,却少见非人类实体的踪影,我们看到的历史主义只涉及被各种规训实践所塑造的人类主体。虽然新历史主义感兴趣于"文化和社会以多种方式相互作用"(xii),但"文化和社会"一语涵盖的实体范围并不特别广泛,因为这个世界还有长尾小鹦鹉、银、石灰岩、珊瑚礁、太阳耀斑和月亮,这些无法归入"文化"或"社会",但都在相互作用,无论人类是否讨论它们。布朗以下一番话准确区分了他自己的"物论"和新历史主义:

> 无论我多么同意新历史主义的"与'真实'面对面的欲望",我

---

[1] 转引自 H. Aram Veeser, ed., *Introduction to The New Historicism* (New York: Routledge, 1989), p.ix。以下只标注页码。

想要的最终结果仍然是更坚决的、更物质主义的日常生活现象学，也就是可以体现语言愿望的结果，用米歇尔·塞尔（Michel Serres）的话来说就是"整体世界……都源自语言"。当其他批评家相信"话语"，相信"社会文本"作为分析系统来重塑我们关于现在和过去的知识时，我想把注意力转向物——那些来自并存在于现在或过去的物质世界中的物体。[1]

"物论"和新历史主义似乎有一个共同的问题，那就是它们都假定"实在"除了作为人类的陪衬时不时塑造或破坏人类，就没有其他功能了。如果"实在"在人类所见之外有自己的内部冲突，这显然不是我们应该关注的事情，"物论"显示出来的关联论症状往往是人类-世界对立关系中的核心所在。但是，布朗至少承认了物具有不可理解性，虽然这个"不可理解"的概念依然是人类中心的。[2] 对新历史主义来说，就连这不可理解性的观念也很淡薄。例如，我们读到，"每个人的性别身份……都处于不停变化中，而我们的社会奖励那些选择某种性别的人"（xiv）。在这儿，性别没有被描述成具有与我们愿望相矛盾的"不可理解性"，而是被描述成变化的、不可确定的泥团，并被社会奖励体系定形。考虑到新历史主义对固定本质和边界的普遍态度，这样的描述似乎并不仅限于性别身份，而是对所有身份提出的一个否定性假设，这个假设很有皮埃尔·布迪厄（Pierre Bourdieu）的社会学味道：一切都是流动的，但是社会奖励那些傻乎乎相信固定身份的人。

这里涉及一个政治问题。如果一味坚持关联性本体论，就会导致对现状的永久认可，因为如果人只是不停变化的话语实践的结果，如果人只是幻影，那么我们就很难理解为什么要把某些情形看成是压迫性的：毕竟，一个独裁国度的居民只是由互相影响的机构和规训实践制造出来的幻影而已。我们很难理解为什么这些幻影般的公民应该拥有任何内在权利，应该存在于制造出他们、本应像他们父母的机构和实践之外？我们认为，新历史主义对固定身份的敌意导致该运动对瞬间身份也要错误地加以排斥。比如，纵使我们假定每个人的性别身份是在不停变化，甚

---

[1] Bill Brown, *A Sense of Things: The Object Matter of American Literature* (Chicago: University of Chicago Press, 2003), p.3.
[2] 参见 Jane Bennett, *Vibrant Matter: A Political Ecology of Things* (Durham and London: Duke University Press, 2010), p.1, 3, 9, 35, 61。

至一块岩石的身份也在不停变化,但这也并不意味着在某个特定的时刻,人和岩石完全没有身份。也许 15 位不同观察者和机构会对这个身份同时作出不同的推断或分类,但这恰恰证明,他们都无法发现这个瞬间身份是什么。你的身份可能变动;它在几年、几个月,或者几个小时内可能经历无数变化,但我们不能由此认为你在某一刻什么都是,又什么都不是。你也许是正处于性别身份变化状态的人类,但你不可能同时又是一艘三层桨战船、一堵墙、一只蝴蝶、一只非蝴蝶,或者一个完全没有性别身份变化的人类。如果这里的批评听起来像常被后现代理论抛弃的庸俗实在论,我的回答是,不是所有实在论都是庸俗的。我们不能让"庸俗"或者"幼稚"这样的形容词来左右我们的思想。

严格地说,这种没有边界的整体论带来的哲学问题就是我们之前已经谈到的那个问题,即关联本体论无法充分思考"地方性"(locality)这个概念,而"地方性"本也是新历史主义引以为豪的一个概念。一个完全相互关联的宇宙根本没有个体的位置:任何事物都会影响其他事物,所有物都相隔无限近。我会同时坐在开罗和悉尼,就像有些早期伊斯兰神学家认为,上帝可以让我们同时坐在巴格达和麦加。然而,只要有地点,就必然有个性,不管这一个性如何短暂,如何变动不居。假定日本的城市的身份一直在不停变化,它们也依然在日本,而不是在巴西。总之,语境性不是普遍的。莎士比亚受他时代某些方面的影响,但其他方面对他没有丝毫作用,而他的性格部分地决定了哪些方面被吸收,哪些方面被过滤。的确,作为一名作家,莎士比亚是一种风格——这种风格和其他东西一起,使我们得以区分他名下的剧作哪些是真的,哪些是假的。福斯塔夫(莎士比亚作品中的喜剧人物——译者注)是一个具有个性的人物,他引导莎士比亚决定写还是不写哪些场景,用还是不用哪几句话。反过来,伦敦的经济和国王及官员的规训并不会自动融入莎士比亚的戏剧,而是保留一种自主性,对剧作家、飞蛾、月光的衍射、石头的抛物线运动或许产生影响,或许不产生影响。

我们不妨换种方法来说。布鲁克斯割裂了文学文本与世界,将文学文本内部变成各种互为语境的带窗的房子,在这些房子里面,任何东西都在反射其他东西。相反,新历史主义则暗暗把文学作品融化成一座带窗的房子,它无所不在,决定着所有的现实。但是,面向物的哲学从根本上反对这种带窗的房子。物可以快速变化;不同观察者可以对物产生不同感知;对试图把握它们的任何知识,它们都保持不透明。但是,所有变化、视角和不透明得以产生的条件是物有一个确定性特征,这个特征可以变化,可以被感知,也可以拒绝被把握。不仅文学作品是如此,而且所有科学的、哲学的、神学的命题都是如此,甚至性别、监狱、诊所、斑马和火山也都是一样的。所有文学和非文学之物对其语境来说或多或少都是不透明的,并躲在永远无法全部揭开的盾牌或屏风后面互相敲打对方。

第五节 解构主义

现在我们来讨论解构主义和雅克·德里达(Jacques Derrida)。德里达和福柯也许是过去半个世纪最有影响力的大陆哲学家。德里达的观点与面向物的思想有一个共同点,都相信海德格尔改变了我们这个学科领域的现状,要更进一步则需要理解和容纳海德格尔的观点。但是,两者得出的结论却完全相反。在面向物的哲学看来,海德格尔表明了存在隐退于任何形式的在场之后。理论探索无法枯竭物的存在,实践行动不行,纯粹非生命体之间的接触也不行。面向物的哲学是一种直接的实在论,将对象或物看作真实的现实,比它们可能涉及其中的任何关联都更深沉。这种实在论避免了神学本体论或者在场的形而上学的偏误,因为物的实在是如此深沉和不可穷尽,没有任何方式能够将它们完整揭示出来。任何试图以逻格斯中心为目的的转译物的现实都将失败,正是因为物比任何逻格斯都更深沉。

德里达则另辟蹊径。他的确呼吁"要推翻一种本质上将存在的意义定义为在场的本体论",[1]但他一点也不同意在场是被缺席的、隐退的实在的物超越,恰恰相反,德里达将这一观念视为问题的核心。他的证据是:"海德格尔坚持认为存在只有通过逻格斯才能形成历史并且根本不处于逻格斯之外;对存在与在者(entity)进行区分,所有这些都清楚地表明,根本上,没有任何东西可以脱离能指的运动,能指与所

---

[1] Jacques Derrida, *Of Grammatology*, trans. Gayatri Chakravorty Spivak (Baltimore: Johns Hopkins University Press, 1997), p.70. 以下只标注页码。

指的区分最终会消亡"（22-23）。存在的问题"并不是把先验所指实在化"（23）。因此，德里达津津乐道对"实体性"（substantiality，大致相当于"在场"——译者注）的威胁，以及对他所谓的"原义的形而上学"（the metaphysics of the proper）（26）的威胁。他没有试图通过指出缺席的、隐退的实在性来逃离在场，因为这样做只能导致"幼稚的客体主义"（61）。即使一个物对于我们是缺席的，对于其自身却仍然是在场的，但这正是德里达所认为的不可能："所谓的'物自身'始终是一种逃避直观证据的单纯性的表象。表象只有通过产生指代者才能起作用，而这种指代者本身也是一种符号，如此类推，以至无穷"（49）。虽然德里达有时候也提到"隐藏"，但这个"隐藏"总是在无穷的能指链中"不断推移"（49），因此不是面向物的哲学中的遮蔽在宇宙深处及所有关系之下的与自我等同的实在性。对德里达来说，"隐藏"不过是对任意时刻的给定（49）不断进行的侧向位移和滑动，而不是深埋在世界庙宇之下的隐秘神谕。"在差别和隐喻系统之内，本来意义并不存在，它的'表现'是一种必要功能——我们应该把它当作必要功能来研究"（89），而且，"物自体是物的集合或差异链"（90）。在德里达眼里，忽略这一点，将物看作存在于差异链之外的真实，就构成了"逻格斯中心主义式的压制"（51）。与此相反，面向物的哲学坚持认为，只有任何符号都无法匹配的无关联"深度物"，才能真正对抗那种认为可让实在直接在场于思维的逻格斯中心主义。无论德里达的观点是什么，这里的问题不是自我在场，或者"身份"，而是他认为这样的自我在场可以被充分转化为对他物在场的形式。

物是表象，其特点在于"它既是自身又是他物，它构成了指称结构而且自我分离"（49—50）。这一结论表达了德里达作为思想家的核心所在。物不是简单的物自身，而是延异，"一个经济学概念，指区别和拖延两个意思"（23）。世界是"游戏"，"在这种指代游戏中，源头难以觉察。许多东西就像水与倒影，彼此无限反射，但有多个起源，不再存在单纯的起源"（36）。差异的运动是"原始书写"（arche-writing），在这种游戏中，书写不像通常认为的那样派生于或者依附于日常语言，而是反过来，"不表达和去表达与表达同样具有原初性"（62）。它是"痕迹"，"它只有通过非起源才能形成……，从而变成起源的起源……如果一切东西都从痕迹开始，那么，首先就不存在原初的痕迹"（61）。我们得知，痕迹"必须思考在实体之前"，而且是宣告"他者"之时，（47）虽然排除这个他者不是因为它深沉，而是因为它总是在别处。在这不用为客观的实在物而劳神的移动和蜿蜒中，德里达发现了他的重要盟友美国哲学家查尔斯·S. 皮尔斯（Charles S. Pierce），他"在我［德里达］所说的先验所指的结构方面走得很远"（49），这里德里达指的是对所谓幼稚实在论的解构。我们永远都无法到达符号链的终点："从有意义的那一刻开始，除了符号，什么也没有"（50），就连胡塞尔也没有注意到，"物本身也是符号"（49）。总之，虽然越来越多的人跟风，奇怪地称德里达为实在论者，但他的解构思想是不折不扣的反实在主义。[1]

德里达立场的关键错误在于，他倾向于将本体神学论与简单实在论混为一谈。也就是说，德里达认为，要相信符号游戏之外存在现实，就必须接受这个现实除了对符号游戏，对我们也必须在场。换句话说，他认为所有本体论实在主义都必须自动接受认识论实在主义，即有可能直接认识世界。对这两个不同域的混淆在德里达著名的《白色神话：哲学文本中的隐喻》（"White Mythology: Metaphor in the Text of Philosoply"）一文中有更清楚的显现。[2] 在该文中，他得出了一个错误的结论：亚里士多德坚持身份律，即所有个体物质都是一个原义存在，意味着每个字都必须有一个原义的字面意义。但实际上，亚里士多德在其《诗学》（Aristotelous peri Poietikes）中通篇都在为隐喻唱赞歌，而在《形而上学》（Metaphysica）中坚持本质永远无法用语言来定义。[3] 德里达担心真正的物自体会用逻格斯中心主义的方式直接显现给我们，从而战胜符号的游戏，这份担心是可以理解的，但他因此跨出一步，坚持认为物自体不能以原义和最初的形态而存在，即使是在所有意义全部缺席的深处也不能，就没有必要了。用海德格尔的术语，德里达会说，在其所有指称麻团之外，没有隐退的、有自我身份的铁锤。铁锤只存在于世界的表面，沉浸在世界的玩耍或游戏中，身带他者的痕迹，因此铁锤不是一个有身份的物，而是许多其他物的集合或差异链。

这个观点貌似有点道理，却讲不通，其原因与亚里士多德批评阿那克萨戈拉（Anaxagoras）是一样的。如果万物都没有身份，一切都不过是差

---

[1] 参见 Michael Marder, "Différance of the 'Real'," *Parrhesia*, no 4 (2008), pp.49—61。
[2] Jacques Derrida, "White Mythology: Metaphor in the Text of Philosophy," in *Margins of Philosophy*, trans. Alan Bass (Chicago: University of Chicago Press, 1982).
[3] 我对德里达误读亚里士多德的隐喻论的论述，参见 Graham Harman, *Guerrilla Metaphysics: Phenomenology and the Carpentry of Things* (Chicago and La Salle: Open Court, 2005), pp.110—116。

异链，那么任何物都可成为他物了。同样的物可以是战船、墙和人，这样世界上就没有任何特殊的地方或实体了。然而如果说每个物是某类特殊的差异（好像只能这样解释了），那么它也必须是这类特殊的差异，而不能成为其他。无论我身处什么变化、游戏、痕迹、书写、撒播……，一天下来我还是我，而不是卓别林、伊丽莎白女王、猫或石头。为了避免将宇宙变成一个所有物都溶成一团的整体混沌，我们需要一开始就承认宇宙中存在个体的、有自我身份的实体，而且这种自我身份（无论多么短暂）要求我们不可将其简约为实体之间的关系。只有物的这种绝对不可转译性才能解释为什么逻格斯中心主义试图为可见世界的原初形式立法注定会失败。只有这样，我们才能理解为什么逻格斯中心主义的法令必然总是不符合物本身，因为物本身只能间接被我们得知。德里达犯了与布鲁克斯类似的错误，认为关联性（这里是所指的游戏）是使原初解释不可能的原因所在，但事实正好相反。关联性不能完整解释物，是因为物比关联性更深沉。自主和深度模式在近几十年里受到猛烈攻击，这一事实告诉了我们这几十年的特点，却没有告诉我们未来哲学思想的任务。

拒绝文学文本是单独有个性的物可以从两个不同方向来进行。查尔斯·阿尔提艾瑞（Charles Altieri）在谈及"物质性"的文学研究时这样总结："在一端，文本分解为阅读以及人们对这些阅读的各种应用；在另一端，文本分解为文化因素——实践、活跃的意识形态以及利益网等，它们解释了作者在其作品中可能传达的意思。"[1]这种双面策略不仅出现在文化研究中，而且也是我们时代哲学的双重基本策略。每个人都想推翻物，好像物就是某种幼稚的残留物，世界上所有哲学家都可以不假思索地将其清除。一方面，物可以向下分解成它的物理成分，因此我们称为"桌子"的东西就是一组亚原子粒，或者一个数学结构。这种策略可命名为"下分解"（undermining）。另一方面，物可以向上分解成它对人类意识产生的效果，因此我们称为"桌子"的东西本身什么都不是，它只是功能性的对某人而言的桌子-效应，或者对其他实体而言的桌子-事件。和前一种策略相比，我把这种策略命名为"上分解"（overmining）。[2]

---

[1] Charles Altieri, "The Sensuous Dimension of Literary Experience: An Alternative to Materialist Theory," http://socrates.berkeley.edu/~altieri/manuscripts/Sensuous.html.
[2] 关于"上分解"和"下分解"的详细解释，参见 Graham Harman, *The Quadruple Object* (Winchester: Zero Books, 2011)。

正如人类不能分解成他们的父母或者孩子,而是拥有某种独立于父母或孩子的自主性,一块石头也既不能向下还原为夸克和电子,也不能向上还原为其在政府大楼中的作用。石头有其自身属性,这个属性无法从微小的内部成分中找到,同时也不能在其使用中完全显现。即使它的几个原子被宇宙光线损害,石头也不会受到影响,同样,它也不会在其现在的用途或所有可能的用途中显示全部。石头不是因为它有用而存在,但是因为其存在而有用。如果将物从其向上和向下的环境中分离出来可以叫"形式主义",那也不是因为石头在我们思维之内是一种形式,而是因为它在我们思维之外是一种实在的形式。这就是中世纪哲学家们所谓的实质性形式(a substantial form):在其物质之上和人类思维理解之下,个体的物具有现实性。

物理学和哲学的现代革命始于对实质性形式的抛弃,因此现在要重新训练我们的思维去各种关联中寻找实在的物非常困难,这一点都不奇怪。莱布尼茨曾在这个方向认真探索过,但他关于"无窗的单子"(windowless monad)的形而上学也许过于玄乎,无法成为主流理论。物是"不能解释的",也不能分解成它的内部成分或"左邻右舍"。然而,这并不意味着我们就必须要选择另一种批评,即致力于"连贯意义的理想化,或对作者意图的猜测"。[1] 我们已经看到,物的自主性和完整性绝不意味着我们对物的把握也具有自主性和完整性。文学文本比任何连贯意义都更深沉,同样也超越了作者和读者的意图。

这让我们回到面向物方法的问题。思想方法的最大特征是它们总是具有两面性,一方面它们开拓了新方法,另一方面又蜕变成僵化的教条。这就是为什么理论化工作必须永不停歇。我们总是想找到"下一个大理论",并非为了赢得社会资本或者抢占山头,而是因为任何理论内容最后都会达到临界点,过了这个点就不再具有思想解放力。比如,弗洛伊德将梦看成愿望实现,这个理论终结了一个原本无法深入讨论的话题,因此让整个文化界为之一振,但同时也慢慢变成僵化的教条。这些理论在人类思想史和个人经历的重要时刻提供了洞见,但随着时间流逝,它们都变成了我们张口就来的空洞的陈词滥调。我们经常需要新鲜的东西让我们从各种教条的沉睡中醒过来。只要追问得当,寻找"下一个大理论"

---

[1] Charles Altieri, "The Sensuous Dimension of Literary Experience: An Alternative to Materialist Theory," http://socrates.berkeley.edu/~altieri/manuscripts/Sensuous.html.

就不是简单的扭扭屁股或资本主义商品化的某个形式,而是一种真正的希望。

下面容许我来谈谈我的希望吧。面向物的哲学希望提供的不是一种方法,而是一种反方法(a counter method)。不是把文本向下分解成阅读,也不是向上分解成文化因素,我们应该特别关注文本是如何抗拒这些分解的。由于时间关系,我这里仅详细谈谈下行方向的抗拒问题。将作品完全嵌入其语境的做法注定会失败,其中的理由是显而易见的,虽然我们往往不明说。其中一个理由是,在某种程度上,创作《吉尔伽美什史诗》(The Epic of Gilgamesh)或《弗兰肯斯坦》(Frankenstein)的社会条件并不是都与这些作品本身相关。首先,这些作品在不同时空传播——一般说来,作品越好,传播就越广。如果说文学经典都是被欧洲白人男性统治的,那么经典就会受到质量标准也会经过重新评估,而不是所有作品都被分解成在本质上相等的时代的社会产品。我们的最好状态不是发生在被周围环境左右的时候,而是发生在内心的声音召唤我们勇敢跨出一步,走别人未走的路,或者完成人生中最伟大的工作的时候。同样的社会和时代制造了杰克逊·波洛克(Jackson Pollock)、帕特里夏·海史密斯(Patricia Highsmith)、法兰克·辛纳屈(Frank Sinatra)和美国前总统哈利·S. 杜鲁门(Harry S. Truman),但是把他们的成就都归于时代就大大忽略了这些伟大人物的不同性情和才能。因此,对"作者之死"的呼吁现在应该增加一个新的对"文化之死"的呼吁了。我们不应强调产生某作品的社会条件,而是相反,应研究作品是如何反转或创造其所处时空的期待,或有些作品如何比其他作品更好地扛住了历代的震动。于文学作品而言,称其为"时代的产品"并不是夸奖,而且也不应该是夸奖。在这一点上,新批评总体是正确的。诚然,社会和传记因素不应该被排除在批评之外,但是即使是唯物主义者也只能选择性地考虑这些因素,原因很简单,我们永远都不会为环境中所有方面所影响。"万物相联"这个方法早已走向衰落,必须加以抛弃。更有趣的问题是为什么有些东西相联,而其他东西不相联。在考虑文化对文学的影响时,我们必须充分意识到那些不相联之处。

如前所述,新批评不正确的地方是把文本看成一个整体机器,其中所有成分都相互影响。这里的教条式关联论与唯物主义如出一辙,只不过是转移到文本内部了。如果济慈的"美即真,真即美"只能在诗的前面部分基础上才能得到充分理解,那也不是指前面的所有部分,尽管布鲁克斯就是这样认为的。我们可以为该诗前面的字词换一种拼写（甚至是错误的拼写），但不会改变高潮部分的感觉。改变标点符号，甚至在"美即真，真即美"之前的几行里改几个字，也许才能改变这句的含义。总之，我们不能将文学作品等同于它现在的形式。面向物的批评可能已经为文学研究提供了很多方法，但在这儿我想提出一种也许还没有大量使用的方法。批评家可以尝试对文本进行各种修改，看看文本是怎样抗拒那种内部整体主义观的。不要简单去评论《大白鲸》(Moby Dick)，为什么不可以对其进行不同程度的缩写以发现到底编写到什么时候它就再也不是《大白鲸》了？为什么不可以想象去扩充它，或者用第三人称讲述，而不是由伊斯梅尔讲述，或者绕地球来一次相反方向的航行？为什么不考虑将《傲慢与偏见》(Pride and Prejudice)的场景设在巴黎富人区而不是英格兰乡下——这样的小说还是《傲慢与偏见》吗？为什么不想象雪莱写的信其实是尼采写的，并思考由此产生的后果或者没有产生的后果？

近年来学界都在高呼"语境化，语境化，语境化！"，与此相反，本文则提出了去作品语境化的方法：或考察它们如何吸收和抗拒其创作的历史条件，或证明它们在某种程度上具有自主性，甚至独立于它们自己的特征。《大白鲸》不同于它自己的长度，也不同于它可以修改的情节细节，它具有一种实质性，这种实质性不受某些修改影响，但受其他修改的影响。通过证明作为物的文学作品不可能完全等同于其环境，甚至其外显的特征，文学批评将显示与海德格尔工具分析中物与其感性特征之间相同的张力。这种批评会揭示那把精致的破锤之本质，也会进一步揭示不是所有破锤都同样精致。

附录 2

人类化的物与怪异的物：论物在叙事中的主动作用[1]

玛丽-劳拉·瑞安/原著 唐伟胜/译

叙事通常都被视为对人类关系网络如何在时间中演变的再现，然而哲学的最新趋势已经开始质疑我们赋予人类在自然世界的霸权地位，并拒绝接受"人类优先于其他活性物种和非活性物"的观点。一个被称为"思辨实在论"的松散哲学流派认为，物是自主存在的显现，而不只是经由人类感知这一过滤器来被看待。对于叙事学来说，这些新近的发展意味着我们需要更加关注非人类成分对叙事意义的重要性。传统叙事观念认为，叙事的核心成分包括场景、人物和情节，情节又包括事件和行动，但在刻画场景、促进人物行动乃至决定情节时，非人类实体起到了关键作用。

---

[1] 原文为瑞安在中国第八届国际叙事学研讨会（2019年南昌）上的主旨发言稿。此译文主要内容曾发表于《江西社会科学》2020年第1期。

在叙事中，非人类能够以多种形式出现，包括自然环境和动物等，但我将聚焦"物质之物"（material objects），也就是说，那些拥有物质存在的非生命物。我这样做，使我的观点有别于哈曼提出的哲学理论"面向物的本体论"，因为哈曼的"物"既包括汽车、电脑、绘画和岩石，也包括规模更大、范围更广、也许不具物质存在的现象，比如东印度贸易公司（哈曼最喜欢举这个例子）。我讨论的"物"仅仅是那些无生命的物质之"物"，看得见、摸得着，而且可以控制。我们习惯称它们为"惰性的物"，而不是某种生命形式，但思辨实在论普遍倾向于认为，"物"具有内在的行动力。贝内特称其为"活性物"，[1]这正好与"惰性"相反；拉图尔坚持认为物具有主体性；[2]博古斯特饶有兴趣地推想"当一个物是什么感受"；[3]而一本关于18世纪小说中"物"的作用的选集名为《物的秘密生活》。[4]（根据瑞安这里的定义，下文将把她所使用的object译为"物件"，即有形的非生命实体。——译者注）

之所以让读者关注叙事中的物件，最常听到的理由是物件有助于读者对叙事世界形成心理表征：描写特定的物件可以代表故事发生的整体环境。然而，物件可以完成其他叙事功能。在马可·卡拉斯洛（Marco Caracciolo）所谓的"面向物的情节"（object-oriented plot）中，物件具有明显的主体性。[5]在这种情节中，物件居于某种因果关系中，从而决定人物的命运。比如，某物件失去功能，人物的行动就会受到阻碍；对某物件的欲望会让人物踏上追寻之路；某物件的偶然介入要么帮助、要么阻止人物实现目标，而某物件的位置变化则会引入新的人物或新的场景。研究情节中物件的策略性的功能，是从设计情节的作者的角度来进行的，但还有一种方法是从人物的角度进行，也就是研究人物如何体验物件。"物质之物"（即物件）在情节中的这两个功能，即情节中的齿轮和人物的体验，既可以重合，也可以分离。当人物与物件的关系决定了

---

[1] Jane Bennett, *Vibrant Matter: A Political Ecology of Things* (Durham and London: Duke University Press, 2010).
[2] Bruno Latour, *Reassembling the Social: An Introduction to Actor-Network-Theory* (New York: Oxford University Press, 2005).
[3] Ian Bogost, *Alien Phenomenology, or What It's Like to Be a Thing* (Minneapolis: University of Minnesota Press, 2012).
[4] Mark Blackwell, ed., *The Secret Life of Things, Animals, Objects and It-Narratives in Eighteenth Century England* (Lewisburg: Bucknell University Press, 2007).
[5] Marco Caracciolo, "Object-Oriented Plotting and Nonhuman Realities in DeLillo's Underworld and Iñárritu's Babel," in *Environment and Narrative: New Directions in Econarratology*, eds. Erin James and Eric Model (Columbus: Ohio State University Press, 2020).

人物的行动（因此也决定了情节），这两者就是重合的；当物件的行动只是偶然发生，并没有引起人物的思考，这两者就是分离的。比如，犯罪现场一支冒烟的枪让我们找到了杀人凶手，它就完成了策略性的功能，但它不一定有体验的功能。相反，人物可能对物件进行思考，而这个行为并不产生直接后果（这种情况不像前面一例那样可以将两种功能截然分开，因为我们的行为是受整体经历影响的）。在接下来我所讨论的例子中，物件的策略功能和体验功能是不可分离的。此外，体验功能也许还伴有一个描述性的层面，因为，物件除了刺激人物的心理活动，还能让读者认识到人物所处的环境。

  在本文中，我将探讨对物件的两种不同体验，第一种体验使物件人类化，从而挑战思辨实在论，第二种则将物件看作非人类的代表，从而支持思辨实在论。

  叙事有多种方法使物件人类化。物件可以成为人物，并被赋予意识和经验，如儿童故事中的拟人化的玩具（如玩具娃娃、玩具战士或木偶等）和动物化的玩具（如玩具熊等）。它们可以承担叙述者的角色，并拥有人类特有的语言能力，但不一定能以人类的视角来体验世界。它们也可以被赋予生命，具有灵性，同时又是场景的一部分，比如在马塞尔·普鲁斯特（Marcel Proust）的小说中的叙述者看来，海滨酒店里的物件既陌生又充满敌意，完全不像他自己房间里的那些熟悉的物件，对他来说，这些熟悉的物件就是他自我的延伸。

  这些例子都涉及将人类特征投射到物件上，与此相反，我这里讨论的人类化形式依赖于物件与拥有、接触、制作、使用或者喜爱物件的人类之间的转喻关系。这种关系构成了很多文化现象的基础，比如遗物崇拜、纪念品收藏、性爱恋物癖等。在所有这些情形中，物件的价值不在于其自身，而在于其与特定个人之间的关系：在遗物崇拜中，圣人或圣女的精神力量被转移到某个物件上；纪念品收藏中，名人或体育明星的个人物件代表了文化资本；在性爱恋物癖中，所爱之人的身体可以通过接触过这个身体的物件而被间接地拥有。我将通过解读土耳其作家2006年诺贝尔奖获得者帕慕克的《纯真博物馆》来阐明这种人类化形式。

  《纯真博物馆》的情节缘起于一个充满文化内涵、因而也充满人性内涵的物件。主人公兼叙述者凯末尔是伊斯坦布尔上流社会中的一员，他的未婚妻茜贝尔是一个高度西方化的女性，也属于上流社会。有一天茜贝尔在商店橱窗里看见一个手提包，来自知名品牌"珍妮·科龙"（大约相当于真实世界中的路易·威登),对其表达了喜爱之情。次日,凯末尔去商店为她买下了这个手提包。售货员名叫芙颂,貌似天仙,是凯末尔的远房穷亲戚。后来,当凯末尔把手提包送给茜贝尔时,她发现标签有异样,于是觉察到手提包不是真品,而是仿制品。虽然这假包与真品的几无差异,但茜贝尔不可能留下它,因为这包的价值不在于其用途或外观,而在于它的品牌是"珍妮·科龙"。物件的价值若取决于外部联系,而不是其内在特征,很容易沦为假货。茜贝尔让凯末尔去退掉手提包,而当他再次回到商店时,他爱上了芙颂,这份激情决定了他一生的走向。从不同角度看,这个手提包承担了三种不同功能:对茜贝尔来说,它本应是(却没有变成)身份的象征,一个象征财富和品位的文化符码;对凯末尔和芙颂来说,它是命运的工具,毫无理由地将他们牵在一起;对作者来说,它是一个推动情节发展的手段;对读者来说,它是以上所有。

由于这手提包引发的相遇,凯末尔和芙颂陷入一场短暂而热烈的性爱关系,然而,当凯末尔和茜贝尔正式订婚后,芙颂消失了,这让凯末尔心碎不已。其实,他不仅是心碎,身体上也落了病根,再也不能与茜贝尔做爱了。绝望之际,他从芙颂触摸过的物件上找到了慰藉,他自己也触摸这些物件来想象芙颂的存在:"我发现,在这新一波的痛苦中,有一记良方,那就是抓住一个有着我们共同记忆又刻有她印记的物件;将这物件放到嘴里慢慢品尝,让我轻松不少。"[1]他捡起芙颂留下的烟蒂,情不自禁地准备点燃,想象这样做就能变成她,但很快他意识到"如果这样做,就再也没有遗物留下了"(156)。凯末尔不能既拥有芙颂在想象中的存在,又拥有能代表她的物件,但仅仅是这些物件也能让他颇为满足了:"有时候,我试图说服自己,我已经慢慢习惯她不在身边了,但这根本就不是事实,一点也不。事实不过是我越来越熟稔于在物件中找到快乐来转移自己罢了。"(157)凯末尔是不可靠叙述者,他的话不一定能准确地反映他的情感病因:他在物件中找到的快乐不是从一份更重要的爱中"转移",而是爱自身,是一份具有自我价值的激情。随着叙事向前推进,芙颂与代表她的物件之间的矛盾渐渐得到解决,越来越偏向物件。

数月之后,凯末尔的奇怪行为导致茜贝尔取消了他们的婚约,而芙颂则恢复了与凯末尔的联系。此时她已经嫁给费雷顿,一个肥胖的、一

---

[1] Orhan Pamuk, *The Museum of Innocence*, trans. Maureen Freely (New York: Vintage Books, 2009), p.156. 以下只标注页码。

心想做电影编剧的男孩。她嫁给他,并不是因为爱。按照土耳其传统社会的道德准则,不是处女,就失去了婚姻的未来。八年来,凯末尔每周去看望芙颂四次,在芙颂父母家里(芙颂和丈夫也住那里)吃晚饭,晚上与这一家人一起看电视。他还从房子里偷偷拿走各种各样的物件,因为这些物件留有芙颂的印记,从而可以释放他们做爱的记忆。开始他偷发夹、梳子、香水瓶和烟蒂,所有这些物件都与芙颂的身体有亲密的接触;然后他偷一些生活用品,比如小盐瓶、咖啡杯、电视顶上的陶瓷狗;偷走这些物件后,他会换上新的,或者留下钱,而后他又把这些新的物件偷走。物件变成了"战利品",把物件带回家变成了他去芙颂家的目的,虽然作为不可靠叙述者,凯末尔自己不承认这些事实。

如此这般八年后,芙颂和弗雷顿离婚,并同意嫁给凯末尔,条件是凯末尔得带她去巴黎。旅途中,他们恢复了身体关系。但是就在次日,芙颂开着凯末尔的车撞上一棵悬铃树,当场死亡,而凯末尔也身受重伤。这是事故还是自杀,小说语焉不详。芙颂去世后,凯末尔继续收集物件,但现在他这样做不再是因为物件与芙颂的关系,而是物件收集本身带来的快乐,以及那种身处一个收集者群体的归属感。当他的住所堆满了收集来的物件,凯末尔创建了一个博物馆,既展示这些收集来的物件,也把它用作芙颂的神庙(从词源上讲,博物馆的原义就是神庙)。叙事的这个时刻,发生了一个突转,现实和虚构融合,从而让小说《纯真博物馆》在当代文学中显得非常特别:这个博物馆真实存在,在旅游指南中,它是伊斯坦布尔的一个重要景点。

有那么十多年,帕慕克一直在博物馆附近的古董店和废品店里狂热地收集物件:不是稀世珍宝,也不是土耳其艺术品,多数都是大规模生产的物件,这些物件记录了20世纪中期伊斯坦布尔的日常生活。帕慕克收集这些物件的目的是什么?他创建了一所真正的博物馆,展示这些物件,突显这些物件的"物性",也就是它们实实在在的物质性,还写了一部小说,用虚构的方式来讲述博物馆的创建过程。在一本叫《物件的天真》(本书可用作博物馆的目录)的姊妹篇中,[1]帕慕克表达了他个人的物哲学,而且将展品与小说联系起来。博物馆里每个盒子都对应着小说的某个章节,并展示小说中提及的一些物件。博物馆有74个盒子(让人

---

[1] Orhan Pamuk, *The Innocence of Objects*, trans. Ekin Oklap (New York: Abrams, 2012). 以下只标注页码。

想起约瑟夫·康奈尔［Joseph Cornell］的那些盒子），物件的摆放富有深意。如果比较一下这些盒子（都出现在目录中）和小说文本，读者就会意识到他们在第一次阅读时忽略了很多物件，因为第一次阅读主要关注的是凯末尔和芙颂关系的演变过程。与那个"珍妮·科龙"手提包不同的是，这些物件在情节发展中没有策略性的作用；相反，它们给人的印象就是"找到的物件"，是它们的内在特性让帕慕克着迷。因为某种神秘的原因，帕慕克喜欢上某个物件，于是把它写进小说，这方面的最佳例子就是在 66 号盒子展出的水果研磨器。为了解释这个研磨器在博物馆及小说中的存在，帕慕克编造了一个复杂的桥段：警察拦住凯末尔，误认为这个无害的物件是某种武器。通过这个桥段（这个桥段并不符合逻辑，完全可以从小说中删除），帕慕克揭示小说的情节可能因为某些不经意的发现而变得更为复杂。对"珍妮·科龙"手提包来说，帕慕克必须造出它来，让情节按照他头脑中的方向前进；而对于这个研磨器，帕慕克则是必须调整情节，以把它置入故事世界。这种差别体现在这两个物件进入博物馆的方式：研磨器是发现的，很容易得到，而手提包则需要工匠特别制作。

虽然凯末尔和帕慕克都多年收集物件并创建博物馆，然而他们此举的缘由却大为不同。凯末尔的主要目的是讲述他与芙颂的爱情故事，帕慕克则试图将物件从叙事的时间流中解放出来，让它们为自己代言。14号盒子展示的各种物件看起来是随意收集的，帕慕克这样写道："我特别喜爱这盒子，虽然有我的千设计万谋划，它还是显示出种种意想不到的美。"（100）9 号盒子对应了小说的一章，讲述了芙颂和凯末尔在一间堆满杂物的金属床上做爱的情景，帕慕克这样写道："当这些物件依次进入博物馆，它们开始相互交谈，唱着不同的曲调，从小说描写的情景中跑出。"（83）这番话当然是隐喻性的，意思是在盒子里排列物件时，帕慕克需要聆听物件的感觉属性，而不是将它们视为图解而从属于他自己的叙事目的。他完全意识到博物馆工程中内在的冲突："我们建设博物馆，基于两个相互矛盾的愿望：讲述物件的故事［或者可以说用物件来讲故事］和展示物件的天真。"（141）"物的天真"这个概念涉及物坚持成为自己，独立于人类编造的故事，拒绝仅仅作为人类实现自己目标的工具。66 号盒子的标题是"那是什么？"，这个问题的答案是"一个水果研磨器"，但将其放置在盒子里独自展出，帕慕克就陌生化了一个不起眼的工具，使其显现出其原始存在，并让读者意识到其不能被还原为其在人类世界里的功能。

对帕慕克来说，将物件从与人类的联系中解放出来，让它们自行交谈，这是一件值得高兴的事情，因为这展现了一种意想不到的美——它们组合起来后的内在美，也因为此，帕慕克体验到物件存在模式中的"天真"。相反，在我的另外一个例子即萨特的《恶心》中，当主人公兼叙述者罗康坦意识到物件的彻底非人性质后，却感到痛苦和厌恶。这部小说已经被各学者深入研究，研究者均认为这部小说表达了构成存在主义哲学基础的荒诞感，但这儿，我想更仔细地考察一下物件在这种感觉生成中所起的作用。

罗康坦是研究历史的，为了写书做研究，他在布维尔（也可译为"泥城"——译者注）住了两三年。布维尔是一个地处法国北部的无聊小镇。近来罗康坦一直有一种莫名的痛苦，他称这种感觉为恶心，主要症状是觉得日常物件有一种陌生感，于是他决定写日记，试图理解他之前和之后对物件的感觉："应该写我怎样看这张桌子、这条街道、这个人、我的那包香烟，因为发生变化的是它们。我应该精确确定这种变化的幅度。"[1]罗康坦列举物件的各种感觉属性，试图以此摆脱对物件的恐惧，但收效甚微："现在到处都有东西，譬如桌上这只啤酒杯。我看见这只杯子，很想说：'够了！'我知道自己已经无药可救了……半小时以来，我一直试图不看这啤酒杯。我看它的上方、下方、左方、右方，就是不想看它。"[接下来小说描写了酒吧里其他人如何看这啤酒杯：有斜切面，有杯柄，酒杯上还印有一个带铁铲的小纹章，上面刻着"斯巴腾布罗"。]"这些我都知道，但我知道还有其他东西。又好像什么也没有。但我无法解释我看到的，无论对谁。没错：我慢慢滑入水底，滑向恐惧。"（8）这种陌生感不是来自物的外表，而是其他东西；但罗康坦找不到这到底是什么，因为"物就是物外部存在的样子（things are entirely what they appear to be），如此而已——物的背后……别无他物"（96）。如果我们将这里的动词 to be 理解为存在，那么物背后就有其他东西，这个东西就是"无"，而这个"无"有一种实在性，只是人类无法捕获罢了。

恶心感发作之前，罗康坦与物件之间的关系还是颇为积极的，这种

---

[1] 让-保尔·萨特：《恶心》，桂裕芳译，载《萨特文集1》，北京：人民出版社，2000年，第5页。以下只标注页码。

关系很大程度上产生于触摸和控制物件带来的快感：

> 我很喜欢拾东西，栗子、破布，特别是纸片。拾起它们，用手捏着它们，这使我很愉快；我几乎像孩子一样将它们凑到嘴边……这些都可以拾起来。有时我从近处看看纸片，只是摸摸它，有时我将纸片撕碎，听它发出长长的噼啪声。如果纸很潮湿，我便点上火，这当然有点费事，然后我在墙上或树上擦净那满是泥污的手心。(10)

在这早期的关系中，物件温顺地屈从于罗康坦的触摸，但是有一天，他在水洼里看到一张纸片，他想拾起纸片，但纸片居然拒绝了："我弯下身，高兴地盼着触摸这团柔软凉爽的纸浆，用手将它揉成灰色纸团……但我没有做到。"(10) 这是怎么回事？物应该是无害而温顺的，此刻却好像有了自己的意志。"触"（touch）本身有两个含义，分别涉及身体和心理（法语原文中也有这两个含义），罗康坦巧妙地利用了这两个含义："物件是没有生命的，不该触动人。你使用物件，又把它们放回原处，在它们中间生活：它们是有用处的，仅此而已。然而它们居然触动了我，真实无法容忍。我害怕接触它们，好像它们是有生命的野兽。"(10) 物件之所以引发恐惧，是因为在罗康坦的心目中，它们失去了实用功能。在海德格尔看来，物件的有用性让物件从属于人类意志，在我们看来，它们就隐身了；但是一旦物件不再被还原为工具功能，它们就会变得积极、可见起来，但同时也变得怪异而让人害怕。在哈曼看来，我们关于物件的知识要么是物件是由什么构成的，要么就是物件可以为我们做什么；一旦我们不谈"物件能做什么"这个问题，我们就没有办法为物件命名，因为语言就是通过功能来辨别事物的，不谈功能，语言就失去了对事物的把握。[1] 以下这段可作佐证，在这里，罗康坦将椅子看作纯粹的物：

> 我坐着的这个东西，刚才用手扶着的这个东西，叫作软垫长椅。他们制造它就是让人坐的，他们拿了皮革、弹簧、织物，开始工作，

---

[1] Graham Harman, *Object-Oriented Ontology: A New Theory of Everything* (London: Penguin, 2018), p.41.

目的是做一张椅子,等他们完工以后,做成的就是它。……我喃喃说:"这是一张长椅",仿佛在念咒驱邪。然而这个词停留在我唇边,不肯去栖息在物体上。它依然是原样,有着红绒毛,几千个红色小爪朝上竖着,像僵死一样直挺挺的。这个硕大的肚皮仰天待在那里,血红色的、鼓鼓的、肿胀的,上面尽是僵死的小爪。这个肚皮在车厢里,在灰色光线里漂浮。它不是长椅,它完全可以是一头死驴,在水上浮浮沉沉。(125)

罗康坦试图通过语言找到他对事物产生恐惧的缘由,却始终不成功,直到在公园里看栗树根,他才获得了让他醍醐灌顶的终极启示:

刚才我在公园里。栗树树根深深扎入土中,恰巧在我长椅下面。当时我记不起那是树根。字眼已经消失,与之一同消失的是物体的含意、用途以及人们在它表皮上划出的浅浅标记。我坐在那里,低着头,微微弓着背,单独面对这个黝黑多结、完全野性的庞然大物,它使我害怕。于是我得到了启迪。

我喘不过气来。就在不久以前,我还未预感到"存在"意味着什么……但是突然间,它就出现了,像白日一样清楚:存在突然露出真面目。它那属于抽象范畴的无害姿态消失了,它就是事物的原料本身,这个树根正是有了缠绕,才成为存在。(125-126)

关于栗树根之存在这一启示无疑就是一次顿悟。按照剑桥词典的定义,顿悟是"某个瞬间,你突然觉得自己理解了,或者突然意识到了某件于你而言非常重要的事情"。作为一个文学手段,顿悟指的是在某个时刻,一次很小的日常经历带来了一种改变人生的启示,从而影响故事的走向。重要的是,激发罗康坦产生顿悟的,不是生产出来具有某种使用功能的物件,而是一个自然物,它的存在与人类的任何意图无关。通过展示其原始的存在,这栗树根显示出非人类的、怪异的物之本性。由于语言从根本上讲还是一种人类官能,这个由树根引发的启示就超越了语言能力,因此,除意识到其非人类特征外,再也没有其他努力用语言来捕获存在的性质。然而,尽管罗康坦不能言说何为存在,但他能说出意识到存在后是个什么滋味。存在是万物均有的属性,而且不区分万物;一切都由同样的物质实体构成,罗康坦也不过是芸芸众存在中的一员。"普遍存在"这一启示没有带来与平等万物结成共同体的感觉，反而导致了与其他存在物的疏离。

> 我们是一群局促的存在者，对我们自己感到困惑，我们之中谁也没有理由在这里存在；每个存在者都感到不安和泛泛的惶惑，觉得对别人来说自己是多余的人。多余的，这便是我能在这些树木、铁栅、石子之间建立的唯一联系。（128）

"多余的"这个译法比较切合法语原文 de trop，意思是"过度的""画蛇添足的"，是萨特哲学的中心所在。罗康坦的个体存在不是某个整体智能设计中的一部分，而是一个无用之物，偶然地与其他物抛放在一起。这种感觉在存在主义哲学中被称为"荒诞"，迥异于当代环境思维中"万物互联"的观点。对罗康坦来说，存在是一种负担、一种堕落，而整个世界受害于存在的多余：不仅他是多余的，所有物对其他物而言也是多余的。

恶心的存在体验，以及思维和环境之间的失联感，使罗康坦公园之行在最后时刻让人非常惊讶，因为在这个时候，物被人类化，而他与公园的关系也突然发生了变化："我站起身往外走，来到铁栅门时我回头看看。公园对我微笑。我靠在铁栅门上久久地注视。树木的微笑、丹桂树丛的微笑，都是有意义的：那就是存在的真正奥秘。"（135）罗康坦觉得，事物在合谋想告诉他点什么，但他却弄不明白内容："这小小的含意使我不快。即使在铁栅门靠一个世纪，我也无法理解它。关于存在，能学到的我都已经学到了。我走了，回到旅馆，写下这些。"（135）物开始交谈了吗？这是又一次顿悟吗？公园的微笑是存在的"真正奥秘"吗？这是不是在否定荒诞的体验？小说的结尾，罗康坦决定写本书来"救赎"他的存在，作为审美之物，这本书将创造出另一种形式的存在，或者"高于存在"，通过讲述一个"如钢铁般美而硬"（178）的故事，来烛照那种模糊昏暗的恶心感。

这个结尾引起了批评家的激烈争议。罗康坦决定投身文学，这是他对自己存在的经历做出的真实反应，抑或他意欲表明他想逃离在栗树根那里的所学？我认为这个结尾既是严肃的，也是反讽的。一方面，对萨特来说，写作无疑是一剂良方，可以将他从荒诞的体验，从折磨他的迷药般的混沌中解救出来；许多年以后，他将自传命名为《话》（Words），也许不无理由。另一方面，罗康坦投身小说创作，应该在互文语境中来理解，因为《恶心》不仅是存在主义宣言，而且是对普鲁斯特的巨著《追忆逝水年华》(À la recherche du temps perdu)的戏仿。这两个文本可以归结为相同的程式：经过许多暗示后，看似虚度光阴的主人公/叙述者有了一次改变人生的经历，之后决定通过写一本小说（也就是读者刚刚阅读的小说）来救赎自己。（虽然就萨特而言，批评家对这最后一点还存有争议，但与普鲁斯特的《追忆逝水年华》对照阅读，会让这种读解显得更加合理。）不仅如此，《恶心》还包含普鲁斯特小说涉及的两个重要主题：同性恋主题（关于这个，普鲁斯特和萨特的观点不同[1]）和音乐主题（普鲁斯特和萨特都将音乐视为能让听众从日常生活得到升华的艺术体验）。但在改变人生的事件的性质以及叙述者对于时间的态度这两方面，《恶心》对《追忆逝水年华》的戏仿意图非常明显：在《追忆逝水年华》中，事件让普鲁斯特的叙述者得以重新找到过去，并将它变成未来创作的小说的实质内容，而罗康坦的时间观只让他聚焦在此时此刻，使他与已经与之决裂的过去和不确定的未来割裂开来。普鲁斯特的顿悟赋予了叙述者人生的意义，而罗康坦的经历揭示的却是人生的荒诞以及存在的断裂。《恶心》中的"微笑的花园"与普鲁斯特基于隐喻的文学艺术观非常合拍，但它只是一个幻象，否定了罗康坦存在经历的独特性。最后一点，普鲁斯特花了相当大的笔墨来描写未来要写的小说的模样，与此相反，罗康坦只用寥寥几行描写了他计划要写的作品：让人觉得那是个匆匆忙忙的决定，从而强化了这个结尾的人为性——因而也强化了它的戏仿性。

最后，我想列举一些物的属性，这些属性在罗康坦那里是绝对没有的，我这样做，不仅仅是为比较罗康坦的物质观和凯末尔及帕慕克的物质观，更是因为这些属性提供了一个有用的目录，让我们看到物在叙事中可能的再现方式。

恋物癖式的人类化。我们已经看到，对凯末尔来说（至少在开始阶段），物的价值不在于其自身，而在于物有能力将芙颂唤回他的想象之中。相反，罗康坦有力地但也是不情愿地拒绝任何恋物癖式的联想。当他收到前情人（现在还爱着）的信，他这样写道："我绝望地把安妮的信

---

[1] 参见 Shawn Gorman, "Sartre on Proust: Involuntary Memoirs," *L'Esprit Créateur*, vol.46, no.4 (2006), pp.56-68。

塞进箱子：她能做的都已经做过了；我摸不到那将信拿在手中，折起来，然后放进信封的女人。"（63）后来，他还嘲笑老年人喜欢在屋里堆满过去遗留物的习惯。

万物有灵论和拟人化。帕慕克和萨特都没有赋予物件人类思维。博物馆展示了物件的不透明的"物性"，而不是它们的（假定拥有的）灵魂。虽然罗康坦（也许是反讽似地）提到了"微笑的"公园，但他的存在体验与"物关心人类"这个意识是最不沾边的。

万物互联。在帕慕克看来，通过将物件有艺术性地安排在博物馆的盒子中，物件就实现了相互联系，让它们得以相互交谈。但是这种联系主要因为人类艺术家的存在，虽然他相信物件在创造"意想不到的美"时有发言权。相反，对萨特来说，任何物件对别的物件来说都是"多余的"，不唯如此，人类思维对物件来说，也是"多余的"。

美学维度。应对物的"他性"，一种办法是将物转化为艺术作品，正如帕慕克创建博物馆那样。在《恶心》中，物件绝对没有任何内在美感。虽然艺术被视为一种克服存在之痛的办法，但表达艺术体验的是最"非物质性的"艺术，即音乐。在罗康坦决定创作的小说中，没有丝毫迹象表明物的再现将扮演任何角色。

多样性。帕慕克的博物馆展示了多种多样的物件，即使是一个类型的物件也有很多，比如那4 213只烟蒂、差不多100只瓷器狗等。物件各有特征，让它们互不相同。相反，对罗康坦来说，物与物之间的差异不过是一种表面印象；透过表面，所有物都是同样的存在。存在是"罪"，因而感受物的多样性就是一种痛苦的经历。"为什么，我在想，为什么有这么多存在，既然它们看上去都是一样的。"[1] 行动只会给这世界增加更多的存在，为今之计，只有通过艺术创作，因为艺术是"另一种存在"。

以上所列特征，在某个具体的物再现中也许出场，也许缺席，这是一些基本参数，用于研究有思维的人类与物质性的物件在叙事中的关系。这个列表自然不是穷尽性的。相反，这只是深入研究"面向物的叙事学"的一个出发点，这种"面向物的叙事学"着眼于人类之外，同时不否认叙事从本质上讲是来源于人类，聚焦于人类。物对故事来说虽然重要，但是单纯依靠物质性本身是无法维持叙事兴趣的。

---

[1] Orhan Pamuk, *The Innocence of Objects*, trans. Ekin Oklap (New York: Abrams, 2012), p.133.

引用文献

Abram, David. "With Dirt-Stained Fingers." http://www.januarymagazine.com/fiction/hermitstory.html.

Abrams, M. H., ed. *A Glossary of Literary Terms*, 7th Edition. Fort Worth: Harcourt Brace College Publishers, 1999.

---. *The Norton Anthology of English Literature*. New York: W. W. Norton Company, 2000.

Adamson, Joni and Scott Slovic. "The Shoulders We Stand On: An Introduction to Ethnicity and Ecocriticism." *MELUS* 2(2009), pp.5–24.

Alber, Jan. *Unnatural Narrative: Impossible Worlds in Fiction and Drama*. Lincoln and London: University of Nebraska Press, 2016.

Allison, John. "Coleridgean Self-Development: Entrapment and Incest in 'The Fall of the House of Usher'." *South Central Review* 5.1 (1988), pp.40–47.

Altieri, Charles. "The Sensuous Dimension of Literary Experience: An Alternative to Materialist Theory." http://socrates.berkeley.edu/~altieri/manuscripts/Sensuous.html.

Amis, Martin. "From Outer Space to Inner Space." *The Guardian* 24 (Apr. 2009).

Applefield, David. "Fiction & America: Raymond Carver." *Frank: An International Journal of Contemporary Writing and Art* [Paris] 8.9 (Winter 1987–1988), pp.6–15.

Armstrong, Philip. *What Animals Mean in the Fiction of Modernity*. London: Routledge, 2008.

Askin, Ridvan. *Narrative and Becoming*. Edinburgh: Edinburgh University Press, 2016.

Ballard, J. G. "Time, Memory and Inner Space." *The Woman Journalist Magazine*, 1963.

---. *The Best Short Stories of J. G. Ballard.* New York: Holt, Rinehart and Winston, 1978.

---. *A User's Guide to the Millennium.* New York: Picador, 1996.

Ballentine, B. C. *The Narrative Lens: Understanding Eudora Welty's Fiction Through Her Photography.* Johnson City: East Tennessee State University, 2006.

Barrilleaux, R. P. Foreword in *Passionate Observer: Eudora Welty Among Artists of the Thirties*, ed. R. P. Barrilleaux. Jackson: Mississippi Museum of Art, 2002.

Bass, Rick. "Antlers." In *Fiction 100: An Anthology of Short Stories*, 7th Edition, ed. James H. Pickering. Englewood Cliffs: Prentice Hall, 1995.

---. "The Hermit's Story." In *The Best American Short Stories, 1999*, eds. Amy Tan and Katrina Kenison. New York: Houghton Mifflin Company, 1999.

---. "The Cave." *Paris Review* 156.4 (2000), pp.145–160.

---. "Landscape and Imagination." *The Kenyon Review* 3.4 (Summer-Autumn 2003), pp.152–164.

---. *The Lives of Rocks.* New York: First Mariner Books, 2007.

---. "Swans." In *For A Little While: New and Selected Stories by Rick Bass.* New York: Hachette Books Group, 2016.

Bachelard, Gaston. *The Poetics of Space*, trans. Maria Jolas. London: Penguin Classics, 2014.

Barad, Karen. *Meeting the Universe Halfway.* Durham and London: Duke University Press, 2007.

Baudrillard, Jean. *The System of Objects*, trans. James Benedict. London: Verso, 2020 [1968].

Baxter, Jeannette. *J. G. Ballard's Surrealist Imagination: Spectacular Authorship.* Surrey: Ashgate Publishing Limited, 2009.

Belling, Catherine. "Narrating Oncogenesis: The Problem of Telling when Cancer Begins." *Narrative* 18.2(2010), pp.229–247.

Bennett, Jane. *The Enchantment of Modern Life: Attachments, Crossings, and Ethics.* Princeton and Oxford: Princeton University Press, 2001.

---. *Vibrant Matter: A Political Ecology of Things.* Durham and London: Duke University Press, 2010.

Berlant, Lauren. "Intuitionists: History and the Affective Event." *American Literary History* 20.4 (Aug. 2008), pp.845–860.

Bérubé, Michael. "Race and Modernity in Colson Whitehead's *The Intuitionist*." In *The Holodeck in the Garden: Science and Technology in Contemporary American Fiction*, eds. Peter Freese and Charles Harris. Normal: Dalkey Archive, 2004.

Bieganowski, Ronald. "The Self-Consuming Narrator in Poe's 'Ligeia' and 'Usher'." *American Literature* 60.2 (1988), pp.175–187.

Blackwell, Mark, ed. *The Secret Life of Things, Animals, Objects and It-Narratives in Eighteenth Century England.* Lewisburg: Bucknell University Press, 2007.

Boehrer, Bruce Thomas. *Animal Characters: Nonhuman Beings in Early Modern Literature.* Philadelphia: University of Pennsylvania Press, 2010.

Bogost, Ian. *Alien Phenomenology, or What It's Like to Be a Thing.* Minneapolis: University of Minnesota Press, 2012.

Brassier, Ray. *Nihil Unbound: Enlightenment and Extinction.* London: Palgrave Macmillan, 2007.

Brassier, Ray, Iain Hamilton Grant, Graham Harman, and Quentin Meillassoux, "Speculative Realism." In *Collapse III*, ed. R. Mackay. Oxford: Urbanomic. (2007), pp.306–449.

Breu, Christopher. *Insistence of the Material: Literature in the Age of Biopolitics*. Minneapolis: University of Minnesota Press, 2014.

Brooks, Cleanth. "History Without Footnotes: An Account of Keats's Urn." *The Sewanee Review* 1 (1944), pp.95–96.

---. *The Well Wrought Urn*. New York: Harcourt, Brace & World, 1947.

Brown, Bill. *The Material Unconscious: American Amusement, Stephen Crane, and the Economics of Play*. Cambridge: Harvard University Press, 1996.

---. *A Sense of Things: The Object Matter of American Literature*. Chicago: University of Chicago Press, 2003.

Brown, Cynthia Stokes. *Big History: From the Big Bang to the Present*. New York and London: The New Press, 2007.

Bryant, Levi R. *Onto-Cartography: An Ontology of Machines and Media*. Edinburgh: Edinburgh University Press, 2014.

Campbell, Norah, Gerard McHugh and P. J. Ennis. "Climate Change Is Not a Problem: Speculative Realism at the End of Organization." *Organization Studies* 40.5(2018), pp.1–20.

Candlin, Fiona and Raiford Guins. "Introducing Objects." In *The Object Reader*, eds. Fiona Candlin and Raiford Guins. London and New York: Routledge, 2009.

Caracciolo, Marco. "Object-Oriented Plotting and Nonhuman Realities in DeLillo's Underworld and Iñárritu's Babel." In *Environment and Narrative: New Directions in Econarratology*, eds. Erin James and Eric Model. Columbus: Ohio State University Press, 2020.

Caraion, Marta. *Comment la littérature pense les objets*. Ceyzérieu: Champ Vallon, 2020.

Carver, Raymond. *Where I'm Calling from: New and Selected Stories*. New York: Vintage Books, 1989.

Chakrabarty, Dipesh."The Climate of History: Four Theses." *Critical Inquiry* 35.2 (2009), pp.197–222.

Charles, Ron. "'Zone One' by Colson Whitehead: Zombies Abound." *The Washington Post* (19 Oct. 2011).

Clarkson, Shaun. *Creative Sanctions: Imaginative Limits and the Post-9/11 Novel*. PhD Dissertation, Purdue University, 2017.

Claxton, M. M. "Migrations and Transformations: Human and Nonhuman Nature in Eudora Welty's 'A Worn Path'." *The Southern Literary Journal* 2 (2015), pp.73–88.

Coole, Diana and Samantha Frost. "Introducing the New Materialisms." In *New Materialisms: Ontology, Agency, and Politics*, eds. Diana Coole & Samantha Frost. Durham & London: Duke University Press, 2010.

Crane, Stephen. *The Open Boat and Other Tales of Adventure*. New York: Doubleday & McClure Co.,1898.

Crutzen, Paul J. and Eugene F. Stoermer. "The Anthropocene." *Newsletter* 41 (2000), p.17.

Derrida, Jacques. "White Mythology: Metaphor in the Text of Philosophy." In *Margins of Philosophy*, trans. Alan Bass. Chicago: University of Chicago Press, 1982.

---. *Of Grammatology*, trans. Gayatri Chakravorty Spivak. Baltimore: Johns Hopkins

University Press, 1997.

DiYanni, Robert and Kraft Rompf, eds. *The McGraw-Hill Book of Fiction*. New York: McGraw-Hill, Inc., 1995.

Donahue, Dick. "The Monday Interview with Rick Bass." http://www.publishersweekly.com/pw/by-topic/authors/interviews/article/44449-the-monday-interview-with-rick-bass.html.

Dwyer, J. "The Unbelievable Thing Usually Goes to the Heart of the Story: Magic Realism in the Fiction of Rick Bass." In *The Literary Art and Activism of Rick Bass*, ed. O. Alan Weltzien. Salt Lake City: The University of Utah Press, 2001.

Effinger, Elizabeth. "Beckett's Post-Human: The Ontopology of *The Unnamable*." *Samuel Beckett Today* 23.2 (2011), pp.369–381.

Elam, Michele. "Passing in the Post-Race Era: Danzy Senna, Philip Roth, and Colson Whitehead." *African American Review* 41.4 (2007), pp.749–768.

Evans, Benjamin. "*Zone One* by Colson Whitehead: Review." *The Telegraph* (3 Nov. 2011).

Evans, Walter. "'The Fall of the House of Usher' and Poe's Theory of the Tale." *Studies in Short Fiction* 14.2 (1977), pp.137–144.

Fain, Kimberly. *Colson Whitehead: The Postracial Voice of Contemporary Literature*. New York: Rowman & Littlefield Publishing Press, 2015.

---. *Whitehead: The Postracial Voice of Contemporary Literature*. New York: Rowman & Littlefield Publishing Press, 2015.

Faxon, Kimi. "The Ecotone Interview with Rick Bass." *Ecotone* 1.2 (2006), pp.38–42.

Forsberg, Soren. "'Don't Believe Your Eyes': A Review of Colson Whitehead's *Zone One* (2011)." *Transition* 109.1 (2012), pp.131–143.

Francis, Samuel. *The Psychological Fictions of J. G. Ballard*. New York: Continuum, 2011.

Gauthier, Tim S. "Zombies, the Uncanny, and the City: Colson Whitehead's *Zone One*." In *The City Since 9/11 Literature, Film, Television*, ed. Keith Wilhite. Madison: Fairleigh Dickinson University Press, 2016.

Genette, Gerard. *Narrative Discourse*, trans. Jane E. Lewin. Oxford: Blackwell, 1980.

Gill, R. B. "The Uses of Genre and the Classification of Speculative Fiction." *Mosaic: A Journal for the Interdisciplinary Study of Literature* 2 (2013), pp.71–85.

Godfrey, Laura Gruber. *Hemingway's Geographies: Intimacy, Materiality, and Memory*. New York: Palgrave, 2016.

Gorman, Shawn. "Sartre on Proust: Involuntary Memoirs." *L'Esprit Créateur* 46.4 (2006), pp.56–68.

Gottlieb, Evan. *Romantic Realities: Speculative Realism and British Romanticism*. Edinburgh: Edinburgh University Press, 2016.

Grant, Iain Hamilton. *Philosophies of Nature After Schelling*. London: Continuum, 2006.

Grenblatt, Stephen. *Learning to Curse: Essays in Early Modern Culture*. New York: Routledge,1990.

Gretlund, J. N. *Eudora Welty's Aesthetics of Place*. Newark: University of Delaware Press, 1994.

Gruesser, John C. "Madmen and Moonbeams: The Narrator in 'The Fall of the House of Usher'." *The Edgar Allan Poe Review* 5.1 (2004), pp.80–90.

Guldi, Jo and David Armitage. *The History Manifesto*. Cambridge: Cambridge University Press, 2014.

Hamilton, Clive, Christophe Bonneuil and Francois Gemenne. "Thinking the Anthropocene." In *The Anthropocene and the Global Environmental Crisis: Rethinking Modernity in a New Epoch*, eds. Clive Hamilton, et al. New York: Routledge, 2015.

Harman, Graham. *Tool-Being: Heidegger and the Metaphysics of Objects*. Chicago: Open Court, 2002.

---. *Guerrilla Metaphysics: Phenomenology and the Carpentry of Things*. Chicago and La Salle: Open Court, 2005.

---. "On Vicarious Causation." In *Collapse II*, ed. R. Mackay. Oxford: Urbanomic, 2007.

---. *Prince of Networks: Bruno Latour and Metaphysics*. Melbourne: re. press, 2009.

---. *The Quadruple Object*. Winchester: Zero Books, 2011.

---. "The Well-Wrought Broken Hammer: Object-Oriented Literary Criticism." *New Literary History* 43.2 (2012), pp.183–203.

---. *Weird Realism: Lovecraft and Philosophy*. Winchester: Zero Books, 2012.

---. "Seventy-Six Theses on Object-Oriented Philosophy." In *Bells and Whistles: More Speculative Realism*. Winchester and Washington, DC: Zero Books, 2013.

---. *Object-Oriented Ontology: A New Theory of Everything*. London: Penguin, 2018.

Harman, Graham and Quentin Meillassoux, *Philosophy in the Making*. Edinburgh: Edinburgh University. Press, 2011.

Hash, Elizabeth. "Adventure in Our Bones: A Study of Rick Bass's Relationship with Landscape." *Interdisciplinary Studies in Literature and Environment* 2.1 (2015), pp.385–391.

Herman, David. "Hypothetical Focalization." *Narrative* 2.3 (1994), pp.230–253.

---. "Storyworld/Umwelt: Nonhuman Experiences in Graphic Narratives." *Substance* 40.1 (2011), p.175.

Hock, Stephen. "The Black Box of Genre in Colson Whitehead's *The Intuitionist* and Charles Yu's *How to Live Safely in a Science Fictional Universe*." In *The Poetics of Genre in the Contemporary Novel*, ed. Tim Lanzendörfer. London: Lexington Books, 2016.

James, Edward and Farah Mendelsohn, eds. *The Cambridge Companion to Science Fiction*. Cambridge, New York: Cambridge University Press, 2003.

Jewett, Sarah Orne. "A White Heron." In *Fiction 100: An Anthology of Short Stories*, 7th Edition, ed. James H. Pickering. Englewood Cliffs: Prentice Hall, 1995.

Johnson, Jonathan. "Tracking the Animal Man from Walden to Yaak." In *The Literary Art and Activism of Rick Bass*, ed. O. Alan Weltizen. Salt Lake City: The University of Utah Press, 2001.

Johnston, Carol Ann. *Eudora Welty: A Study of the Short Fiction*. New York: Twayne Publishers, 1997.

Keats, John. *Letters of John Keats*, ed. Gittings Robert. London: Oxford University Press, 1970.

Latour, Bruno. *The Pasteurization of France*. Cambridge: Harvard University Press, 1988.

---. *We Have Never Been Modern*, trans. Catherine Porter. Cambridge: Harvard University Press, 1993.

---. *Reassembling the Social: An Introduction to Actor-Network-Theory*. New York: Oxford University Press, 2005.

Lemaster, Tracy. "Feminist Thing Theory in *Sister Carrie*." *Studies in American Naturalism*

4.1(Summer 2009), pp.41–55.
Liggins, Saundra. "The Urban Gothic Vision of Colson Whitehead's *The Intuitionist*." *African American Review* 40.2 (2006), pp.359–369.
Lohafer, Susan. *Reading for Storyness: Preclosure Theory, Empirical Poetics, and Culture in the Short Story*. Baltimore and London: The Johns Hopkins University Press, 2003.
Marder, Michael. "Différance of the 'Real'."*Parrhesia* 4 (2008), pp.49–61.
Marshall, Kate. "What Are the Novels of the Anthropocene? American Fiction in Geological Time." *American Literary History* 27.3 (2015), pp.523–538.
Maus, Derek C. *Understanding Colson Whitehead*. Columbia: University of South Carolina Press, 2014.
May, Charles E. "Introduction." In *The New Short Story Theories*, ed. Charles E. May. Athens: Ohio University Press, 1996.
---. "The Nature of Knowledge in Short Fiction." In *The New Short Story Theories*, ed. Charles E. May. Athens: Ohio University Press, 1996.
---. "The American Short Story in the Twenty-First Century." In *Short Story Theories: A Twenty-First Century Perspective*, ed. Viorica Patea. New York: Rodopi, 2012.
McGuire, Olivia. " 'Incarnational Art': Thing Theory and Flannery O'Connor's Wise Blood." *Religion and the Arts* 17 (2013), pp.507–522.
McHugh, Susan. *Animal Stories: Narrating Across Species Lines*. Minneapolis: University of Minnesota Press, 2011.
Meillassoux, Quentin. *After Finitude: An Essay on the Necessity of Contingency*, trans. Ray Brassier. New York: Continuum, 2008.
Meinstock, Jeffrey Andrew. "Lovecraft's Things." In *The Age of Lovecraft*, eds. Carl H. Sederholm and J. A. Weinstock. Minneapolis: University of Minnesota Press, 2016.
Morton,Timothy. *The Ecological Thought*. Cambridge: Harvard University Press, 2010.
---. *Hyperobjects: Philosophy and Ecology After the End of the World*. Minneapolis: University of Minnesota Press, 2013.
Muntfort, Nick."2002: A Palindrome Story," http://spinelessbooks.com/2002/book/index.html.
Muyumba, Walter. "Review of Zone One by Colson Whitehead." *The Dallas Morning News* (14 Oct. 2011).
Nadal, Marita. "Trauma and the Uncanny in Edgar Allan Poe's 'Ligeia' and 'The Fall of the House of Usher'." *The Edgar Allan Poe Review* 17.2 (2016), pp.178–192.
Nicol, Charles. "J. G. Ballard and the Limits of Mainstream SF." *Science Fiction Studies* 2 (1976), pp.150–157.
Oerlemans, Onno. "A Defense of Anthropomorphism: Comparing Coetzee and Gowdy." *Mosaic* 40.1 (2007), pp.182–186.
Oppermann, S. "Future of Ecocriticism: Present Currents." In *The Future of Ecocriticism: New Horizons*. eds. S. Oppermann et al. New Castle upon Tyne: Cambridge Scholars Publishing, 2011.
Orlando, Francesco. *Obsolete Objects in the Literary Imagination*, trans. Gabriel Pilas and Daniel Seidel. New Haven: Yale University Press, 2006.
Oster, Judith. *Toward Robert Frost: The Reader and the Poet*. Athens and London: The University of Georgia Press, 1991.
O'Gorman, Marcel. "Speculative Realism in Chains: A Love Story." *Angelaki* 18.1 (2013),

pp.31–43.
Pamuk, Orhan. *The Museum of Innocence*, trans. Maureen Freely. New York: Vintage Books, 2009.
---. *The Innocence of Objects*, trans. Ekin Oklap. New York: Abrams, 2012.
Phelan, James. *Reading People, Reading Plots. Characters: Progression, and the Interpretation of Narrative*. Chicago: University of Chicago Press, 1989.
---. *Narrative as Rhetoric: Technique, Audiences, Ethics, Ideology*. Columbus: Ohio State University Press, 1996.
Poe, Edgar Allan. "The Philosophy of Composition." *Graham's Magazine* 28.4 (1846), pp.163–167.
Price, Alexander. "Beckett's Bedrooms: On Dirty Things and Thing Theory." *Journal of Beckett Studies* 23.2 (2014), pp.155–177.
Proust, Marcel. *À la recherche du temps perdu*, vol. I. Paris : Gallimard-Bibliothèque de la Pléiade, 1954.
Russell, Alison. "Recalibrating the Past: Colson Whitehead's *The Intuitionist*." *Critique: Studies in Contemporary Fiction* 49.1(2007), pp.46–60.
Ryan, Marie-Laure. "Experiencing Objects." in 傅修延主编《叙事研究》(第3辑), 上海：上海外语教育出版社, 2021.
Ryan, Marie-Laure and Tang Weisheng. *Object-Oriented Narratology*. Lincoln: University of Nebraska Press, 2024 (forthcoming).
Saldívar, Ramón. "The Second Elevation of the Novel: Race, Form, and the Postrace Aesthetic in Contemporary Narrative." *Narrative* 21.2 (2013), pp.1–18.
Samet, Jonathan M., Alison S. Geyh, and Mark J. Utell. "The Legacy of World Trade Center Dust." *The New England Journal of Medicine* (31 May. 2007), pp.2233–2236.
Sartre, Jean-Paul. *La Nausée*. Paris : Gallimard, 1938.
Sarver, Stephanie. "Environmentalism and Literary Studies." *Rocky Mountain Review of Language and Literature* 49.1 (1995), pp.106–112.
Sattaur, Jennifer. "Thinking Objectively: An Overview of 'Thing Theory' in Victorian Studies." *Victorian Literature and Culture* 40.1 (2012), pp.347–357.
Sayes, Edwin. "Actor-Network Theory and Methodology: Just What Does It Mean to Say that Nonhumans Have Agency?" *Social Studies of Science* 44.1 (Jan. 2014), pp.134–149.
Schiesari, Juliana. *Polymorphous Domesticities: Pets, Bodies, and Desire in Four Modern Writers*. Berkley: University of California Press, 2012.
Schulman, Martha . "'My Horrible' 70s Apocalypse: PW Talks with Colson Whitehead." *Publishers Weekly* (15 Jul. 2011).
Schulting, Sabine. *Dirt in Victorian Literature and Culture: Writing Materiality*. New York and London: Routledge, 2016.
Scranton, Roy. *Learning to Die in the Anthropocene: Reflections on the End of a Civilization*. San Francisco: City Lights Books, 2015.
Sederholm, Carl H. and Jeffrey Andrew Weinstock, eds. *The Age of Lovecraft*. Minneapolis: University of Minnesota Press, 2016.
Selzer, Linda. "New Eclecticism: An Interview with Colson Whitehead." *Callaloo* 31.2 (2008), pp.393–401.

---. "Instruments More Perfect than Bodies: Romancing Uplift in Colson Whitehead's *The Intuitionist*." *African American Review* 43.4 (2009), pp.681–698.

Sen, Arijit. "Zombie Nation." *Missouri Review* (5 Apr. 2012).

Shaviro, Steven. *The Universe of Things: On Speculative Realism*. Minneapolis: University of Minnesota Press, 2014.

---. "Consequences of Panpsychism." In *The Nonhuman Turn*, ed. Richard Grusin. Minneapolis: University of Minnesota Press, 2015.

Simons, John. *Animal Rights and the Politics of Literary Representation*. New York: Palgrave, 2002.

Sizemore, Michelle R. "Changing by Enchantment: Temporal Convergence, Early National Comparisons, and Washington Irving's Sketchbook." *Studies in American Fiction* 40.2 (Fall 2013), pp.157–183.

Slovic, Scott. "A Paint Brush in One Hand and a Bucket of Water in the Other: Nature Writing and the Politics of Wilderness." In *The Literary Art and Activism of Rick Bass*, ed. O. Alan Weltzien. Salt Lake City: The University of Utah Press, 2001.

Soitos, Stephen F. *The Blues Detective: A Study of African American Detective Fiction*. Amherst: University of Massachusetts Press, 1996.

Stefans, Brian Kim. "Terrible Engines: A Speculative Turn in Recent Poetry and Fiction." *Comparative Literature Studies* 51.1(2014), pp.159–183.

Stephanou, Aspasia. "Consumption, Medical Discourse, and Allen Poe's Female Vampire." *The Edgar Allen Poe Review* 14.1 (2013), pp.36–54.

Stewart, Susan. *On Longing: Narratives of the Miniature, the Gigantic, the Souvenir, the Collection*. Durham: Duke University Press, 1972.

Suvin, Darko. *Positions and Presuppositions in Science Fiction*. Kent: Kent State University Press, 1988.

Tang, Weisheng. "Edgar Allan Poe's Gothic Aesthetics of Things: Rereading 'The Fall of the House of Usher'." *Style* 52.3 (2018), pp.287–301.

---. "Speculative Realism and Post-Nature Writing in Rick Bass's 'The Hermit's Story'." *Neohelicon* 45.1 (2018), pp.319–332.

Trumpeter, Kevin. "The Language of the Stones: The Agency of the Inanimate in Literary Naturalism and the New Materialism." *American Literature* 87.2 (Mar. 2015), pp.225–252.

Tucker, Jeffrey Allen. "Verticality Is Such a Risky Enterprise: The Literary and Paraliterary Antecedents of Colson Whitehead's *The Intuitionist*." *NOVEL: A Forum on Fiction* 43.1 (2010), pp.148–156.

Turkle, Sherry, ed. *Evocative Objects: Things We Think With*. Cambridge, Mass. : MIT Press, 2011.

Veeser, H. Aram, ed. *Introduction to The New Historicism*. New York: Routledge, 1989.

Walker, Brett L. "Environments of Terror: 9/11, World Trade Center Dust, and the Global Nature of New York's Toxic Bodies." *Environmental History* 20.4 (2015), pp.779–795.

Washington, Chris. "Romanticism and Speculative Realism." *Literature Compass* 12.9 (Sept. 2015), pp.448–460.

Wasserman, Sarah. *The Death of Things: Ephemera and the American Novel*. Minneapolis: University of Minnesota Press, 2020.

Weir, Simon and Jason Anthony Dibbs, "The Ontographic Turn: From Cubism to the Surrealist Object." *Open Philosophy* 2 (Spring 2019), pp.384–398. https://doi.org/10.1515/opphil-2019-0026.

Weisman, Alan. *The World Without Us.* New York: St. Martin's Press, 2007.

Welty, Eudora. *The Eye of the Story: Selected Essays and Reviews.* New York: Vintage Books, 1979.

---. *One Writer's Beginnings.* Cambridge: Harvard University Press, 1984.

---. "Death of a Traveling Salesman." In *The McGraw-Hill Book of Fiction*, eds. Robert DiYanni and Kraft Rompf. New York: McGraw-Hill, Inc., 1995.

Weltzien, Alan O., ed. *The Literary Art and Activism of Rick Bass.* Salt Lake City: The University of Utah Press, 2001.

Whitehead, Colson. *The Intuitionist.* New York: Anchor Books, 2000.

---. "The Year of Living Postracially." *The New York Times* (3 Nov. 2009).

---. *Zone One.* New York: Doubleday, 2011.

Winther, Per et al. "Dialogue." *Narrative* 20.2 (May 2012), pp.239–247.

Woodward, Ian. *Understanding Material Culture.* London: Sage, 2007.

Wordsworth, William. *The Complete Poetical Works.* London: Macmillan and Co., 1888.

Zelko, Frank. "'A Flower Is Your Brother!': Holism, Nature, and the (Non-ironic) Enchantment of Modernity." *Intellectual History Review* 23.4 (Winter 2013), pp.517–536.

爱伦·坡:《经典爱伦坡惊悚集》,康华译,沈阳:辽宁教育出版社,2005年。

安纳·杰弗森、戴维·罗比等:《西方现代文学理论概述与比较》,陈昭全,樊锦兴等译,长沙:湖南文艺出版社,1986年。

比尔·布朗:《物论》,陈永国译,载孟悦、罗钢主编《物质文化读本》,北京:北京大学出版社,2008年。

陈大柔:《美的张力》,北京:商务印书馆,2009年。

陈晓明:《小叙事与剩余的文学性:对当下文学叙事特征的理解》,《文艺争鸣》2005年第1期。

陈众议:《直面问题,重塑原理》,《中国文学批评》2022年第1期。

程心:《时尚之物:论伊迪斯·华顿的美国"国家风俗"》,《外国文学评论》2015年第4期。

崔护:《题都城南庄》,载《全唐诗》(第十一册)卷三百六十八,北京:中华书局,1960年。

杜甫:《哀江南》,载《全唐诗》(第七册)卷二百一十六,北京:中华书局,1960年。

冯友兰:《中国哲学简史》,涂又光译,北京:北京大学出版社,2013年。

傅修延:《讲故事的奥秘——文学叙述论》,南昌:百花洲文艺出版社,1993年。

---:《济慈"三颂"新论》,《江西社会科学》2007年第2期。

---:《济慈诗歌与诗论的现代价值》,北京:北京大学出版社,2014年。

---:《中国叙事学》,北京:北京大学出版社,2015年。

---:《物感与"万物自生听"》,《中国社会科学》2020年第6期。

---:《文学是"人学"也是"物学"——物叙事与意义世界的形成》,《天津社会科学》2021年第5期。

甘丹·梅亚苏:《形而上学与科学外世界的虚构》,马莎译,郑州:河南大学出版社,2017年。

葛纪红：《〈厄舍府的倒塌〉新探》，《海南大学学报（人文社会科学版）》2000年第3期。
韩启群：《西方文论关键词：物转向》，《外国文学》2017年第6期。
郝苑、孟建伟：《实在论的"思辨转向"——当代欧陆哲学视域下的思辨实在论》，《哲学动态》2017年第4期。
荷马：《伊利亚特》，罗念生译，上海：上海人民出版社，2007年。
侯铁军：《"茶杯中的风波"：瓷器与18世纪大英帝国的话语政治》，《外国文学评论》2016年第2期。
厚宇德、张志会：《〈物性论〉中的原子运动思想分析》，《自然辩证法研究》2015年第1期。
黄春燕：《忧而不伤的浪漫主义颂歌——解读济慈的〈秋颂〉》，《北京第二外国语学院学报》2008年第10期。
黄擎、许诚：《约翰·济慈"消极感受力"内涵解析》，《外国文学研究》2015年第6期。
劳伦斯·布伊尔：《环境批评的未来：环境危机与文学想象》，刘蓓译，北京：北京大学出版社，2010年。
雷蒙·萨迪瓦尔：《美国长篇小说的第二次提升》，唐伟胜译，载《叙事（第一辑）》（中国版），2014年。
李鹏鹏：《〈一个旅行推销员之死〉中的空间叙事》，《太原师范学院学报（社会科学版）》2015年第6期。
李思涯：《"以物"如何"观物"》，《江苏大学学报》2007年第1期。
刘禾：《燃烧镜底下的真实：笛福、"真瓷"与18世纪以来的跨文化书写》，载孟悦、罗钢编《物质文化读本》，北京：北京大学出版社，2008年。
刘勰：《文心雕龙》，北京：中华书局，2012年。
刘友田、陈玉斌：《马克思人的解放思想的逻辑审视——基于〈黑格尔法哲学批判〉导言的考察》，《南昌大学学报》2019年第1期。
卢克莱修：《物性论》，北京：商务印书馆，1981年。
卢炜：《新历史主义方法论与〈秋颂〉研究——论济慈诗歌文本阐释的一个基本原则》，《外国文学研究》2019年第6期。
罗钢：《"把中国的还给中国"——"隔与不隔"与"赋、比、兴"的一种对位阅读》，《文艺理论研究》2013年第2期。
---：《传统的幻象：跨文化语境中的王国维诗学》，北京：人民文学出版社，2015年。
马丁·海德格尔：《物的追问：康德关于先验原理的学说》，赵卫国译，上海：上海译文出版社，2010年。
马云霞、吴冬丽：《从精神分析角度看〈流动推销员之死〉和〈绿色的帷幕〉中的死亡主题》，《西南农业大学学报（社会科学版）》2008年第6期。
玛丽-劳拉·瑞安：《人类化的物与怪异的物：论物在叙事中的主动作用》，唐伟胜译，《江西社会科学》2020年第1期。
梅子满、黄素华：《论"陌生化"美学效果的产生》，《浙江工商职业技术学院学报》2004年第1期。
孟悦、罗钢主编：《物质文化读本》，北京：北京大学出版社，2008年。
米歇尔·福柯：《作者是什么？》，逄真译，载朱立元、李均主编《二十世纪西方文论选》（下卷），北京：高等教育出版社，2002年。
蒲友俊：《"感物"与"观物"：兼论山水诗的产生》，《四川师范大学学报》1995年第3期。
钱锺书：《管锥编》（四），北京：三联书店，2007年。

让-保尔·萨特:《恶心》,桂裕芳译,载《萨特文集1》,北京:人民文学出版社,2000年。

尚必武:《二元关系的整合与分离:评〈厄舍府的倒塌〉》,《河南科技大学学报(社会科学版)》2005年第4期。

邵雍:《邵雍集》,北京:中华书局,2010年。

---:《邵雍全集》,上海:上海古籍出版社,2015年。

申丹:《对叙事视角分类的再认识》,《国外文学》1994年第3期。

斯宾塞:《仙后》,邢怡译,北京:北京时代华文书局,2015年。

斯科特·斯洛维克:《什么是生态批评》,吴靓媛译,《云南师范大学学报》2015年第2期。

孙绍振:《俄国形式主义"陌生化"批判》,《文艺争鸣》2014年第2期。

唐伟胜:《真假难辨的"文本真实世界"——论雷蒙·卡佛〈这么多水离家这么近〉的"不确定式"结尾》,《外国语文》2010年第1期。

---:《论雷蒙·卡佛短篇小说中的顿悟时刻》,《英美文学研究论丛》2013年第2期。

---:《思辨实在论与本体叙事学》,《学术论坛》2017年第2期。

---:《爱伦·坡的"物"叙事:重读〈厄舍府的倒塌〉》,《外国语文》2017年第3期。

---:《早期韦尔蒂的地方诗学:重读〈一个旅行推销员之死〉》,《外语教学》2019年第1期。

---:《谨慎的拟人化、兽人与瑞克·巴斯的动物叙事》,《英语研究》2019年第10辑。

---:《建构短篇虚构叙事"谜"的分类学:面向物的视角》,《江西社会科学》2020年第1期。

唐伟胜、龙艳霞:《文本世界 话语世界与第一人称短篇小说的阐释空间》,《广东外语外贸大学学报》2016年第4期。

汪民安:《物的转向》,《马克思主义与现实》2015年第3期。

王充:《论衡·福虚篇》,上海:上海人民出版社,1976年。

王度:《古镜记》,载李剑国编《唐宋传奇品读辞典》(上卷),北京:新世界出版社,2007年。

王芳:《承受与创造——〈秋颂〉之争及其哲理内涵》,《外国文学评论》2011第4期。

王国维:《人间词话》,彭玉平评注,北京:中华书局,2014年。

维·什克洛夫斯基:《散文理论》,刘宗次译,南昌:百花洲文艺出版社,2010年。

谢威:《〈流动推销员之死〉中推销员的死亡原因探析》,《英语广场》2014年第6期。

许慎:《说文解字》,北京:中华书局,1978年。

徐朔方笺校:《牡丹亭》,载《汤显祖全集》(三),北京:北京古籍出版社,1999年。

杨建刚:《陌生化理论的旅行与变异》,《江海学刊》2012年第4期。

杨庆峰、闫宏秀:《多领域中的物转向及其本质》,《哲学分析》2011年第1期。

杨向荣:《陌生化重读:俄国形式主义的反思与检讨》,《当代外国文学》2009年第3期。

扬之水:《后记》,《诗经名物新证》,北京:大众文艺出版社,2009年。

叶超:《注定的悲剧——〈厄舍府的倒塌〉罗德里克·厄舍精神分析》,《安徽师范大学学报(人文社会科学版)》2005年第1期。

叶维廉:《中国诗学》,北京:三联书店,1992年。

以赛亚·伯林:《浪漫主义的根源》,吕梁等译,南京:译林出版社,2011年。

尹晓霞、唐伟胜:《文化符号、主体性、实在性:论"物"的三种叙事功能》,《山东外语教学》2019年第2期。

余华:《十八岁出门远行》,《北京文学》1987年第1期。

约翰·济慈:《济慈诗选》,查良铮译,北京:人民文学出版社,1958年。
---:《济慈书信集》,傅修延译,北京:东方出版社,2002年。
詹姆斯·费伦:《作为修辞的叙事:技巧、读者、伦理、意识形态》,陈永国译,北京:北京大学出版社,2002年。
岳立松:《〈古镜记〉的天命历史观》,《文化月刊》2009年第3期。
张冰:《陌生化诗学》,北京:北京师范大学出版社,2000年。
张华:《博物志》,北京:中华书局,1978年。
张锦:《邵雍的观物论与诗学思想》,《社会科学家》2020年第2期。
张进:《物性诗学导论》,北京:人民出版社,2020年。
张九龄:《感遇十二首》,载《全唐诗》(第二册)卷四十七,北京:中华书局,1960年。
张亚婷:《中世纪英国动物叙事与远东想象》,《外国文学研究》2016年第3期。
张志伟:《西方哲学十五讲》,北京:北京大学出版社,2004年。
章燕:《让无声的古瓮发出声音——济慈〈希腊古瓮颂〉的艺格敷词与想象》,《外国文学评论》2017年第2期。
赵毅衡:《从文艺功能论重谈"境界"》,《文学评论》2021年第1期。
周保欣:《"名物学"与中国当代小说诗学建构——从王安忆〈天香〉〈考工记〉谈起》,《文学评论》2021年第1期。
周凌敏:《论〈第一区〉中的"9·11"尘土书写与大历史叙事》,《当代外国文学》2020年第3期。
朱光潜:《给青年的十二封信》,长沙:湖南文艺出版社,2018年。
朱良志:《试论王国维的艺术直观说》,《安徽师大学报》1986年第1期。
庄严:《现代英雄的原型征程——析尤多拉·韦尔蒂〈一个旅行推销员之死〉的原型叙事模式》,《成都理工大学学报(社会科学版)》2012年第2期。
庄周:《庄子》,昆明:云南人民出版社,2011年。

物性叙事理论关键术语简释

物性（thingness）
　　指物之本性，即超越人类意识、不能被人类知识把握的物的性质。与"真实性""物质性""本体性""实在性"是同义词。本概念反对建构论。

活力的物（vibrant things）
　　指物的生命性和主体性。本概念反对将物视为被动的、无生命的客体。

谨慎的拟人化（cautious anthropomorphism）
　　指一种特殊的叙事策略：赋予生命以物，但同时又避免将人类情感和理性投射给物。

超物（hyperobject）
　　指一种物，它超越人类时空认知，比如气候变化、核电站等。

暗指（allusion）
　　指物性的一种叙述策略：提及某物，但不进行细节描写，给读者留下对物性的想象空间。

诱惑（allure）
　　指物性的一种叙述结构，比如"暗指"就是一种诱惑结构，让读者得以瞥见真实的物。

广阔户外（the Great Outdoors）
　　指没有人类意识干预的物世界，若要进入这个世界，人类需要忘掉自己，置身人类理性之外。

思辨实在论（Speculative Realism）

近20年兴起的一个哲学流派，认为物有实在性，但人类无法通过理性抵达实在性，而只能通过想象来抵达。

面向物的本体论（Object-Oriented Ontology）

思辨实在论的一个重要分支，强调物有本性，但这个本性是隐退的，无论人类还是其他物，都无法完全把握物的本性。

博物（listing strange things）

中国汉代兴起的一种叙事策略：以目录的方式罗列奇异之物，以显示作者的广博知识。博物叙事后来成为中国叙事传统的重要组成部分。

感物（feeling with things）

指人和物之间的情感互动过程，在中国文论传统中，感物被视为诗歌创作的源头。

以物观物（looking for thingness in things）

指摆脱了个人情感的观物方式，这种方式可以抵达更普遍的物性或物道。

以我观物（looking for ourselves in things）

指将自我投射到物中的观物方式，与"以物观物"相对。

互为聚焦（inter-focalization）

指一种特殊的叙述策略：让人类和非人类互相观察对方，实现"去人类中心"的叙事效果。

符号的物（things as signs）

指物在叙事中承担的一种功能：物作为一种有意义的符号，具有社会、文化、政治内涵，也与人类身份、欲望等紧密相关。

隐退的物（withdrawn things）

物具有实在性，但物的实在性是无穷隐退的，无法为人类及其他物完整把握和言说。

幼稚实在论（Naive Realism）
指那种相信物能够被人类准确把握和言说的实在论，与"思辨实在论"相对。

怪异实在论（Weird Realism）
由于物的实在性无法被人类理性和语言把握，因此实在性若被叙述出来，一定是超越常规的，也就是怪异的。

破锤（broken hammer）
海德格尔以"破锤"为例来说明物有超越其功能性的一面：当铁锤坏掉时，我们才会注意到，铁锤除了用来钉钉子，还有很多隐藏的性质。

四面物（quadruple object）
指物的四个面向，即"实在物""实在的特征""感性的物""感性的特征"。这四个面向之间存在无法跨越的鸿沟，但正因如此，也为想象性的文学艺术提供了机会。

本体鸿沟（ontological gap）
指"实在物"与"感性物"之间的距离，这个距离永远无法被填补。

本体书写（ontography）
指对物性的书写或叙述。比如"暗指"就是本体书写的一种方式。

扁平/薄本体论（Flat/Thin Ontology）
指世间万物在本体上是平等的，没有级差。

罗列（listing）
指一种叙事策略：按照某种逻辑（或无逻辑），将物组织起来，置放在一个框架内。

拉图尔经文（Latour litany）
指拉图尔列举事物的一种方式：将杂多的事物置放一起，但缺乏组织逻辑，不产生任何顺序意义，以突出所列之物在本体意义上的平等性。

策略功能（strategic function）
　　指物在叙事中的一种功能：物被用做情节中一个有用的齿轮，以推动情节发展。

体验功能（experiential function）
　　指物在叙事中的一种功能：物成为人物体验的对象。

主体性（agency）
　　指物作为行动者，具有生命、感受力和活力。物叙事往往突显物具有与人类不一样的主体性。

没有我们的世界（the world without us）
　　指人类出现之前或人类消亡后的世界，是对本体世界进行想象的一种方式。与"广阔户外"是同义词。

消灭主义（eliminativism）
　　指用消灭人类的方法来想象世界的方式。

泛灵主义（panpsychism）
　　指一种信仰，即相信人类和非人类都有心智和感觉。

关联论（Correlationism）
　　指康德以来的哲学倾向，即所有关于世界的知识都与人类心智关联，人类心智之外不存在任何真的世界。

大混乱（hyper-chaos）
　　指没有人的世界样态，即人类理性之外世界的状态。

灵性（sentience）
　　指感觉能力。当代多数物论均认为非人类和人类一样都具有灵性。

行动者网络理论（Actor-Network-Theory）

指一种社会理论，该理论认为，社会形成的因素不仅有人类因素，还有非人类因素，人类和非人类都是行动者，而且同处一张网中相互作用。

意图性（intentionality）

指行动的动机。一般认为主体性必然预设意图性，但当代物论倾向于认为，物的主体性与意图性不一定相伴而行。

多元决定论（Overdetermination）

指某个现象不仅是人类意志力的结果，还可能是非人类等多种因素作用的结果。

情动理论（Affect Theory）

指情感的身体性或物质性，"情动"与基于心理的"情感"相对。

物无意识（material unconscious）

指人类生活在物中，却意识不到物的存在。

面向物的情节（object-oriented plot）

指一种特殊的小说情节，该情节围绕某个物的流转而展开。

真实效果（reality effect）

指物出现在叙事中，但不承担任何明显的功能，在这种情况下，我们可以认为物制造了一种"真实效果"。不承担叙事功能的物有如海德格尔的"破锤"，让读者瞥见其真实的一面。